浙大人文 青年学者文丛

托伦特·巴列斯特尔的
后现代主义写作研究

卢 云 著

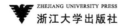

ZHEJIANG UNIVERSITY PRESS
浙江大学出版社

缩略语对照

（本书引用作家贡萨洛·托伦特·巴列斯特尔以下作品时，直接用缩写和外文原著页码注明，具体版本信息见参考文献。作家名字 Gonzalo Torrente Ballester 在书中缩写为 GTB。）

CA：*Compostela y su ángel*《孔波斯特拉和它的天使》

CVV：*Los cuadernos de un Vate Vago*《一个流浪诗人的日志》

DE：*Dafne y ensueños*《达芙妮与梦幻》

DJ：*Don Juan*《唐璜》

EC：*Ensayos críticos*《评论集》

FA：*Fragmentos de apocalipsis*《启示录片段》

GC：*Guardo la voz，cedo la palabra—Conversaciones con Gonzalo Torrente Ballester*《我留下声音，让出语言——贡萨洛·托伦特·巴列斯特尔谈话录》

IJC：*La isla de los jacintos cortados*《芟除风信子的岛屿》

OC：*Obra completa*《作品全集》

PD：*La Princesa Durmiente va a la escuela*《睡美人上学去》

QUI：*El Quijote como juego*《作为游戏的〈吉诃德〉》

RV：*La rosa de los vientos*《风中的玫瑰》

SF：*La saga/fuga de J.B.*《J.B.萨迦/赋格》

1

序　言

　　尽管西班牙文学为我们贡献了像塞万提斯这样的世界文学大师和 6 位诺贝尔文学奖得主,但令人遗憾的是,国内对它的了解和研究相对还比较薄弱,对当代西班牙作家的专题研究则更少,从这个意义上讲,卢云博士的专著《托伦特·巴列斯特尔的后现代主义写作研究》为国内西语界提供了有益的探索范本。

　　贡萨洛·托伦特·巴列斯特尔(Gonzalo Torrente Ballester,1910—1999)是西班牙内战后小说复兴的三驾马车之一,也是 20 世纪 50 至 70 年代最具国际视野的西班牙小说家之一。一方面,托伦特·巴列斯特尔在法国、美国留学和任教的阅历使得他有机会接触欧美各种文学思潮,摆脱了西班牙内战后封闭、保守、僵化的氛围,比同时代的西班牙作家思想更加超前(尽管这也导致他很晚才被本国评论界和读者接受);另一方面,他博学、幽默、擅长幻想和反讽,面对 20 世纪 60 至 70 年代兴起的拉美"文学爆炸",托伦特·巴列斯特尔凭借其充满幻想色彩和后现代文学特征的作品,为西班牙文坛交出了一份可以与拉美小说抗衡的答卷,他也因此最终在西班牙 20 世纪文学史上占据重要地位。

　　托伦特·巴列斯特尔是学者型作家,他的文学创作在很长一段时期远离西班牙文坛的传统现实主义,而与欧美文坛保持难得的同步,在后现代小说方面贡献了西班牙作家的智慧和结晶。《托伦特·巴列斯特尔的后现代主义写作研究》以该作家的三部具有后现代写作特征的小说《唐璜》(1966)、《启示录片段》(1977)和《芟除风信子的岛屿》(1981)为研究对象,着力探讨托伦特·巴列斯特尔如何在后现代语境下重新阐释唐璜这一经典神话形象、对元小说加以戏仿、对官方历史(西方历史事件和历史人物)进行改写,挑战并破除佛朗哥独裁统治所编织的关于西班牙民族、历史、宗教和文化的各种虚假神话。

《托伦特·巴列斯特尔的后现代主义写作研究》特别强调了托伦特·巴列斯特尔创作中所体现的质疑精神和游戏态度,前者促使作家对西方(包括西班牙)的宏大历史和宏大叙事的合法性保持高度警惕和全盘质疑,后者允许托伦特·巴列斯特尔在其作品中娴熟地使用西方后现代小说的各种手法,并将其故乡加利西亚地区的"魔幻"风格融入自己的作品:《唐璜》对于"唐璜"神话的解构和建构,对于人性之复杂的宽容和接纳;《启示录片段》对元小说的戏仿、与其他文本进行的互文性对话;《荽除风信子的岛屿》对拿破仑这个历史人物是否存伪的探讨和对现实、幻想之间关系的思考。这些主题并非当时西班牙文坛的热门话题,甚至显得有些不合时宜;其后现代写作手法在那时的读者看来也不易接受和消化,但丝毫不影响它们所蕴含的艺术价值。

对于中国读者来说,托伦特·巴列斯特尔是一位极其陌生的作家,他的小说迄今尚无任何中译本。卢云长期关注和研究托伦特·巴列斯特尔,在其博士论文基础上出版《托伦特·巴列斯特尔的后现代主义写作研究》,将有助于我们走进这位西班牙重量级小说家兼文学批评家所建构的独特小说世界,品味他充满幽默、睿智、反讽的语言,了解内战之后西班牙文化界和知识分子的真实生存状态。因此,《托伦特·巴列斯特尔的后现代主义写作研究》既是中国学者在这一研究领域迈出的可喜一步,也为中国读者引介了一位十分有价值的西班牙文学家。

王 军

2020 年 2 月 19 日

于北京大学燕园

目　录

绪 论

第一节　GTB生平介绍

　　贡萨洛·托伦特·巴列斯特尔(Gonzalo Torrente Ballester，以下简称GTB)是20世纪西班牙最伟大的作家之一，西班牙皇家语言学院院士。他是一位非常高产的小说家、剧作家和文学评论家，作品曾获西班牙国家文学奖、阿斯图里亚斯王子奖、塞万提斯文学奖等。他的作品以反讽、戏仿见长，又不失思想的深刻性和语言的优美性，以一种奇特又自然的方式将最写实的"现实主义"描写和最奇特的"魔幻想象"结合，呈现出一种古典气质和先锋姿态高妙的和谐融合。

　　1910年6月13日，GTB出生于西班牙港口城市费罗尔。1926年高中毕业后，他来到省会圣地亚哥，在圣地亚哥大学学习。也正是在这座古老的城市，他阅读了尼采、斯本格勒等哲学家的作品。随后他跟随家人到奥维耶多(Oviedo)，并在那里学习法律。在《庭长夫人》的家乡，GTB首次接触了先锋派，并给这个阿斯图里亚斯省会的一家叫作《卡尔巴雍》(El Carbayón)的报纸撰稿，这段经历可以说是他作为报刊撰稿人生涯的开端。1928年，出于父亲工作的原因，他们全家又搬到了维戈(Vigo)。虽然在此期间他大量阅读了乔伊斯、普鲁斯特、乌纳穆诺以及奥尔特加·伊·加塞特的作品，但是维戈并不是一座大学城，那里的文化氛围不能满足年轻的GTB的需要，他要求到马德里去学习文学，但苦于家庭没有能力支付其在马德里的住宿费用而不得不频繁地往来于维戈和马德里之间。正是在到处都是书店、图书馆和咖啡馆的马德里，GTB有机会参

1

加了同为加利西亚人的文学大师巴列-因克兰的聚谈会。在学习之余,他还给一份带有无政府主义色彩的报纸《大地》(*La Tierra*)撰稿。1931 年,GTB 又跟随父母搬到了蓬特韦德拉省(Pontevedra)的布埃乌市(Bueu)这座人口不足五千的小城。在这里,他大量阅读了爱伦坡、波德莱尔、马拉美等人的作品,并加入了一个很小的文人团体,参与他们的聚谈会,这段经历之后反映在他的"现实三部曲"《欢乐与忧伤》(*Los gozos y las sombras*)中,而根据该作品改编的同名电视连续剧的取景也选择在布埃乌,使得这座小城因此而名声大振。也正是在布埃乌市,作家认识了后来成为他妻子的何塞菲娜·玛尔维达(Josefina Malvida)。婚后出于经济原因,夫妻二人到瓦伦西亚待了一年左右,随后又回到了加利西亚。

出于家庭和个人的原因,在多个城市辗转奔波之后,GTB 终于在 1933 年回到了圣地亚哥。为了生计,他在一所叫作拉巴利兹(la Academia Rapariz)的私立学校教课。有时候一天要上 14 个小时的课,教授的课程有语法、拉丁语以及历史等(其成名作《J. B. 萨迦/赋格》的主角何塞·巴斯蒂达的职业也是教师)。在繁重的工作之余,他仍然抽出时间到圣地亚哥大学学习,终于在 1935 年取得了历史学学士学位,并通过面试成为圣地亚哥大学古代历史教研室的助教。

1936 年,GTB 得到一笔奖学金,到巴黎去搜集自己博士论文的资料。由于当时西班牙国内局势紧张,7 月 18 日佛朗哥发动军事政变的消息传来,作家不得不中断了在巴黎的学习返回加利西亚,以便和家人早日团聚。返回西班牙的路途让年轻的 GTB 目睹了内战的残酷,路边排水沟中横卧着尸体,而他本人的很多朋友都已经被枪毙。在战乱中,他在蓬特韦德拉学院教了一段时间的书,以维持生计。

1938 年,作家的第一部戏剧作品《青年托比亚斯之旅》(*Viaje del joven Tobías*)问世。1939 年的剧作《骗婚》(*Casamiento engañoso*)获得了西班牙国家宗教圣理剧奖(el Premio Nacional de Autos Sacramentales)。在此期间,他为杂志《埃斯科里亚尔》(*El Escorial*)撰稿,并陆续出版了剧作《洛佩·德·阿基莱》(*Lope de Aguirre*,1941)以及《六篇散文及一出喜剧》(*Seis ensayos y una farsa*,1942)等。

1943 年,西班牙国家出版社(Editora Nacional)出版了 GTB 的第一部小说《哈维尔·马里诺》(*Javier Mariño*),但是刚刚上架二十天就遭到审查下架。随后的《瓜达卢佩·利蒙政变》(*El golpe de estado de Guadalupe Limón*,1946)销量也不是很好。1946 年,GTB 发表了剧作《尤利西斯的回归》(*El retorno de Ulises*)。

1947 年,GTB 搬到了马德里,在马德里海军学校(Escuela Naval de Guerra)教世界历史。1948 年,他参加了奥尔特加·伊·加塞特在马德里举办的培训课程,并开始为报纸《向上》(*Arriba*)和西班牙国家电台(Radio Nacional de España)撰写戏剧评论文章。这期间,他出版了《伊菲革涅亚》(*Ifigenia*,1950),并完成了两部大部头的文学批评著作:《西班牙当代文学》(*Literatura española contemporánea*,1949)和《西班牙当代戏剧》(*Teatro español contemporáneo*,1957)。

1957 年,"现实三部曲"《欢乐与忧伤》的第一部《先生来了》(*El señor llega*)出版,并在两年后获得胡安·马奇基金会小说奖(el Premio de la Fundación Juan March),且取得了极大成功,也使 GTB 名声大噪。1958 年,作家的妻子去世。1960 年,他在马略卡岛完成了第二部《风转向的地方》(*Donde da la vuelta el viento*),同年,他和费尔南达·桑切斯·吉桑德(Fernanda Sánchez Guisande)结婚,两人随后到法国和德国旅行。1962 年,《悲伤的复活节》(*El Pascua triste*)为三部曲画上了句号。但是,由于签署了一份支持阿斯图里亚斯罢工的声明,GTB 被剥夺了在海军学校的教职,并被迫终止和报刊、电台的合作,只好到蓬特韦德拉的一所女子学校教书。

1966 年,作家本人最喜爱的作品《唐璜》(*Don Juan*),遭遇了其第一部小说《哈维尔·马里诺》同样的命运,遭审查下架。这一年,GTB 收到美国纽约州立大学奥尔巴尼分校(State University of New York at Albany)的邀请,到该校去教授文学,于是便带着全家迁居美国。1969 年,受胡安·马奇基金的资助完成的《界外》(*Off-side*)出版。由于收到母亲病重的消息,GTB 于 1970 年返回了西班牙,在马德里的奥尔卡西塔斯学院(el Instituto de Orcasitas)教授文学史。

1972 年,在经历了虽颠沛流离仍笔耕不辍的漫长人生之后,已经 62 岁的 GTB 终于等到了命运的重大转折时刻。该年《J. B. 萨迦/赋格》的出版在西班牙文学界引起了极大的轰动,这部作品被称为西班牙当代小说的巅峰,也奠定了作家在西班牙文坛的经典性地位。作品获得巴塞罗那城市奖(el Premio Ciudad de Barcelona)以及文学批评奖(el Premio de la Crítica)。随后 GTB 又返回美国,在奥尔巴尼待了一段时间,于 1973 年回国,并被派到维戈的向导学院(el Instituto de La Guía)教书。在此期间,他还在报纸《信息》(Informaciones)开设了名为"拉罗马纳日志"(Cuadernos de La Romana)的专栏。尽管 GTB 对当时西班牙国内的文学创作氛围并不满意,并且感受到自己被排斥在"圈子之外",但是思乡之情还是在已经年过花甲的作家身上占了上风,在返回美国和留在国内两者之间徘徊良久之后,他选择了后者。但是这段在美国生活的经历(1966 年 1 月—1972 年 12 月)无疑在很大程度上开拓了 GTB 的文学视野,并影响了其文学创作和文学评论。

　　1975 年,GTB 出版了研究《堂吉诃德》的论著《作为游戏的〈吉诃德〉》(El Quijote como juego),同年入选西班牙皇家学院院士,占据大写 E 的席位,并发表了题为"关于小说家和他的艺术"(Acerca del novelista y de su arte)的演讲。1975 年,在经历了几十年的从国内到国外,从一个学校到另一个学校的漂泊之后,GTB 最后终于在萨拉曼卡大学城定居下来,在托雷斯·维拉罗埃尔学院(el Instituto Torres Villarroel)教授文学。在这里,一直到去世的二十多年时间里,作家终于得以享受到人生中迟来的安稳时期。在他的周围,同事、朋友、尊敬他的学生形成了大学城的文人圈子。如今,在作家生前经常光顾的萨拉曼卡马约尔广场的一家文学咖啡店里,由他的雕塑家好友费尔南多·马约拉尔(Fernando Mayoral)雕塑的作家本人的全身雕像,就坐在他当初最喜爱的位置上。

　　1977 年,一部 GTB 在美国时就开始酝酿的小说《启示录片段》(Fragmentos de apocalipsis)经过五年的写作,终于发表了,这部被评论界称作"幻想三部曲"的第二部的作品,获得了当年的文学批评奖。同年,

GTB 出版了《作品全集》(*Obra completa*)第一卷①。1981 年,"幻想三部曲"的最后一部《芟除风信子的岛屿》(*La isla de los jacintos cortados*)出版,并获得了国家文学奖(el Premio Nacional de Literatura)。

在这迟来的荣誉之后,是 GTB 对自己写作生涯的一个总结和回顾阶段。1982 年,作家将自己长达十年的创作笔记录音整理出版,名为《一个流浪诗人的日志》(*Los cuadernos de un Vate Vago*)。同年出版的还有关于作家在加利西亚的童年回忆的抒情小说《达芙妮与梦幻》(*Dafne y ensueños*)和《评论集》(*Ensayos críticos*)。1983 年,GTB 出版了 1950 年写成但当时没有找到出版商的小说《睡美人上学去》(*La Princesa Durmiente va a la escuela*)。在该作品的前言里,当时已经 73 岁的 GTB 对自己的写作生涯做出了一些总结和评论。可以说,这个前言中的许多言论都带有总结性质,并且语气较之之前作品的前言更犀利和尖锐。

在此之后,GTB 迎来创作生涯的又一次高潮,陆续出版了《也许风将带我们到无尽之地》(*Quizá nos lleve el viento al infinito*,1984)、《风的玫瑰》(*La rosa de los vientos*,1985)、《显而易见,我并非我》(*Yo no soy yo,evidentemente*,1987)等十几部小说。其中《菲洛梅诺,尽管如此》(*Filomeno, a mi pesar*,1988)获得了行星文学奖(el Premio Planeta),《佩佩·安苏雷斯的小说》(*La novela de Pepe Ansúrez*,1994)获得了阿索林奖(el Premio Azorín),《琼·雷卡尔德的婚礼》(*La boda de Chon Recalde*,1995)获得了卡斯蒂利亚和莱昂文学奖(el Premio Castilla y León de las Letras)。作家本人于 1980 年退休,并受到了萨拉曼卡城的隆重致敬。1982 年,他获得了第二届阿斯图里亚斯王子文学奖(el Premio Príncipe de Asturias de las Letras)。1983 年,他的学生们以配有插图的手抄本《堂吉诃德》第一部作为礼物,向这位他们爱戴的老师和作家致敬。1997 年,GTB 获得了罗莎丽奥·德·卡斯特罗奖(el Premio Rosalía de Castro)。

1987 年,他被授予萨拉曼卡大学名誉博士学位。

1988 年,他被授予圣地亚哥·德·孔波斯特拉大学和法国第戎大学

---

① 该《作品全集》只收录了作家 1977 年之前的作品,之后没有再续。

名誉博士学位。

1988年,法国授予其法兰西共和国文学艺术骑士勋章。

1989年,拉科鲁尼亚议会以GTB的名字设立了托伦特·巴列斯特尔小说奖(el Premio de Narrativa Torrente Ballester)。

1990年,他获得西班牙书商联合会"金书"奖(el premio Libro de Oro de la Confederación Española de Libreros)以及圣地亚哥·德·孔波斯特拉文化贡献金质奖章。

1992年,他参加古巴哈瓦那大学加里西亚文化中心开幕式,会见了菲德尔·卡斯特罗,并被哈瓦那大学授予名誉博士学位。

1998年,他荣获葡萄牙最尊贵的艺术勋章——佩剑圣雅各骑士团骑士勋章(Caballero de la Orden Santiago de la Espada)。

GTB被圣地亚哥·德·孔波斯特拉、蓬特韦德拉、尼格拉(Nigrán)和费内(Fene)市政府授予"养子"荣誉称号。

根据GTB的"现实三部曲"《欢乐与忧伤》改编的电视连续剧于1982年播出,在观众中引起了极大轰动。

根据GTB发表于1989年的小说《呆傻国王纪事》(Crónica del rey pasmado)改编的同名电影于1991年上映,获得了戈雅奖的8个奖项。

1999年1月27日,GTB于萨拉曼卡去世,被埋葬在他的出生地,即费罗尔的赛兰特斯,终年89岁。

第二节 GTB创作特点

GTB在西班牙文坛的经典性地位是毋庸置疑的。他既是作家,同时也是文学评论家,这在西班牙文坛是很少见的。其作品除了大量的长篇小说,还有许多剧作、短篇小说、散文和文学评论专著,以及作为报纸、杂志撰稿人发表的大量文学评论文章。

GTB首次获得评论界和读者的认可,是在1957年"现实三部曲"《欢乐与忧伤》的第一部《先生来了》发表之后。而第二次引起轰动则是1972年被称作"幻想三部曲"的第一部《J. B. 萨迦/赋格》的发表。两部作品也代表着作家"现实主义"和"幻想"两个不同的创作方向。

GTB 是 20 世纪西班牙文坛一位"奇特的"(raro)、"独立的"(independiente)、"难以界定"(difícil calificable)[①]的作家。他的第一部现实主义小说《哈维尔·马里诺》发表于 1943 年,却"不能归于 40 年代的任何现实主义流派之内:它既不是鼓吹暴力、用心险恶的黩武主义的战争文学(加尔西亚·赛拉诺[②]),也不是可怕主义的现实主义文学(塞拉),更不是面对战后荒芜世界显示出来的绝望(拉弗雷特)"[③]。而上文提到的"现实三部曲"《欢乐与忧伤》分别发表于 1957 年、1960 年和 1962 年,当时正是西班牙的社会现实主义(realismo social)时期。三部作品描绘了一个以作家曾经待过的加利西亚城市布埃乌为原型虚构的小镇伯爵新郡(Pueblanueva del Conde),描写了镇上的名门望族楚鲁恰奥家族(los Churruchaos)的最后一位少爷卡洛斯·德萨(Carlos Deza)从海外学成归来后,和他的昔日好友——新兴的资本家卡耶塔诺·萨尔加多(Cayetano Salgado)之间的权力和爱情之争。这部作品展现了内战前夕加利西亚农村的社会现实,体现了从 19 世纪末向 20 世纪的资本主义转变时期新旧势力之间的冲突。这部可以概括为"昔日的特权阶层的衰落以及逃脱不了寡头模式的新的经济模式的兴起"的作品本可以依照当时流行的"社会现实主义"模式展开程式化的描写,分析双方的优势、劣势,在历史上的地位,或者站在其中一方的角度批评另一方,比如同情昔日贵族,反对新兴资本主义,或者拥护后者而嘲讽前者。但是作品并没有对某一方进行"批

---

① 详见:Iglesias Laguna, A. *Treinta años de novela española (1938—1968)*. Madrid: Prensa Española, 1969: 306; Domingo, J. *La novela española del siglo XX*: vol. 2 (De la postguerra a nuestros días). Barcelona: Nueva colección Labor, 1973:31;Ruiz Baños, S. *Itinerarios de la ficción en Gonzalo Torrente Ballester*. Murcia: Universidad de Murcia, 1992: 244. 本书所有的外文引语均为笔者自译。

② Rafael García Serrano (1917—1988),西班牙小说家、记者,拥护普利莫·德·里维拉以及佛朗哥的统治。著有《艾乌赫尼奥,或春的赞礼》(*Eugenio o proclamación de la primavera*)等作品。

③ Giménez Gonzalez, A. *Torrente Ballester en su mundo literario*. Salamanca: Ediciones Universidad de Salamanca, 1984: 36.

评",也无意使文本成为"纪实作品",没有将重心放在风俗主义的描写和道德寓意上,而是从加利西亚本身的传统和神话出发,分析人性本身。因此,三部曲虽然有着"社会主题",但却没有"社会现实主义"潮流的主要特色,又一次体现出 GTB 在文学创作上不随大流而显得格格不入的特征。

西班牙文学史学家和评论家帕布罗·吉尔·卡萨多在其 1975 年的《西班牙社会小说》①中,并没有收录 GTB 的"现实三部曲"。在该书中,他总结了社会小说的一些特征,而当时几乎所有的小说都可以和这些特征相吻合,可以很容易地进行分类。加西亚·维尼奥在《西班牙新小说》中指出:"这种纪实性的、辩护性的文学要求文学创作必须采取一种极端的程式化立场,去落入问题重重的陈词滥调的窠臼,重新采取一种主题性的传奇连载方式,而在文体修辞学方面则甚至出现了倒退现象。"②加西亚·索贝哈诺也意识到,"在西班牙当今的文学中,出现一种作者越来越不注重语言的现象。文学作品的'方式'越来越不重要,尤其是其发展演变的方式和语言表达的方式"③。

GTB 的"现实三部曲"描写的正是这个时期加利西亚小镇的现实生活,文中并没有回避当时社会的悲惨现实,也有一些风土人情的描述,但这些背景并没有成为作品的主流,因此这部小说"不是社会批评小说,不是纪实小说,不是乡村主义,不是可怕主义,也不是风俗主义"④。三部作品长达一千四百页(西班牙联合出版社(Alianza Editoridl),1999),小说语言自始至终都保持着精雕细琢的风格,并一直保持着叙事的张力。

《欢乐与忧伤》这三部发表于"社会现实主义"时期的作品,其叙事采取的是一种看似不合时宜的"西班牙传统的"现实主义手法。GTB 没有表达出鲜明的道德偏好和尖锐的社会批判意识,"总是设法同他作品可能

① Gil Casado, P. *Novela social española*. Barcelona: Seix Barral, Biblioteca breve, 1975.

② García Viñó, M. *La nueva novela española*. Madrid: Punto Omega, 1968: 60.

③ Sobejano, G. Notas sobre lenguaje y novela actual. In Martínez Cachero, J. M. *La novela española entre 1936—1975*. Madrid: Editorial Castalia S. A., 1978: 235.

④ Giménez González, A. *Torrente Ballester en su mundo literario*. Salamanca: Ediciones Universidad de Salamanca, 1984: 37.

的读者所迫切关注的问题保持一种适当距离"①。这种距离是被称为"语言的大师"的 GTB 对"语言表达艺术"("arte bene dicendi")的一种坚持。和当时盛行的可怕主义等现实主义手法不同,和某些后现代作家喜欢描写令人不快的场景也不同,GTB 作为一位一生都在写作的作家,非常注重其作品的"文学性"。GTB 早期的诗学观念是非常传统的。作为一个曾狂热地投入到戏剧创作中的作家,GTB 对于从亚里士多德传承而来的戏剧创作的三一律等古典法则绝不陌生。亚里士多德的《诗学》对西欧文学与美学思想的影响很大,西欧古典主义美学与文学尤其将它奉为圭臬,尽管 GTB 自己并不是亚氏许多条条框框的循规蹈矩的遵循者,但他身上的新古典主义精神②也无疑使他在任何时候,无论是在创作"传统"的现实主义作品,还是在创作"后现代"的幻想作品中,都没有放弃《诗学》中对于"和谐与韵律"的要求。"现实三部曲"《欢乐与忧伤》在 20 世纪 80 年代被改编成电视连续剧,收视率极高,在公众中引起巨大反响,其文本被学界公认为忠实、生动反映那个年代加利西亚乃至整个西班牙社会的经典作品,也反映出当时 GTB 看似"逆潮流"的坚持的正确性。

　　1972 年,具有幻想色彩、"堪与《百年孤独》相媲美"的《J. B. 萨迦/赋格》的发表使 GTB 名声大振。在胡安·马奇基金会组织的一次有许多知名的评论家和作家出席的名为"贡萨洛·托伦特·巴列斯托尔的小说"(Las narraciones de Gonzalo Torrente Ballester)的研讨会上,西班牙文学史家和文学评论家霍阿金·马可(Joaquín Marco)如此说道:"如果卡米洛·何塞·塞拉的《帕斯库亚尔·杜阿尔特一家》《蜂房》《熄灯祭礼 5 号》,拉法埃尔·桑切斯·菲罗西奥的《哈拉马河》,路易斯·马丁·桑托斯的《沉默年代》,胡安·戈伊蒂索洛的《身份的记号》,胡安·贝内特的

---

　　① Domingo, J. *La novela española del siglo XX*: vol. 2 (De la postguerra a nuestros días). Barcelona: Nueva colección Labor, 1973: 31.

　　② GTB 在其创作笔记《一个流浪诗人的日志》中,曾多次提到自己的这种新古典主义精神:"…no olvides, Gonzalo, tu mentalidad neoclásica …[…]Dámaso te insistía: […]eres un hombre del siglo XIII. […]se parece bastante a la verdad. La mejor definición que podría dar de mí mismo es la de un ilustrado …"(1971 年 1 月 20 日),参见:Torrente Ballester, G. *Los cuadernos de un Vate Vago*. Barcelona: Plaza & Janes S. A., 1982: 234.

《你将回到地区》代表着我们的小说发展的各个阶段，那么《J.B. 萨迦/赋格》无疑标志着其中尤为特别的一个阶段。这部小说堪称当代小说创作的巅峰之一。"①

葡萄牙著名作家、诺贝尔文学奖得主何塞·萨拉马戈为《J.B. 萨迦/赋格》的法语版写了序。他非常推崇 GTB，认为"托伦特的修辞艺术体现了这个词最尊贵、最高水平的内涵，令人目眩[……]，一直以来留在米盖尔·德·塞万提斯之右的空位，如今刚好被写了《J.B. 萨迦/赋格》的贡萨洛·托伦特·巴列斯特尔所占据"②。

当时的西班牙文坛，内战后盛行的"社会现实主义"已经变成"过时"的成规，却没有另一种文学创作模式应运而生，来填补国内的这种空白，随之而来的却是对外来文学流派的尊崇和模仿，西班牙出版了大量拉丁美洲的"文学爆炸"作品，还有从其他欧洲国家翻译过来的质量良莠不齐的文学作品，而对文学理论的引进也是支离破碎，不成系统。人们迫切盼望着西班牙本国能有充满新意、创造力和想象力的新作品出现。而这部《J.B. 萨迦/赋格》无疑"满足了许多读者的美学要求；搅活了西班牙文坛的一潭死水；终结了我们的文人在面对强势的'文学爆炸'压制时所表现出来的所谓低人一等的自卑情结；表明了有一条想象—奇幻之路不仅通向潜意识和传奇，也可以通向人文和理性；重新赋予一种跟可怕主义无关的敏锐幽默以价值；在当前的虚假批评和使用符号摧毁一切的翳昧中，给我们提供了一个充满创造力标记的虚构世界；让小说寻回丢失的希望，重获新生"③。

面对同样的"文学困境"时，欧美其他国家采取的方法是同传统的写作手法彻底决裂以及创新，但是大多数西班牙作家却要么执着于传统的

———————————

　① Marco，J. Las narraciones de Gonzalo Ballester en V. V. A. A. In Ruiz Baños，S. *Itinerarios de la ficción en Gonzalo Torrente Ballester*. Murcia：Universidad de Murcia，1992：90-91.

　② Saramago，J. Gonzalo Torrente Ballester y La saga/fuga de J. B.，una obra aún sin descubrir. In Becerra Suarez，C. *La Tabla redonda：Anuario de estudios torrentinos*. Vigo：Universidad de Vigo，2003：7-9.

　③ Giménez González，A. *Torrente Ballester en su mundo literario*. Salamanca：Ediciones Universidad de Salamanca，1984：105.

现实主义手法,要么一味地模仿国外的各类文学流派。评论界的态度也是要么对这种小说危机中的新探索持否定态度,要么产生一种"外来和尚会念经"的思想,盲目崇拜国外的作家而对国内的作家缺乏必要的关注和信心。GTB兼收并蓄的态度可以说同他的大多数同行完全相反。1977年,在皇家语言学院发表题为"关于小说家和他的艺术"的就职演讲中,GTB呼吁道:"所有这些在危机中出现的表面上带着模仿印记、有时候被我们轻率地定义为低劣之作的作品,是对我们周围现实的另一种回应,是我们这个时代的另一种记录,[……]对于那些持怀疑态度的人,[……]我希望他们能够以更加友爱和包容的态度去理解之。虽然大部分这样的小说让我们很难去承认它们作为小说的价值,但是它们也打下了我们同时代人的痛苦和忧虑的印记。这些痛苦和忧虑常常戴着幽默、游戏、隐喻甚至是嘲弄的面具,我们应该懂得在面具下去寻找它们。每个时代都有它可能的表达方式,而轮到我们的时代,出现的就是这些互相矛盾的方式,这些方式让多少人误入歧途,也让多少人迷失方向。但它们是我们命运的组成部分,理应由我们自己来承担。"(EC,141-142)

这段话可说是GTB对自己作品的澄清和解读:在其作品"幽默、游戏、隐喻、嘲弄"的面具之下隐藏的是他对这个时代伴随着痛苦和忧虑的思考,当然,更是对当时受到西班牙文坛主流漠视甚至排斥的新的文学创作手法的辩护。但是作为一个职业文学评论家,GTB也看到了这种一窝蜂式的文学实验所带来的问题。在文学评论专著《西班牙当代文学》一书中,GTB就犀利地评论道:"西班牙年轻的小说家自然不会放弃自己创新和追求独特的权利。毫无疑问,任何一部在我们研究的时间范围内出版的小说都不会放弃任何一个能够把作品'从头到尾'以一种有机的方式表达出来的机会,但同时,也没有任何一部在采取了'蒙太奇'、打乱时代顺序、孤立'镜头'等等机械的手法之后取得美学上的成功。"他认为,这种现象产生的原因在于,这些小说家赋予技巧以决定性的价值,认为各种写作技巧只不过是可随时拿来使用的工具,却忘记了最基本的美学事实在于"主题决定技巧,技巧本身并不能自我评判,而只能以它所可能带来的表达效果来评判",因此这样的作品"不是一个协调的有机体,而是毫无生命的机械拼凑"。①

我们看到,在 GTB 本人的文学创作中,尤其是自《唐璜》之后的一系列"幻想小说"中,他对这种新的创作手法了然于心,却没有一味模仿,而是用一种独特的"戏仿"方式消化之,结合小说材料的性质采取不同的方式,"以主题决定技巧的选择",创造出了包括《J. B. 萨迦/赋格》在内的一系列震惊西班牙文坛的作品。

《J. B.萨迦/赋格》发表之后,GTB 终于等到了被认可的时刻。此时他已经 62 岁,距第一部小说《哈维尔·马里诺》的发表已经过去了整整三十年,距其首次进行正式的文学创作也已经过去了四十多年。62 岁的 GTB 此时依然没有解决找到"独立的可供写作的""能够保证必需的安静"(CVV,339)的房子的问题。尽管一直处于这种困顿之中,GTB 却依然坚持自己的文学创作道路,在积极面对"文学危机"时不盲目追随"新潮流",在果断抛弃无效的旧方法时也不随意批判"旧传统",终于以自己在文学上的坚持而非对"潮流"的追随得到了承认,成为西班牙文坛一位公认的风格独特的文学大师。

GTB 曾经在西班牙多个城市生活和工作过,除了出生地加利西亚的费罗尔,还有"星光圣城"圣地亚哥·德·孔波斯特拉、维戈、蓬特韦德拉、奥维耶多、马略卡岛、布尔戈斯、马德里以及萨拉曼卡等。而作家的两次国外生活、学习和工作的经历适逢欧美两大文学潮流兴起的时期:20 世纪二三十年代法国的各个现代主义文学流派和六七十年代美国的后现代主义。而在这几十年中,西班牙国内由于内战的战火和战后佛朗哥独裁统治对文人的压制和流放,处于一种封闭隔绝的状态,对于这些思潮存在着接受滞后的情形。这种情况无疑对西班牙国内的文学创作有很大影响。可以说,相对于同时代的其他作家,托伦特·巴列斯特尔的文学视野是宽阔和超前的。"[国外经历]开阔了我的文化视野,抖掉了我身上的乡巴佬灰尘,给我带来一段本可以更丰富但也颇有成效的经历。[……]使

---

① Torrente Ballester, G. *Panorama de la literatura española contemporánea*. Madrid: Ediciones Guadarrama, 1961: 488.

我对一个与我们的社会截然不同的社会有了切身体会，也让我能够以更公正的态度去判断我们那边的良莠之别"，尽管这种在本国文学界的长期"缺席"也致使 GTB 觉得自己"不处于江湖之中"，"处在圈子之外，因此也不能请求得到圈内人所享受的特权"。(CVV，318-319，207，263)GTB 本人认为，评论界对其作品的漠视在很大程度上源于他在西班牙文坛的这种"闯入者"①身份。

此外，GTB 对作为现代小说鼻祖的同乡人塞万提斯非常推崇，他在论著《作为游戏的〈吉诃德〉》中，对《堂吉诃德》这部经典作品做了非常深刻而又有趣的不一样的解读，并在自己的文学创作中有意地使用"塞万提斯式"的手法。从这一点上说，他又有着非常传统的文学传承。

上文我们提到，GTB 曾经写过大量的文学评论。他是《向上》、《胜利》(Triunfo)等杂志的戏剧评论家(1962 年 8 月—1963 年 12 月)，还为《埃斯科里亚尔》(1941—1942，1949—1950)、《第一幕》(Primer acto，1957—1964)、《信息》(Informaciones，1973—1980)等杂志撰写文学评论。他本人的作品中也包括许多专门的文学评论专著。所有这些，都使得 GTB 坚持对文学本身的思考，在面对文学的困境时能率先进行大胆的创新和尝试，并能够以一种独特的嘲讽和戏仿态度消化无论是"传统"还是"先锋"的创作手法，并形成自己独具一格的特征。虽然从年龄上来说，GTB 应该属于"36 年一代"，但是由于难以归类，因此他游离于正统的西班牙文坛年代和潮流的划分之外。西班牙国内的研究者注意到其作品在手法上与塞万提斯的一脉相承，也注意到其作品中超前于同时代作家的创新手法。虽然 GTB 的早期创作以现实主义为主，但是他本人却更倾向于以丰富的想象力来展现语言在虚构文学世界时的强大魅力和力量。而他在其大量具有先锋意义的"幻想小说"中，也没有放弃对传统的文学主题乃至手法的坚持。在他身上可说是体现了最传统和最先锋的强烈对比与融合。

---

① Reigosa，C. G. *Conversas de Gonzalo Torrente Ballester con Carlos G. Reigosa*. Santiago：Coleccion Testemunos，1983：224.

第三节　GTB 研究现状

GTB 作品的经典性得到了文学界的肯定，并经受住了时间的考验。评判一个好的作家，一般有两个标准：一是在读者中口碑好，即作品卖得好，是"畅销书"；二是在文学评论界口碑好，即作品写得好，是"优秀作品"。卖得好的作品往往并不被评论界看好，而得到批评专家好评的作品也不一定会卖得好，二者兼得的例子非常少见。达里奥·维拉努埃瓦[①]在高度评价 GTB 的作品时指出，能获得作家同行的认可，才是对一位作家的最高评价，而 GTB 无疑担得起这份殊荣。2001 年，《世界报》发起评选，评出了"20 世纪最优秀的百部西班牙语小说"（Las cien mejores novelas en castellano del siglo XX）。GTB 的《J. B. 萨迦/赋格》和"现实三部曲"《欢乐与忧伤》名列其中，这两部小说同时也是西班牙中学、大学的必读或推荐读物。当然，在各种文学评选多如牛毛、众多的文学奖项滥设滥发的今天，不乏一些仅仅为了吸引读者眼球、促进销量而忽视作品文学价值的闹剧。我们姑且不论《世界报》此次评选的动机如何，在此列出一些评选结果中的其他名字和作品：加西亚·马尔克斯、卡米洛·何塞·塞拉、安娜·玛丽亚·马图特、巴尔加斯·略萨、米格尔·德·乌纳穆诺、胡安·鲁尔福……可以看出，在整个 20 世纪西班牙以及拉丁美洲众多的以西班牙语写作的优秀作家里，能以两部作品入围该评选前一百名，也并非易事。

西班牙国内对 GTB 的研究，曾经有两个高潮，第一个是 20 世纪七八十年代：1972 年，《J. B. 萨迦/赋格》的横空出世引起轰动，紧接着《欢乐与忧伤》在 80 年代被改编成电视剧也推动了对 GTB 的研究热潮。在这段

时间中,出现了许多有关 GTB 作品的评论文章和研究专著,而作家本人在这段时间除了继续小说创作,也陆续出版了一些带有自传、回忆和总结性质的作品,文学评论集《拉罗马纳日志》《新拉罗马纳日志》《评论集》《作为游戏的〈吉诃德〉》,写作笔记《一个流浪诗人的日志》,童年回忆录《达芙妮与梦幻》,自传性文章《权当简历》（"Curriculum, en cierto modo",1981)、《生平纪要》（"Nota autobiográfica",1986）等也都发表于这个时期。第二个对 GTB 研究的高潮是在作家去世（1999 年）之后及其一百周年诞辰纪念（2010 年）至今。2003 年,一批 GTB 的追随者和崇拜者（其中大多数都是知名的教授和作家）,创办了一本专门研究其作品的杂志《圆桌：托伦特研究年刊》（*La Tabla redonda：Anuario de estudios torrentinos*,以下简称《圆桌》）,截至 2019 年已经出版了 18 期（包括一辑特刊）。可以说,对 GTB 的研究一直处于一个持续不断和慢慢升温的过程。

　　据不完全统计,迄今出版的研究 GTB 的文学批评专著有 47 部（主要为西班牙语、加利西亚语、法语、意大利语和英语）,这其中不包括其他介绍性的出版物及论文集。另外就是上文提到的自 2003 年创办至今的托伦特文学研究年刊《圆桌》杂志。该杂志的命名来源于《J. B. 萨迦/赋格》,小说中的主人公们在虚构的卡斯特罗弗尔特·德尔·巴拉利亚城（Castroforte del Baralla）循着兰斯洛骑士和亚瑟王们的模式建立了一个"精英团体"。小说中主人公们的一本正经和 GTB 在叙述中的明显戏谑风格形成了强烈的对比和反差,GTB 的资深研究者和狂热追随者们对此心知肚明。此杂志被命名为《圆桌》,也是对作家的一种符合其风格的另类致敬。除此之外还有散见于各个文学刊物的大量论文。这些研究从内容上基本涵盖了 GTB 所有的作品,研究的主题主要分为以下几类：

第一类是对其"幻想三部曲"①（《J. B. 萨迦/赋格》《启示录片段》《芟除风信子的岛屿》）以及风格相似的《唐璜》的研究②。这几部作品无论从内容还是创作手法上都比较复杂，对其研究的关注点主要集中在其戏仿、讽刺的写作风格及复杂的元小说结构上。

　　第二类是对其他热点作品，如"现实三部曲"《呆傻国王纪事》《哈维尔·马里诺》《瓜达卢佩·利蒙政变》《系主任之死》及几部具有自传和回忆风格的作品，如《达芙妮与梦幻》《菲洛梅诺，尽管如此》《显而易见，我并

---

　　① "幻想三部曲"（La trilogia fantástica）的说法最初见于 GTB 研究者艾丽西亚·希门尼斯（Alicia Giménez）于 1981 年出版的专著《托伦特·巴列斯特尔》（*Torrente Ballester*），当时所谓"三部曲"的第三部还没有面世。其实三部作品是独立的作品，只是风格相似。此名称因为方便研究而归类，就一直如此姑且称之。但有些研究者认为，这个"幻想三部曲"的名称有其不妥之处，是某些评论家"伪造"的名称，GTB 本人对此名称也不赞同。Gonzalo Estévez Valiñas 在其论文《"幻想三部曲"：一个有待商榷的命名》中对此有过详细的解释和探讨：Gonzalo Estévez Valiñas, G. La trilogía fantástica, una denominación problemática. In Becerra Suarez, C. *La tabla redonda*：*Anuario de estudios torrentinos*. Vigo：Universidad de Vigo, 2004：97-106.

　　② 相关研究可参见论著：Dotras, A. M. *La novela española de metaficción*. Madrid：Ediciones Jucar, 1994；Gil González, A. J. *Teoría y crítica de la metaficción en la novela española contemporánea*：*A propósito de Álvaro Cunqueiro y Gonzalo Torrente Ballester*. Salamanca：Ediciones Universidad de Salamanca, 2001；Benítez, M. *Sátira, ironía y parodia en las novelas de Gonzalo Torrente Ballester*：*De "Javier Mariño" hasta "La saga/fuga de J. B."*. Michigan：University Microfilms Internacional, 1987；Hilda Blackwell, F. *The game of literature*：*Demythification and parody in novels of Gonzalo Torrente Ballester*. Valencia：Albatros, 1985；Urza, C. *Historia, mito y metáfora en "La saga/fuga de J. B." de Torrente Ballester*. Michigan：UMI, Dissertation Information Service, 1992. 以及论文：Winter, U. Laoperación mágica. Metaficción irónica y metafísica de la escritura en *Fragmentos de apocalipsis*. In Becerra Suarez, C. *La tabla redonda*：*Anuario de estudios torrentinos*. Vigo：Universidad de Vigo, 2004：63-73；Guyard, E. Reflexiones sobre la recipción de *Fragmentos de apocalipsis* en Francia. In Becerra Suarez, C. *La tabla redonda*：*Anuario de estudios torrentinos*. Vigo：Universidad de Vigo, 2004：89-96；Navajas, G. Don Juan desvirtuado. La parodia del discurso mítico en Don Juan de Gonzalo Torrente Ballester：El mito como farsa. In Becerra Suarez, C. *La tabla redonda*：*Anuario de estudios torrentinos*. 2010（Extra 1）：163-174.

非我》《彷徨岁月》等的研究①。对这类作品的研究主要关注点是其似是而非的体裁,探讨其究竟是"现实主义小说""魔幻现实主义""侦探小说""新历史小说",还是"回忆小说"。

　　第三类是对 GTB 作品中映射到现实中的具有风俗主义风格的背景研究②。这类研究主要针对其作品中的四个虚构城市:卡斯特罗弗尔特·德尔·巴拉利亚(Castroforte del Baralla,意为"坚固营地")、维拉圣塔·德·拉·埃斯特拉(Villasanta de la Estrella,意为"星光圣城")、普埃布拉努埃瓦·德尔·孔德(Pueblanueva del Conde,意为"伯爵新郡")和维拉雷阿尔·德·拉·玛尔(Villarreal de la Mar,意为"海之皇城")。研究者们将这四个城市和现实中的加利西亚进行对比。这些虚构城市都具有浓重的加利西亚特色,它们在 GTB 作品中的重要性正如科马拉之于胡安·鲁尔福,马孔多之于马尔克斯,圣塔马利亚之于胡安·卡洛斯·奥内蒂。正如维克多·F. 弗雷依桑内斯所说:"很少有作家像 GTB 一样用如此大的篇幅来描述加利西亚,他用如此非凡的想象力和如此惊人的天

---

　　①　相关研究可参见论著:Wojciech Charchalis, W. *El realismo mágico en la perspectiva europea*:*El caso de Gonzalo Torrente Ballester*. New York: P. Lang, 2005;Becerra, C. *Los géneros populares en la narrativa de Gonzalo Torrente Ballester*:*La novela policíaca*, Vigo: Editorial Academia del Hispanismo, 2007. 以及论文:Pérez, J. Gonzalo Torrente Ballester, precursor de la "nueva novela histórica". In Becerra Suarez, C. *La tabla redonda*:*Anuario de estudios torrentinos*. 2010 (Extra 1): 175-187; Pérez, J. ¿Cuento de hadas, o parodia del género caballeresco? "Doménica": novela póstumad e Gonzalo Torrente Ballester. In Becerra Suarez, C. *La tabla redonda*:*Anuario de estudios torrentinos*. Vigo: Universidad de Vigo, 2007: 113-126; Pérez, J. Dafne y ensueños: "¿Novela, autorretrato, o memoria?". In Becerra Suarez, C. *La tabla redonda*:*Anuario de estudios torrentinos*. Vigo: Universidad de Vigo, 200: 33-50.

　　②　相关研究可参见论著:Ponte Far, J. A. *Galicia en la obra narrativa de Torrente Ballester*. Vigo: Tambre, 1994; Ponte Far, J. A. *Pontevedra en la vida y la obra de Gonzalo Torrente Ballester*. Vigo: Caixanova, 2000; Valverde Hernández, M. A., Gómez Alonso, R. *El Madrid de Felipe IV*:*Análisis literario y fílmico de Crónica del rey pasmado*. Madrid: Comunidad de Madrid, 1997. 以及论文:Ocampo Vigo, E. "La boda de Chon Recalde": Torrente Ballester y la sociedad ferrolana de posguerra. In Becerra Suarez, C. *La tabla redonda*:*Anuario de estudios torrentinos*. Vigo: Universidad de Vigo, 2007: 101-112; Merino, J. M. Juego y verdad en *La saga/fuga de J. B.*". In Becerra Suarez, C. *La tabla redonda*:*Anuario de estudios torrentinos*. Vigo: Universidad de Vigo, 2003: 47-54.

赋使得我们的神话传说、我们的集体自我和刻骨铭心的记忆得到了深化。"①

　　第四类是对作家于 1975 年发表的《作为游戏的〈吉诃德〉》的研究②。这类研究主要涉及 GTB 作品中对塞万提斯的传承,主要侧重于其作品的写作技巧分析,也提到被 GTB 所注意到的《堂吉诃德》中的元小说》说风格。许多研究者也都把 GTB 的作品和塞万提斯的作品放在一起进行研究。在这些研究中,安娜·M.多德拉斯在论著《西班牙元小说》中以塞万提斯、乌纳穆诺和 GTB 为例,梳理了西班牙元小说的发展脉络③。此外诺贝尔文学奖得主、葡萄牙作家何塞·萨拉马戈在《托伦特作品中的塞万提斯特征》④中也探讨了 GTB 类似《堂吉诃德》的一些创作手法,甚至认为他是可以与塞万提斯比肩的作家。

　　除了上述几个大的研究方向之外,还有对 GTB 戏剧作品的专门研究,主要集中在《尤利西斯的回归》《青年托比亚斯之旅》以及《骗婚》这三部作品。还有关注 GTB 作品中的女性主义的研究,比如 2011 年出版的由卡门·贝塞拉·苏亚雷斯和何塞·安东尼奥·佩雷斯·博威合著的作

　　① Freixanes, V. F. A cidade literaria: Notas para unha conferencia. 30 anos da edición de *La saga/fuga de J.B.* In Becerra Suarez, C. *La tabla redonda: Anuario de estudios torrentinos*. Vigo: Universidad de Vigo, 2003: 31.

　　② 相关研究可参见以下论文: Basanta, A. El Quijote, *La saga/fuga de J.B.* y la novela española actual. In Becerra Suarez, C. *La tabla redonda: Anuario de estudios torrentinos*. Vigo: Universidad de Vigo, 2003: 81-100; Roca Mussons, M. Sobre algunas cervantinas de Gonzalo Torrente Ballester en *Fragmentos de apocalipsis*. In Becerra Suarez, C. *La tabla redonda: Anuario de estudios torrentinos*. Vigo: Universidad de Vigo, 2004: 27-46; Romo Feito, F. El Quijote como juego y Don Juan (sobre técnicas cervantinas en Torrente Ballester). In Becerra Suarez, C. *La tabla redonda: Anuarios de estudios torrentinos*, Vigo: Universidad de Vigo, 2005; García Galiano, A. Quizá nos lleve el juego al infinito (el Quijote en la obra de Torrente Ballester). In Becerra Suarez, C. *La tabla redonda: Anuario de estudios torrentinos*. Vigo: Universidad de Vigo, 2005: 149-164; Rodríguez Gutiérrez, B. El juego del Quijote (metodología didáctica basada en la obra de Gonzalo Torrrente Ballester). In Becerra Suarez, C. *La tabla redonda: Anuario de estudios torrentinos*. Vigo: Universidad de Vigo, 2005: 165-198; Pérez, J. "La Isla de los Jacintos Cortados": parodia cervantina historiográfica. In Becerra Suarez, C. *La tabla redonda: Anuario de estudios torrentinos*. Vigo: Universidad de Vigo, 2005: 17-34.

　　③ Dotras, A.M. *La novela española de metaficción*, Madrid: Ediciones Jucar, 1994.

　　④ Saramago, J. Perfiles cervantinos en la obra de Torrente. In Abuín, A., Becerra Suarez, C., Candelas, A. *La creación literaria de Gonzalo Torrente Ballester*. México: Coordinación Editorial, 1997.

品《被书写的女性：贡萨洛·托伦特·巴列斯特尔作品中的女性世界》①
以及奥莉薇亚·罗德里戈斯·贡萨雷斯的论文《〈琼·雷卡尔德的婚礼〉，
关于维拉雷阿尔·德·拉·玛尔城的女性的小说》②等。

目前对 GTB 作品的研究从宏观综述到具体研究，从内容到形式，几
乎涵盖了方方面面，这些研究关注到其文学创作上对塞万提斯的传承，其
背景描写上对西班牙加利西亚地区的真实再现以及其内容上对历史、神
话和文学的戏谑讽刺。在此我们要着重指出的两点是：(1)一些评论家注
意到了 GTB 作品中明显的元小说创作手法，但需要进一步指出的是，正
如《堂吉诃德》是对骑士小说的戏仿那样，GTB 这位塞万提斯的忠实继承
者，在讲述一个"故事"，建构一个"神话"，解构一段"历史"的同时，也对
"元小说"本身进行了戏仿。(2)目前很少有研究者将目光从西班牙本国
转到更广阔的空间，将 GTB 放在整个西方文学史这个更宏大的背景之下
进行研究。可以说，艾柯的《玫瑰之名》、品钦的《万有引力之虹》、纳博科
夫的《洛丽塔》、卡尔维诺的《寒冬夜行人》、福尔斯的《法国中尉的女人》、
昆德拉的《生命中不能承受之轻》、博尔赫斯的《阿莱夫》、马尔克斯的《百
年孤独》等等后现代主义的著作都是 GTB 作品的姻亲。

第四节　GTB 幻想作品的后现代主义特征

《唐璜》《启示录片段》和《芟除风信子的岛屿》是 GTB 的三部具有代
表性的"幻想"作品，它们从主题、结构到创作手法上都有很多相似之处，
其中体现的主要是 GTB 对小说艺术本身的探究，可以说是其对整个 20

---

① Becerra Suárez, C., Pérez Bowie, J. A. *Mujeres Escritas, el universo femenino en la obra de Gonzalo Torrente Ballester*. Madrid：Editorial CSIC；Los Libros de la Catarata, 2011.

② Rodríguez González, O. La boda de Chon Recalde, novela de las mujeres de Villarreal de la Mar. In Becerra Suarez, C. *La tabla redonda：Anuario de estudios torrentinos*. Vigo：Universidad de Vigo, 2007：81-100.

世纪六七十年代欧美文坛对"文学本身"的思索的回应。而这种文学理论和创作的结合也正是 GTB 在西班牙文坛的与众不同之处。

尽管"后现代主义"这一概念自出现那一刻起，就伴随着各种质疑和批评，其界限也模糊不清，没有一个非常确切的定义，但总体来说，"后现代主义"(postmodernismo)是在一种怀疑论的思想下对包括文化、文学、艺术、哲学、历史、经济、建筑等所进行的另一种解读，这其中包含着对已有秩序的怀疑和解构。比如早在 19 世纪 90 年代，英国画家约翰·沃特金斯·查普曼(John Watkins Chapman)就用"一种后现代风格"来和法国印象派分离；1914 年，J. M. 汤普森(J. M. Thompson)在一篇发表于《希伯特杂志》(The Hibbert Journal)的文章中用"后现代"来描述在宗教批评领域中态度和信念上的转变；该词在 1921—1925 年间也被用来描述一种新的艺术和音乐形式；英国著名历史学家阿诺德·约瑟夫·汤因比在 1939 年将该术语用于历史学领域；此外，该词在 1949 年以后还被用于建筑学领域，用来表达对于现代建筑风格的一种反拨，并由此引发了一场轰轰烈烈的后现代主义建筑潮流。

而在文学思潮上，1934 年，西班牙学者和评论家费德里科·德·奥尼斯在自己选编的《西班牙和西班牙语美洲诗选》中就曾提出"后现代主义"这个概念，用以表达一种对以鲁文·达里奥为代表的现代主义诗歌以及先锋派诗歌的那种强烈的实验风格的反拨。

可以说，后现代主义有一种"反传统"的共同情绪，却因为"无中心"而无法归纳统一的教条。但后现代主义是自现代主义的母体中发生并发展起来的，并以一种"反讽"和"戏谑"的态度对待现代主义，因此两者的关系也是许多后现代主义理论家所关注的重点，比如利奥塔在他的著作《后现代状况》(1979)中就指出，后现代主义是对现代主义以思辨和人类解放为目的的"宏大叙事"的质疑和解构。与之相关的还有后现代主义文艺美学家伊哈布·哈桑的《后现代转折》(1987)以及雅克·德里达、米歇尔·福柯、罗兰·巴特等人的论著。

戴维·洛奇、布莱恩·麦克黑尔、琳达·哈琴，帕特里西亚·沃等理论家也都发表了相关的著作，对后现代主义小说创作进行了详细的阐述和分析,其中布莱恩·麦克黑尔就从"认识论"和"本体论"角度来区分现代主义文学作品和后现代主义文学作品。

学界普遍认为,博尔赫斯于1939年发表的具有明显戏谑风格的短篇小说《〈吉诃德〉的作者皮埃尔·梅纳德》是后现代主义文学的先驱之作。其他被认为是后现代主义作家的有萨缪尔·贝克特、弗拉基米尔·纳博科夫、威廉·加斯、翁贝托·艾柯、库尔特·冯内古特、约翰·巴斯、E. L. 多克特罗、唐·德里罗、托马斯·品钦等。GTB的作品风格、创作手法、思想内涵等都和这些作家有许多相似之处,因此,我们认为GTB作品的后现代主义写作特征是毋庸置疑的。

我们将会用到热奈特等人的叙事学分析方法,对GTB的作品文本进行分析;而在分析其后现代主义风格的创作时,我们则会借用一些后现代理论家的论述,比如琳达·哈琴、海登·怀特、利奥塔等人在后现代小说创作、历史书写、思想转变等方面的见解。尽管GTB本人的一些文学创作理论要早于上述几位理论家一些概念的提出,在某些方面同这些概念也有分歧,但是这并不妨碍我们在此将之作为理论参照,来重塑GTB在西班牙乃至欧美文坛的地位。此外,俄国形式主义批评、尼采的哲学思想等也都是研究GTB作品时不可或缺的参照。另外不得不提的是GTB本人写下的大量关于自己和他人作品的文学批评、研究以及有关文学理论的文章、专著,这些宝贵的资料也为我们的研究提供了翔实的参考和有力的证据,尤其是作家用十年心血凝结而成的创作笔记《一个流浪诗人的日志》,以及和维戈大学的学者,也是GTB资深研究者卡门·贝塞拉教授全面探讨自己文学创作的长篇访谈录《我留下声音,让出语言——贡萨洛·托伦特·巴列斯特尔谈话录》(*Guardo la voz, cedo la palabra—Conversaciones con Gonzalo Torrente Ballester*,以下简称《谈话录》)。最后,还有GTB对自己写作上的导师塞万提斯的《堂吉诃德》的研究专著《作为游戏的〈吉诃德〉》,以及汇集了他多年文学评论作品的《评论集》等几部重要的专著。

一、《唐璜》①

　　小说《唐璜》是 GTB 在其"现实三部曲"《欢乐与忧伤》之后对现实主义的质疑和扬弃。本书将主要阐明 GTB 对还原唐璜的"真相"所做的努力。尽管在这个"唐璜故事"中,充斥着他一贯的嘲讽、戏谑语气,但大都针对唐璜周边的人物,比如堂贡萨洛、堂娜埃尔维拉、马尼亚拉等,对唐璜本人则没有丝毫嘲讽,反而充满同情。尽管 GTB 强调,《唐璜》里的人物没有为自己代言,尤其是被赋予了作家本人某些特征的"叙述者",但不可否认的是,作为中心内容出现的唐璜是 GTB 的唐璜,而非别人的唐璜,在对这个"文学神话"的本来面貌进行"还原"的同时,他身上必然体现了作家本人的道德倾向、爱情观点以及有关罪孽和救赎的神学观念。

　　但是在这种还原的过程中,我们也将会发现 GTB 以一种怀疑主义精神,对历代文人的唐璜版本进行质疑、分析、批判和扬弃,尤其是 20 世纪二三十年代以乌纳穆诺为代表的回归"传统"的唐璜和以奥尔特加·伊·加塞特为代表的坚持"现代"的唐璜。这种行为本身,正是德里达所认为的解构的过程:"解构不是别的,它就是怀疑、批判、扬弃,就是他者的语言,是事件的如实发生,是既定结构的消解。"②

　　GTB 的《唐璜》除了在主题上继续了其自"为学究而写的幽默故事集"开始的对神话的"建构和解构",最主要的不同之处在于其中添加了"幻想因素",并采取了一种"隐形"的元小说创作手法。"元小说"一度被称为"反小说"。哈琴也从专职评论者们对元小说作者的这种在自己的文本中兼职做评论家的行为的恶感中找它不受待见的原因。哈琴没有给元小说贴上先锋的标签,而是从文学传统中找寻它的源头,比如《堂吉诃德》《项狄传》等经典作品,试图在当时的一片反对声中为它的出现和存在找到正当理由。GTB 在创作《唐璜》时也意识到这种新的手法将会遭遇的

---

①　如无特殊说明,本章中出现的带书名号的"《唐璜》"均指 GTB 所著的这部小说。
②　陆扬. 后现代文化景观. 北京:新星出版社,2014:72.

命运。在本书中,我们注意到了他在创作《唐璜》时的矛盾心理。这种在"传统"和"创新"之间的徘徊最后在《堂吉诃德》里找到了支持。"我是一个守旧的作家。[……]塞万提斯在他的时代也是一个很有古风的作家。说此话并不是说我们两人之间有可比性,但是确实也表明我越来越有意识并自觉地师从于塞万提斯。"(CVV,153)在对《唐璜》的文本分析中,我们发现,GTB在创作时巧妙地将自己对《堂吉诃德》的解读方式(《作为游戏的〈吉诃德〉》)应用在自己的作品中,以另一种"传统"的名义名正言顺地摆脱了"现实主义传统"的束缚,从而以一种新的方式讲述了一个古老的故事。但是他的运气却和同时期欧美其他国家的元小说作家大相径庭。

在本书中,我们除了分析GTB如何通过质疑和解构对"唐璜神话"进行建构的过程,也将对《唐璜》的独特创作手法进行分析。从中我们会发现,这部小说中出现的许多写作手法都在GTB后期的小说中得到了更加自由的运用,尤其是《启示录片段》。而其中"神话建构和解构"的主题则在之后的一部和《唐璜》结构非常相似的《芟除风信子的岛屿》中以一种更具后现代特征的方式表现出来,体现了GTB从前者到后者的一个看似在主题和风格上重复而实则愈加坚定和自信的文学创作过程。

二、《启示录片段》

《启示录片段》被认为是一部典型的"元小说",作者本人也宣称这是一部"展示小说创作过程"的小说。但是在这个以多个由片段构成的叙事线索讲述的关于一个虚构城市的神话、历史以及最终的毁灭的故事中,我们发现,作者也以一贯的嘲弄态度对"元小说"本身进行了戏仿。

"现实主义小说"从亚里士多德的《诗学》的模仿论(mimesis)中找到其自称"小说正统"的依据,而元小说理论家哈琴也在文学史传统和亚里士多德的身上为元小说找寻理论支持。她认为,亚里士多德没有充分展示柏拉图对于故事情节(drama,指 mimetikon, product)和话语叙事(narration,指 diegematikon, process)的区分,而将两者都当作整体模仿的方式。这同时也说明:"即使是亚里士多德的本质上客观的模仿理论,也给对创作过程的模仿留下了空间。这正是因为艺术不仅仅是一种体现在从和谐的标记到达合乎逻辑的结局的整体创作行为,它也被理解为一种使自然本身变得有条理的整理过程和整理后的结果之间的动态的竞争共存。"①也就是说,所谓的"模仿"并不局限于对"成品"(product)的简单模仿,也应该包括对过程(process)的模仿。"小说家(进行创作)的行为和他想要去模仿的渴望一样,都是他身上最基本的人类本性。叙事(diegesis)和模仿(mimesis)确实可以并存。"②

面对 20 世纪六七十年代井喷式地出现的这股关注小说自身建构过程的元小说创作高潮,元小说理论家们首先需要推翻的就是"现实主义"的"霸权",并为自身的合法存在寻找正当的理由。以哈琴为例,她多次重申,也许在一个更大的叙事范围内来看,这种所谓的"现实主义"更像是脱离了小说发展的轨道,而非制定了小说的标准。因此,经过"现实主义"对这种传统的截流和阻断,如今(当时)是"小说"又重新关注自身的时刻了。帕特里西亚·沃也认为"元小说不是小说的'分支',而是小说内部的一种趋势"③。

在本书中,我们将分析《启示录片段》中出现的大量的元小说手法。我们将会发现,这种对小说本身的"自我意识"和"自我指涉"的关注在GTB 身上带有很强的自发意识,并不仅仅是受到"新的潮流"的影响。正如作者本人所说:"我们所拥有的叙事方式,其实从来就是那三四种,对此不应抱太大的幻想,尤其是当你因为这种或那种方式正流行,所以选择使用它时,那就大错特错了。"④

---

　　① Hutcheon, L. *Narcissistic narrative*: *The metafictional paradox*. New York: Routledge, 1991: 40-41.

　　② Hutcheon, L. *Narcissistic narrative*: *The metafictional paradox*. New York: Routledge, 1991: 48.

　　③ Waugh, P. *Metafiction*: *The theory and practice of self-conscious fiction*. London: Methuen & Co. Ltd, 1984: 14.

　　④ Torrente Ballester, G. *La Princesa Durmiente va a la escuela*. Barcelona: Plaza & Janes S. A., 1983: prólogo, 16.

早在 20 世纪四五十年代，GTB 在创作《睡美人上学去》时就已经有了很强烈的意识，而小说《唐璜》也已经有了很明显的元小说特征。元小说是后现代主义写作的一种方式，当然，在所有当代的实验写作中都或多或少用到一些元小说手法。元小说理论家们一致承认，自现代小说（我们指的是《堂吉诃德》）诞生的那一刻开始就已经有了元小说的创作手法，而在之后的 18 世纪英国文学，比如斯特恩、斯威夫特等大家的作品等，亦是对这种手法的一脉相承。GTB 在创作《启示录片段》时，也刻意地将自己所受到的影响指向塞万提斯，而非当时的"潮流"。对于那些总是对本国作家的创新能力持怀疑态度，同时又故步自封的西班牙国内评论界，GTB 事先就预料到他们必将以同样的"怀疑态度"质疑自己的写作，并试图从自己的作品中寻找创作的"参照"。对此，他嘲弄道："我所受到的影响是庞杂的、非常确切的，同时又是非常古老的。如果消息足够灵通的话，本可以从一开始就（从我的作品中）发现它们。但是西班牙文学的这些检查员没能及时地阅读斯威夫特、斯特恩甚至是塞万提斯，错并不在我。"①

与此同时，我们在分析这部作品时也发现，许多研究者落入了 GTB 的"陷阱"，简单地把该小说归为"元小说"之列，而没有意识到其中的嘲弄色彩。而实际上，《启示录片段》在其假意"揭示小说创作过程"的目的之下，依然以一种迷宫般的方式给我们讲述了一个城市的历史和神话故事。"元小说"成为作者制造"足够真实性"的有效工具，使得各种神奇的情节具有合法的存在理由，从而使读者心甘情愿地假装相信自己所读到的故事，在无形之中接受作者对维拉圣塔·德·拉·埃斯特拉这个虚构的"星光圣城"的历史和神话的具有后现代主义风格的解构和建构。

---

① Torrente Ballester, G. *La Princesa Durmiente va a la escuela*. Barcelona: Plaza & Janes S. A., 1983: prólogo, 27.

三、《荠除风信子的岛屿》

《荠除风信子的岛屿》（以下简称《岛屿》）表面上看来是一部爱情小说，但正如《一千零一夜》那样，它主要讲述的是一个嵌入的"拿破仑是如何被虚构出来"的故事，其目的却不在于证明"拿破仑真的是被虚构出来的"，而是利用对"拿破仑神话"的后现代解构，进一步探讨"历史"和"文学"，"虚构"和"真实"之间问题重重、错综复杂的关系。

可以说，"对历史的怀疑态度"一直都是 GTB 这个本职是历史学家的文学家创作中一个常见的主题。在写于 20 世纪 50 年代的《睡美人上学去》终于发表（1983 年）后，GTB 在该小说的前言中对自己的文学创作生涯做了简短的回顾和评论。他认为，正是信息传播方式的更新发展，才使得今天的人们有了关于"世界历史"的概念，但同时应该指出的是，信息传播的方式也经常误导和欺骗信息接收者，尤其是"那些表现得好像真相的卫道士"的媒体。[1] 在《谈话录》中，GTB 就自己的这种对"历史编纂法"的怀疑解释说："历史在我看来是一个问题：它可以存在又不可以存在；是正当的又不是正当的；能够了解过去又不能了解过去；[……]（在我的作品中）时常隐藏着一种关于历史的概念，或者对于一种历史概念的追寻，或者一种认为不可能有这么一种关于历史的概念的理念；也就是说[……]，现实是不可理解的，而我们每个人都在寻找一种方式去构建某种东西，好让自己认为能够以这种方式去理解现实。"（GC,107）

在《岛屿》中，GTB 无论是对文学文本还是对历史文本都进行了戏仿和嘲弄。这种戏仿正是为了表明，历史和文学都是人为构建之物，承认小说撰写和历史编纂所不可避免的文本性。"过去的确存在，但是，我们今天只能通过文本'了解'过去，而这正是过去（历史）与文学的关系所在。"[2]这些文本以错综复杂的方式相互作用。这完全不是否认历史编写

---

① Torrente Ballester, G. *La Princesa Durmiente va a la escuela*. Barcelona: Plaza & Janes S. A., 1983: prólogo, 14.
② 哈琴. 后现代主义诗学：历史·理论·小说. 李杨,李锋,译. 南京：南京大学出版社,2009:128.

的价值,而只是重新阐释了价值产生的条件。

如果说后现代历史叙事学认为历史编写的本质是把过去叙事化,档案的本质是将历史遗迹变成文本,GTB在《岛屿》中所做的就是利用反讽和互文等后现代手法使得"文学"和"历史"之间的"宏大对话"得以实现。《岛屿》的文本对历史编纂的内容和形式进行了反讽式模拟,即以叙事化手段虚构一段历史,并将虚构的文本变作"档案",从而质疑历史编纂所自称的合法性,也质疑了那种把"文学"和"历史"分离的主张,从一定程度上肯定了文学的范围和价值不是缩小或降低了,而是扩大或提高了。

第一章

《唐璜》——作为游戏的"唐璜"

  《唐璜》[①]发表于 1963 年,讲述的是叙述者"我"在现代的巴黎遇到一个自称是"唐璜"的奇怪男子和他的仆人。该男子给"我"讲述了自己被误解的人生以及困扰自己几个世纪的精神和宗教困惑。他向"我"展示了自己对于女人毋庸置疑的魅力,甚至施展魔法,让"我"在类似"被灵魂附体"的招魂术中也尝试了一下当"唐璜"的感觉,并写下了不属于自己的"唐璜的故事"。最后,"我"被邀请到一个剧院观看唐璜故事的结局,赫然发现舞台上的唐璜就是自己遇到的男子,该男子因不满戏剧中唐璜的结局,从舞台逃走。

  西班牙小说家、诗人、文学和艺术评论家曼努埃尔·加西亚·维尼翁(Manuel García Viñó,1928—2013)认为,GTB 的《唐璜》是"西班牙当代小说中少有的、真正的巅峰之一",这部巅峰之作的高度"绝不仅仅只针对我们国内(指西班牙)可怜的文学范围而言"[②],并认为《唐璜》的出版无疑使作者托伦特·巴列斯特尔成为当时西班牙文坛"所迫切呼吁的作家类型的典型代表"。在这部作品中,GTB 将唐璜这个文学神话予以解构和重构。作品中奇思妙想和优美抒情、写作技巧和文化内涵结合得非常完美,在严肃的思考中也不失风趣幽默。但是由于对正统神学观念的挑战

---

  ① 西班牙语中的"唐璜"(Don Juan)其实应该翻译为"堂胡安"。其中名字是"胡安",前缀"堂"是对男子的尊称。在本书中,我们依据惯例将"堂胡安"翻译成"唐璜"。但在梳理"唐璜神话"的历史时,当遇到名字前面没有前缀"堂"时,我们依然翻译成"胡安",而非"璜"。

  ② García Viñó, M. *Novela Española Actual*. Madrid:Prensa Española,1975:134.

及男女欢爱的"情色"描写,这部被评论界认为可归于作者"最好的作品之列"①的小说在出版时却面临着被审查机关枪毙的厄运,幸好,这部小说得到了当时的西班牙信息与旅游部部长曼努埃尔·弗拉加·伊里巴尔内(Manuel Fraga Iribarne)的赏识,才得以未删节出版。

1962 年,马丁·桑托斯的《沉默年代》(*Tiempo de Silencio*)通常被看作是西班牙文学从现实主义中解放、敢于去接受新的创作手法的标志性作品,而米盖尔·德利贝斯 1966 年的《和马里奥在一起的五个小时》(*Cinco horas con Mario*)和塞拉 1969 年的《1936 年的圣卡米罗》(*San Camilo 1936*)都因创作手法上的创新而得到了应有的承认,但是这部深受 GTB 本人喜爱的作品《唐璜》在面世时却出于各种原因而被忽视,成为GTB 一直耿耿于怀的遗憾。在小说的前言中,GTB 就已经以一种颇有嘲讽意味的口气预测,这是一部注定不被人看好的作品,因为其主题是"过时的",自己尽管是一个作家,却是"不属于任何团体或流派"的游击队员,而非正规军。在这部作品中出现的在当时看来大逆不道的戏仿、嘲讽、元小说手法无论是对于"不喜欢被嘲弄"的读者还是同样传统保守的评论家们来说,都是不易于接受的②。

近年来,这部作品逐渐恢复了它应有的地位,评论界也意识到它对于作者本人以及西班牙文坛的重要意义,出现了许多相关的研究和评论。作者本人也对该小说非常看重,除了在多个场合认真谈起之外,还专门针

---

① Ruiz Baños, S. *Itinerarios de la ficción en Gonzalo Torrente Ballester*. Murcia:Universidad de Murcia, 1992:81.

② 就在《唐璜》发表的同一年,也就是 1963 年 10 月,在马德里召开了一次主题为"当代文学中的现实主义和现实"(Realismo y realidad en la literatura comporánea)的文学研讨会。大会宣读和讨论了五篇重要的论文,分别是 Nathalie Sarraute 的《小说和现实》("Novela y realidad"),意大利散文家 Nicola Chiaramonte 的《现实主义和文学》("Realismo y Literatura"),José María Castellet 的《关于现实主义的四点意见》("Cuatro notas para un coloquio sobre el realismo"),José Bergamin 的《现实和现实主义诗学》("Realidad y realismo poesía")和 GTB 的《当今小说的问题》("Problemas de la novela actual")。(引自 Martínes Cachero, J. M. *La novela española entre 1936—1980*. Madrid:Editorial Castalia S. A., 1986:266-267, apartado II El social-realismo o historia de un cansancio, del capítulo 4:La novela española entres el agotamiento del social-realismo y la renovación experimentalista)。这也侧面说明了《唐璜》这部带有"幻想色彩"的作品在当时西班牙文坛的独特性。参见:Ruiz Baños, S. *Itinerarios de la ficción en Gonzalo Torrente Ballester*. Murcia:Universidad de Murcia, 1992:80-83.

对《唐璜》写了多篇文章。这其中重要的有对于研究 GTB 来说意义重大的《唐璜》的前言；收录在《西班牙当代戏剧》里的一些评论文章；还有收录在《评论集》里的三篇：在美国纽约州立大学奥尔巴尼分校教书时所做的"《唐璜》"（演讲）、"被解读和误读的唐璜"以及"《唐璜》附录"。

GTB 曾经有过一个计划，打算写一系列"为学究而写的幽默故事集"，但是第一部《伊菲革涅亚》于 1949 年出版后销量很差，之后的几部也找不到出版商，因此《我的一匹马王国》（Mi reino por un caballo）和《和蔼诸神之旅馆》（El hostal de los dioses amables）直到 1979 年才收录在《失而复得的影子》（Las sombras recobradas）里，《睡美人上学去》1950 年左右已经写作完成，但直到作者因为《J. B. 萨迦/赋格》大获成功之后才于1983 年出版。《唐璜》[①]本来是作者打算收录在这个故事集里的一个"故事"。尽管最后的成稿和作者当初的预想已经大不一样，但是从内容上看，都秉承了这个集子刚开始的立意，即对历史、神话的解构：激进的如《瓜达卢佩·利蒙政变》，是对一个历史—政治神话形象建构过程的"揭露"，即解构；温和的如《伊菲革涅亚》，是对这个希腊神话形象的颠覆；或者是《睡美人上学去》，置于作者怀疑主义的放大镜下被探究真相的对象则是这个广为人知的童话故事的主人公。

在西班牙内战爆发前夕的 1936 年，为了给自己的历史学博士论文搜集资料，GTB 来到巴黎。可以说此次巴黎之行对 GTB 转向文学创作有着决定性影响。作为西方现代主义文学艺术的大本营，当时的巴黎正是各文学流派你方唱罢我登场，你中有我我中有你的繁荣阶段。学者萨格拉里奥·路易斯·巴尼奥斯也注意到 GTB 的这段巴黎经历对其作品的影响。[②]

年轻的 GTB 在巴黎看了大量的戏剧演出，当时巴黎的戏剧界流行重新审视某些历史和神话主题，使之问题化并赋予其现代意义，比如让·季洛杜（Jean Giraudoux，1882—1944）的《安菲特律翁 38》（1929）、《特洛伊

---

① Torrente Ballester, G. *Don Juan*. Barcelona: Ediciones Destino, S. A., 1985: 12.

② Ruiz Baños, S. *Itinerarios de la ficción en Gonzalo Torrente Ballester*. Murcia: Universidad de Murcia, 1992: 40.

之战不会爆发》(1935)和让·科克托(Jean Cocteau,1889—1963)的《安提戈涅》(1922)、《罗密欧和朱丽叶》(1924)、《奥菲斯》(1925)、《俄狄浦斯王》(1927)。GTB没有写完的"为学究而写的幽默故事集",从其中各个故事的主题来看,明显受到了当时巴黎这些戏剧创作的影响。《唐璜》即脱胎于此故事集。可能由于之前在戏剧创作上的热情以及付出的努力并没有得到应有的回报,该故事集最终采取的都是小说而非戏剧形式,但依然保留着一些戏剧形式的残骸。

可以说,从巴黎时期开始,GTB作品中一再出现的神话和历史主题已经初见端倪。这种从众所周知的经典神话或历史人物形象出发,对人类行为的真正动因的探究,伴随着作者一贯戏仿和讽刺的语气,在GTB之后的作品中频繁出现。也正是由于"为学究而写的幽默故事集"计划的失败,这部《唐璜》得以脱离最初的计划框架,最终以完全不同的面貌出现,成为后来使作者一举成名的"幻想三部曲"的必不可少的开端。

第一节　作为文学神话的唐璜

作为四个经典的文学形象(哈姆雷特、浮士德、堂吉诃德、唐璜)之一,唐璜的特点在于他的形象并非由一个固定的文本组成。这个文学形象自诞生以来,就成为无数文人墨客偏好的题材,相关的作品有小说、戏剧、散文、诗歌等体裁。除了西班牙本国的蒂尔索·德·莫利纳、萨莫拉、索里亚和埃斯普龙塞达的版本,著名的还有梅里美、大仲马笔下的唐璜,以及莫里哀、莫扎特和拜伦爵士塑造的不朽的唐璜形象。除了是戏剧舞台当之无愧的主角,自从电影诞生以来,这个花花公子形象也成为大银幕的常客。

在多个文本和多种艺术表现形式中反复出现的这个"花花公子"形象逐渐成为一种像阿多尼斯、俄狄浦斯甚至美国"一夜暴富式人物"那样的世俗神话原型,也为文学之外的如艺术、政治、历史等领域提供了绝佳的研究客体,除了文学批评,人类学、心理学、神话学、女性主义研究等也都曾聚焦于唐璜神话。

　　而在唐璜的故乡西班牙,每年万圣节期间一个重要的传统就是上演何塞·索里亚的剧作《唐璜·特诺里奥》。该剧自1844年首演以来,成为目前西班牙上演次数最多的戏剧作品。唐璜在西班牙深入人心的程度是任何其他国家都无法比拟的,而西班牙文学中以其为主人公的作品也是数不胜数,更不用提其他众多虽然不叫唐璜的"唐璜式"人物了。学界对于唐璜母题的研究程度之深、范围之广,甚至可以被称作唐璜学,成为唯一可以与塞学(塞万提斯研究)相抗衡的文学研究热点。的确,在唐璜这个花花公子的外表下,在他好色轻浮的行为之中,隐藏着怎样的灵魂,怎样的秘密,一直是所有关注这个被神话化的文学形象的文人所试图揭开的。

一、唐璜的起源:从蒂尔索·德·莫利纳说起

　　让我们回到唐璜的诞生之初:蒂尔索·德·莫利纳(Tirso de Molina,1582?—1648?)的《塞维利亚的嘲弄者和石头客》(*El burlador de Sevilla y convidado de piedra*,1630)。这部剧作可能是作者根据自己同时期的塞维利亚某个花花公子的真实故事改编而成的。塞维利亚的望族特诺里奥家族的浪子唐璜,在那不勒斯冒充公爵奥克塔维奥,闯进公爵的梦中情人伊莎贝拉的闺房试图引诱之,被发现后仓皇出逃。之后他逃回故乡——西班牙的塞维利亚,一路不忘利用一切可能的机会向各类女性献殷勤。仆人卡塔里诺认为,这个花花公子到了塞维利亚之后会继续勾引该城的所有女性,并以此嘲弄她们的父亲和丈夫,因此称他是塞维利亚的嘲弄者。作品标题中的"嘲弄者"即来源于此。果然,回到塞维利亚之后,唐璜又冒充好友莫塔侯爵,试图勾引其女友安娜——乌略阿领主、葡萄牙国王的表兄堂贡萨洛之女,被撞破后,在冲突中误将堂贡萨洛杀死。

　　鉴于唐璜之父和西班牙国王之间的亲密关系,后者本打算将错就错,

32

把伊莎贝拉许他为妻,这下只好将他"流放"至莱布里哈,任命他为莱布里哈伯爵。逃亡中的唐璜不改胆大妄为的本性,路遇堂贡萨洛的坟墓,竟挑衅领主的石头雕像。当晚石头客如约而至,并邀他第二天晚餐时分前去灵堂赴宴。不信鬼神的唐璜虽玩世不恭,但是出身名门,不乏勇敢、机智。他如约而至,面不改色地吞下石头客宴席中的蛇和蝎,鲜血和胆汁。两人在决斗时,唐璜面对刺不到的幽灵,最终被地狱之火吞没。可以说这个版本里包含了唐璜神话的所有基本元素:人物(嘲弄者唐璜和石头客堂贡萨洛)及人物起源(唐璜的姓氏特诺里奥)、地点(塞维利亚)、情节(勾引女性)、高潮(幽灵宴席)和结局(死亡)。

　　而萨莫拉生活的年代和这个唐璜原型的故事发生时间相距不远,因此,他在写《限期必到,欠债还钱以及石头客》时,对其真实经历肯定有所耳闻,而不单单是从蒂尔索·德·莫利纳和其他作家的剧作中得来的灵感。这些早期的唐璜版本都把唐璜的经历以编年史的形式一一道来,这是唐璜可能真实存在的一个佐证。故事中的国王阿丰索十一世对于贵族私生活纠纷的处理方法是那个时期卡斯蒂利亚国王所使用的典型方式。至于故事中的奇幻、神秘因素,比如石头客、幽灵等,也可能是一场针对唐璜的复仇行动,夹杂着阴谋、魔术等手段。19世纪的法国学者路易斯·维亚多(Louis Viardot,1800—1883)也持这样的观念。尽管有人认为真实的唐璜是个意大利人,但是维克多·萨义德·阿梅斯托(Víctor Said Armesto,1871—1914)坚持认为他是个不折不扣的西班牙人。随后,西班牙著名学者格莱高利奥·马拉尼奥(Gregorio Marañón,1887—1960)考证了特诺里奥家族的存在,并指出该家族中有不止一个类似唐璜的花花公子,比如一个叫作克里斯托弗·特诺里奥(Cristóbal Tenorio)的就曾和洛佩·德·维加的女儿有过感情纠葛,并在决斗中刺伤过维加。GTB也认为,"毫无疑问在塞维利亚确有其人,并且他确实在某个特定的时期和他所熟识的人之间发生了一些带有风流韵事色彩的令社会大为哗然的丑闻。可以肯定的是,他被某个试图用他的死亡拯救自己荣誉的人所杀死,而谋杀者虚构出一场'石头客的宴请'来掩盖罪行,以避免来自有权有势的特诺里奥家族的复仇"(EC,325-326)。

而另一些唐璜形象并不是特诺里奥家族的这个唐璜,而是具有"唐璜精神"(donjuanismo)的花花公子,比如法国作家梅里美在《炼狱里的灵魂》(*Les Âmes du purgatoire*,1834)中塑造的唐璜。这个唐璜的原型其实是塞维利亚仁爱医院(Hospital de Caridad)的创建者米盖尔·德·马尼亚拉(Miguel de Mañara,1627—1679)。这是个真实的历史人物,应该也在索里亚等人创作唐璜这个文学人物时给了其灵感,但他所生活的年代比真正的唐璜的传说要晚几十年。这个唐璜式的人物年轻时荒唐好色,有过很多引诱女子并抛弃之,嘲弄其丈夫和父亲并将其杀死的罪行。但是在一件令人不可思议的事情发生之后,这个花花公子从此改邪归正,隐居到修道院里潜心修行,虔诚赎罪,并最终创立了仁爱医院。

　　这件神奇的事情有三个版本流传:一说马尼亚拉在街上遇到一个美女,他尾随该女子到了大教堂,却发现这是一个长着美女脸庞的骷髅。另一说马尼亚拉发现在某幢房子的阳台上有个美女,就过去献殷勤,希望能进入美女的闺房。美女垂下梯子,马尼亚拉顺梯而上,却发现屋内没有美女的踪影,只有一具被四根点燃的大蜡烛环绕的骷髅。这两个版本基本上遵循的是各个宗教说教中惯用的手法。佛教中就有骷髅白骨又称作白骨观的修行法,大概就是想象"死尸之筋断骨离,形骸分散,白骨狼藉不净之状,借以知无常而除却贪欲执着之念"①。而第三个版本和前两个相比,在性质上稍有差异:在这个版本里,没有什么美女、骷髅,而是马尼亚拉目睹了自己下葬的场景②,看到装着自己尸体的棺木沿街而过,从此幡然悔悟,潜心向善,并散尽家财,创立了仁爱医院,救助困苦之人。真实的米盖尔·德·马尼亚拉死后,根据其遗嘱,被葬在仁爱医院的教堂门口,以便每个进入教堂的人都从他的棺木上踏过,以此来表达自己作为一个虔诚的"回头浪子"的谦逊和卑微。

　　梅里美在文中把堂米盖尔·德·马尼亚拉的名字演化成唐

---

　　① 《楞严经》卷五(大一九一二五下)说:"观不净相,生大厌离,悟诸色性,以从不净白骨微尘归于虚空,空色二无,成无学道。"

　　② 西班牙浪漫主义时期的著名作家何塞·德·埃斯普龙塞达的《萨拉曼卡的大学生》中描述过相似的情节。

璜·德·马拉尼亚（Don Juan de Maraña）。故事虽然是个"传奇故事"，但基本上还是依据现实主义手法，描述了一个没有石头客、灵魂以及魔鬼的唐璜版本①，甚至连关键性的"浪子回头""忏悔""虔诚"等转变，梅里美都是一笔带过，用极其简约和现实主义的手法陈述了唐璜在因为自己的风流成性而引发的决斗中杀人，之后自己也负伤，被抬到修道院并假装在那里死去，从此完全改变人生，在修道院潜心修行，变成了一个虔诚的教徒。

大仲马的剧作《唐璜·德·马拉尼亚》（*Don Juan de Maraña，ou la chute d'un ange*，1839）和梅里美笔下的唐璜来自同一个唐璜传说。而与大仲马同时期的西班牙作家埃斯普龙塞达的具有"唐璜精神"的《萨拉曼卡的大学生》（*El estudiante de Salamanca*，1837）则更具浪漫主义气息，主人公堂菲利克斯（don Felix）虽然借用了跟梅里美的唐璜同源的堂米盖尔·德·马尼亚拉的传说，但这个唐璜式的人物没有因为美女骷髅、自己的葬礼这样的桥段而忏悔，保留了唐璜神话最初的反叛精神。

正如梅里美在小说《炼狱里的灵魂》中所说："西塞罗在什么地方说过，我相信是在他的论文《论天神的性质》里说过：有好几个朱庇特②；一个在克里特岛，另一个在奥林匹亚，还有一个在别的地方；弄到后来在希腊的每一个有点名气的城市里，都有它自己的朱庇特。人家把所有这些朱庇特汇合成为一个，把他的各个化身的经历都集中到他一人身上。"③众神之神朱庇特是集多种经历于一身的神话人物，唐璜这个人物身上发生的和梅里美笔下的朱庇特非常相似：仅仅在塞维利亚就有好几个"唐璜"，其他许多城市也都各有自己的"唐璜"。每一个"唐璜"在一开始时都留下了各自生平事迹的传说，而随着时日流逝，所有这些传说逐步融合成为一个形象。这个形象经过一代又一代文学家的加工、变形，成为一个被

---

① 尽管梅里美在文中也提到了该版本的唐璜传说中出现的"魔鬼"形象：唐璜沿着瓜达尔基维尔河左岸散步，向右岸一个抽雪茄的人借火，这人把身体越拉越长，一直越过了瓜达尔基维尔河把雪茄递给唐璜，知道此人就是魔鬼化身的唐璜连眉头都不皱一下就拿起了魔鬼的雪茄来点燃自己的雪茄。

② Júpiter，即希腊神话里的宙斯（Zeus）。

③ 梅里美.梅里美短篇小说选.李玉民，译.桂林：漓江出版社，2012.

神话化了的"文学人物"。正如 GTB 所说："唐璜不仅仅是一个戏剧人物，他是许多戏剧人物最终融合而成的一个神话。"(EC,292)

二、大众的唐璜：何塞·索里亚的万圣节唐璜

当代西班牙大众眼中的唐璜是什么样的呢？历史上的西班牙在宗教上过度狂热，而随之而来的"禁欲"观，也使得西班牙男人在两性关系上受到与南欧国家不相配的过分压抑，因而他们更加尊崇唐璜这个"反压抑"的充满男子气概的人物。这种尊崇来源于一种说不出口又不愿承认的内心深处的情感："唐璜被人铭记正是因为他公然挑衅强行压抑人类本能的那一套系统复杂的规则和禁忌。人们因此而崇拜他。"(EC,327)我们上文说过，西班牙每年万圣节都会上演关于唐璜的戏剧。自从 1844 年何塞·索里亚版本的《唐璜·特诺里奥》出现以来，这个版本就替代之前萨莫拉的版本成为西班牙每年秋季万圣节的保留剧目。GTB 借用亚里士多德的卡塔西斯说，深刻分析了这部剧作对于西班牙人，尤其是男性所起到的已经成为一年一度的惯例的精神宣泄作用："唐璜·特诺里奥是一场净化和治愈的仪式，每年的十一月份一过我们习惯性地将之忘却，但心里盼望着下一年的秋天重新再来一次。"(EC,291)

索里亚当初以为该剧会像他的大部分剧作一样遭受被忽视的命运，因而以极其便宜的价格将版权卖了出去，以至于后来这部剧在西班牙长盛不衰，索里亚本人却并没有因此而受益。为了挽回损失，他对自己的这部剧作极尽诋毁之事，试图以改编过的新版本与之抗衡，但终究敌不过这个版本的强大力量而告失败。索里亚的这个不再是"神话"，而是一个被浪漫主义精神人格化了的、符合大众要求的唐璜，何以打动了现代西班牙人(不如说，西班牙男人)而成为他们心目中唐璜的绝对代言人？

我们来看看这个唐璜的经历。故事的第一部分与作为神话的唐璜基本相同：花花公子唐璜年轻而又有魅力，征服了无数女性，嘲弄了她们的父亲和丈夫。第一幕中，唐璜和堂路易斯在酒馆里打赌，看谁征服的女性最多。在众人的见证之下，索里亚的唐璜一开始就亮出了他征服过的女

性"名单"。这个名单对于文人们而言,可能只是一种为了避免重复的戏剧手段,毕竟把唐璜所有的风流韵事——呈现出来不太可能。但是对于西班牙男人们来说,这个公布于众的名单本身却有着非凡的意义,因为"对于受到压抑的西班牙人来说,秘而不宣的征服毫无用处,[……]对于他们来说,征服女性所产生的社会效应的重要性要远远大于性快感本身"(EC,328)。因此这个名单不仅仅代表着对女性的征服,还意味着男性的胜利,以及对一种"社会地位"的承认(巴洛克时期的西班牙人把女性的贞洁过度拔高,上升至关乎家族荣誉的地位,而对男性的风流则包容有加,甚至将其当作男子气概的象征。这牵扯到社会文化以及男女平等的问题,因为不在本书的研究范围,在此不做赘述)。

这场比赛的结果对读者而言毫无悬念:唐璜以绝对优势胜出。失败的堂路易斯向唐璜提出了一个挑战:唐璜的"名单"虽长,里面却没有一个待嫁的未婚妻。他认为如果唐璜有能力勾引这么一个已有婚约的少女,他才会输得心服口服。唐璜接受了挑战。而在围观的人群中,唐璜未来的岳父,其未婚妻伊内斯的父亲堂贡萨洛目睹了这一切。他认为自己的荣誉受到损害,因此当场宣布取消唐璜和自己女儿的婚约。唐璜答道,即使他不把伊内斯嫁给自己,自己也会把她追到手。这场酒馆论战的结果便是堂路易斯的未婚妻安娜被唐璜轻而易举地骗到手,堂贡萨洛的女儿伊内斯被唐璜拐跑。受到嘲弄的未婚夫和父亲与唐璜决斗,都不幸身亡。随后的剧情发展和以前的版本基本一致,唐璜挑衅堂贡萨洛的石像,最后在幽灵宴席中死亡。

索里亚的剧本看上去似乎保留了自蒂尔索·德·莫利纳以来的唐璜神话的所有要素,但是其中还有两个重要因素是蒂尔索·德·莫利纳的版本和在万圣节被替代的萨莫拉的版本中所没有的,那就是"爱情"和"救赎"。救赎取决于忏悔。唐璜最后的忏悔并不是索里亚的首创,这个主题是从唐璜这个"神话"诞生之初就有的基本元素,梅里美的马尼亚拉等版本中都有这样的情节。但是这些马尼亚拉式的唐璜的忏悔,大都是因为看到幽灵、地狱之火、美女化骷髅,或者亲眼看到自己的葬礼等令人恐惧的场景而受到震撼,而非内心自发的幡然悔悟。尽管并不是所有的唐璜都因为这种忏悔而得到了谅解和救赎,但这些忏悔或多或少都带有宗教说教意味,而使故事发展显得有些生搬硬套,不合逻辑:既然唐璜天不怕地不怕,敢于挑战上帝和魔鬼,为什么会因为在贵妇的披风之下发现死神而感到震惊并幡然悔悟呢?而无论这种给唐璜一个忏悔结局的安排是出于社会原因还是宗教原因,如何避免人物性格上的这种"前后矛盾",则是文人们在进行文学创作时所必须要考虑的问题。

索里亚给出了他的"爱情救赎"方案。他用爱情作为忏悔的诱因,解决了唐璜故事发展中的这种矛盾:在生死关头,面对石头客的灵魂,唐璜向他表示了自己的悔恨,并请求伊内斯的原谅。伊内斯用她无可指摘的灵魂向上帝求情,希望让唐璜得到最后的救赎。一个人因爱而改变在逻辑上是完全说得通的,索里亚的唐璜即是因爱而改。但问题是,被赋予"爱情"的唐璜还是原来的那个花花公子"嘲弄者"吗?也就是说,这个"爱情"和"嘲弄"兼得的唐璜不再具有带有普遍性的抽象意义上的"唐璜精神",而仅仅是索里亚的唐璜。诞生之初的唐璜形象重心应该是"嘲弄",而绝非"爱情"。

除了"爱情救赎"这个结局的不同,在情节的安排上,索里亚也给自己的唐璜安排了一种能够成为普通世俗男人的可能性,比如在酒馆比赛中,如果负气的堂路易斯坦然接受失败,没有向唐璜提出如此出格的挑战,或者如果位于围观人群中的堂贡萨洛在面具后能够按照社会常规保持沉默,又或者在唐璜向其表明对其女儿的爱,并请求其把女儿嫁给他时,堂贡萨洛能允许婚礼如期举行的话,索里亚的唐璜就可以像马查多的堂基多①一样,年轻时荒唐、风流,然后在必要的时候安定下来,按照社会常规娶妻生子,虔诚守礼,以一个好基督徒的身份体面死去。因此,是鲁莽的堂路易斯和硬心肠的堂贡萨洛而不是唐璜本人阻断了浪子的常规回头路,这种情节让人很容易对这个被外力所逼迫而非本性使然的唐璜悲剧产生认同感。而故事的结局中,索里亚的版本用爱情完成了唐璜的最终

---

① 安东尼奥·马查多的诗集《卡斯蒂利亚的田野》中《为堂基多之死而作的美德颂歌和挽歌》一诗的主人公。

忏悔和救赎,这些都让在观剧时自动代入主角唐璜的西班牙男人们感激不尽。可以说无论从情节安排还是结局设置,索里亚的唐璜形象都很符合西班牙男性的心理:这使得他们可以毫无负疚感并心安理得地在唐璜身上宣泄自己压抑的情感,在满足自己本性的同时又不会因为对这种"唐璜精神"的公开拥护而违背现代社会(宗教)道德观。西班牙人(男人)对索里亚的这个唐璜的情有独钟正是因为他化解了现实生活中他们无法解决的矛盾:理性的压抑和本能的释放。因此,索里亚的《唐璜·特诺里奥》成为广受欢迎的大众的唐璜。

第二节　"唐璜精神"

在大众的唐璜狂欢对面,是文人对何为真正的"唐璜精神"的理性思考。唐璜这位来自西班牙塞维利亚的花花公子在世界文坛一番使其名声大振的游历之后,西班牙的文人们开始意识到这位"走失浪子"身上强烈的西班牙标签,尤其是 1898 年美西战争失败之后,忧国忧民的西班牙"98一代"的文人们认识到重塑西班牙国民性的重要性,他们将目光投向"唐璜"这位看起来充满朝气、叛逆精神和男性气概的"本土人物",并对"唐璜精神"做了诸多理性思考。20 世纪二三十年代,西班牙出现了研究唐璜的高潮,学界还创造出了"donjuanismo"一词,试图阐明真正的"唐璜精神"。需要指出的是,我们这里要谈论的"唐璜精神"并非心理学词汇中的"唐璜综合征"。GTB 对当时社会盛行的精神分析法颇有微词,尤其是针对文学人物的心理分析。"一个诗学现实永远也不可能和科学框架一致,也没有一致的必要。"(CVV,287)除了弗洛伊德、奥托·费尼谢尔、奥托·兰克等知名的精神分析学家,当时西班牙著名的集心理学家、科学家、历史学家和作家于一身的文人格里高里奥·马拉尼奥(Gregario Marañón)也曾经从心理学层面对唐璜进行过分析。他们所谓的"唐璜综合征"从心理学和精神分析法着手,甚至涉及人类生理学,将唐璜作为一个真实的案例,探讨其潜意识中可能存在的恋母情结、自恋、同性恋以及他可能表现出来的爱无能、性无能等症状。而在本书中,我们所要探讨的"唐璜精神"是指文人们对唐璜这个"文学形象"的塑造和思考。

一、关于"唐璜精神"的讨论

可以说,索里亚之前的唐璜形象并没有远离唐璜这个神话原型,不同的文人所做的只是根据各自的解读赋予唐璜不同的气概。而自浪漫主义时期以来,文人们笔下的唐璜开始朝着"独树一帜""惊世骇俗"发展,语不惊人死不休是他们在面对这个已经被塑造过千百遍的人物时想要表达自己个人观点时所能做出的本能反应。每个人对唐璜的解读都试图"逐出其他的唐璜而用自己的替代之,而从来不是补充完善之"。(EC,294)

1898 年美西战争的失败无疑给已经江河日下的西班牙以沉重的打击。这个时期出现的一代文人,对西班牙的国民性进行了深刻的反思。他们除了在堂吉诃德身上挖掘民族的秘密,也给予"唐璜"这个从某种意义上可以代表西班牙精神的人物以极大的关注。尤其是对于以重塑西班牙"国民精神"、找到"救国良方"为己任的"98 一代"作家来说,把"唐璜"上升为"唐璜精神"是自然而然的事。奥尔特加·伊·加塞特、乌纳穆诺、马查多、阿索林、马埃斯杜、巴列-因克兰、巴罗哈……这些西班牙文坛的"大家"们都曾以各自不同的方式思考过这个人物形象。

这一时期关于唐璜的重要作品主要有:拉蒙·德尔·巴列-因克兰的《奏鸣曲》(*Las sonatas*,1905),安东尼奥·马查多的《为堂基多之死而作的美德颂歌和挽歌》(*Llanto de las virtudes y coplas por la muerte de Don Guido*,1912),安东尼奥·马查多和马努埃尔·马查多兄弟的剧作《胡安·德·马尼亚拉》(*Juan de Mañara*,1927),哈辛多·格拉乌(Jacinto Grau)的剧作《卡利亚纳的唐璜》(*Don Juan de Carillana*,1913)、《不嘲弄的嘲弄者》(*El burlador que no se burla*,1927)和戏剧文集《时空中的唐璜》(*Don Juan en el tiempo y en el espacio*,1954),阿索林的《唐璜》(*Don Juan*,1922),拉蒙·佩雷斯·德·阿亚拉的《老虎胡安》

(*Tigre Juan*,1926),米盖尔·德·乌纳穆诺的剧作《教友胡安或曰世界是台戏》(*El hermano Juan o El mundo es teatro*,1934),马丁内斯·谢拉(Martínez Sierra)的《西班牙的唐璜》(*Don Juan de España*,1921),阿尔瓦罗·金特罗兄弟(Los hermanos Álvarez Quintero)的《好人唐璜》(*Don Juan, buena persona*,1918),等等。

这些作品中许多不按常规的思考在公众(主要是男性)中引发了轩然大波。西班牙男性对于这个几乎代表自身"男性气概"象征的唐璜如此尊崇,他们最不能接受的就是这种摧毁唐璜形象并将之从英雄的神坛推下来的做法。"哪个敢说唐璜没有超群的男子气概,不是'超级男性'?这种奇谈怪论只有那些文人想得出来!"(EC,328)这是"文人"和"大众"关于"唐璜精神"的思想冲突。

那么面对这种情形,GTB 在勾勒自己的唐璜时又是站在谁的角度的呢?他的唐璜,是受压抑又渴望解放的普通男性大众心目中的神话化了的唐璜形象,还是和自"98 一代"以来一脉相承的具有批判精神的文人们一样,给出一个或高尚,或卑劣,或深沉,或轻浮的人性化的唐璜呢?作者自己就此说道:"自安东尼奥·德·萨莫拉以来,有那么一些作家为了上帝而试图拯救唐璜。而我的野心没那么大,更重要的是,本人对神的旨意恭敬有加,从不试图去一探其究竟。我对唐璜的拯救只是为了俗世之人,因而要把唐璜从强加的多愁善感中,从将他猥琐化的居心叵测的生物学探究中,从将他扭曲变形的社会学妖魔化中解救出来。尽管方式上带着象征性,但我自认为赋予了唐璜某种我们无法将其具化为形象,更难以用语言的方式表达出来的,我们所有人却都感受得到的,处于我们灵魂深处的而许多时候却无法去思考的东西。"(EC,114)

这段貌似前后矛盾的话其实可以解读为 GTB 在面对"唐璜"时的双重身份,一方面 GTB 是大众(男性大众)的一员,他心里和大部分人一样崇拜自蒂尔索到索里亚以来的作为"嘲弄者"的唐璜;但是作为一个文人,他又清醒地看到为大众所接受的唐璜,由于社会道德和宗教因素的考量而被赋予感伤情感、忏悔结局以及爱情救赎的不合逻辑性。因此,他对唐璜的思考是出于文学层面的"语言"和"形象"的考量:在考虑到人物所处的社会、宗教等因素的同时也要具有"文学真实性",而非一味地迁就大众"口味"和迎合社会、宗教"要求",也即出于文人的"文学审美"的考量。但是他同时也尊重这个被神话化了的人物原型,并不认同20世纪20年代以来文人们对唐璜进行的"科学的"生物学、心理学、社会学的解读,也像大众一样不赞同破坏约定俗成的唐璜形象而将其降格为芸芸众生中毫无特色的一员。

而GTB在解读唐璜时,首先就否定了索里亚这个被大众所接受的唐璜,认为这个唐璜虽然也姓"特诺里奥",但是和真正的唐璜精神所表达的内涵背道而驰:"极有可能索里亚自己也隐约意识到他的这个唐璜身上缺了点东西,并不具备那位同名同姓的著名人物身上所有的特征,和作为神话的真正的唐璜·特诺里奥相距甚大。"(EC,345)索里亚的唐璜缺失的,正是其作为"嘲弄者"的嘲弄和反叛精神。索里亚的唐璜故事,无论是其"爱情救赎"的结局还是其"本可以成为一个世俗男性"的情节安排,都使得这个唐璜丢掉了"嘲弄者"这种最基本的"唐璜精神"。

梅里美笔下的马尼亚拉式的唐璜也正是出于同样的原因而和真正的唐璜毫无共同之处。GTB在自己的《唐璜》中,就安排了梅里美的唐璜原型——堂·米盖尔·马尼亚拉——和唐璜之间的会面。小说中,被道貌岸然的领主堂贡萨洛拉入歧途的唐璜初尝禁果,陷入对妓女玛利亚娜的迷恋。这时堂·米盖尔·马尼亚拉要求会见唐璜,并对其进行布道:

> 我把你叫作我的孩子,其实不对。你跟我是一类人。看到你又让我恍惚想起了自己整个放荡的青春。可能上帝看到我已经忘记了自己曾经的罪孽,就把你带到我的面前来提醒我的虚荣。[……]我觉得自己有责任把你领上正路。(DJ,187)

堂马尼亚拉回忆了自己罪孽的青年时期,并讲述了自己如何在目睹了自己的葬礼之后幡然悔悟,开始致力于拯救像他一样陷入迷途的放荡子。对此番说教,唐璜回答道:

我们根本不是一类人。我既不放荡也不虚荣。而至于死亡,我认为我们对它的理解截然不同。[……]我根本不惧怕死亡。(DJ,188)

作者借助唐璜之口,可以说是非常明确地划清了自己心目中的"唐璜精神"与马尼亚拉式的放荡和忏悔的界限。GTB认为,唐璜行为的惊世骇俗并不能解释为放浪形骸,他的嘲弄行为不是仅仅出于肉体需要和男性虚荣心的作祟,甚至可以说跟两者都毫无关系,而只是对一种强加在自己身上的秩序的反抗。而这种桎梏的来源就是宗教,是上帝,因此他挑战的不是社会道德,而是上帝的秩序。"唐璜精神"代表的不是"一个人",而是"一个神话""一个原型",真正的唐璜不可能成为马查多的堂基多式的俗人,也不可能成为马尼亚拉式的圣人。

因此,GTB坚持给自己的唐璜保留"特诺里奥"的姓氏的行为,并不是出于任性和固执,而是体现了他在创作时探究"真正的唐璜精神"的明确目的,而非随意地进行文学虚构。"最初(版本)的姓氏特诺里奥,一个在塞维利亚繁衍生活下来的有着加利西亚血统的家族,限制并决定了我们必须忠实于蒂尔索·德·莫利纳的情节安排。"(EC,293)尽管GTB所做的并不是完全回到蒂尔索·德·莫利纳的唐璜,但是作为"神话"的唐璜原型必须从这个最初的版本中找依据:"……唐璜被局限在一个充满意义的世界之中,因此总是能够拥有新的意义。这就是为什么他的形象有一天会过时,之后又流行,然后又有人写出更多的唐璜……唐璜是一个意义非凡而又可能被排空了意义的建构,一个不断变化中的建构,他的定义恰恰就是'一个神话':而神话总是由固定因素构成的叙述。"(GC,167)在GTB看来,蒂尔索·德·莫利纳的《塞维利亚的嘲弄者和石头客》中代表"荣誉"的姓氏"特诺里奥"、代表"反叛"的"嘲弄者"、代表"神秘"的"石头客"、代表"宗教"的"审判"和代表"悲剧"的"地狱(死亡)"是作为神话的唐璜的基本元素。

唐璜不是某个"个人",而是一个"神话",因此"唐璜精神"不是针对某个真实存在的人物,而是一个带有抽象性、具有普遍意义的"形象"。对于这个人物的秘密,一代又一代的文人们都试图去破解,但是从来没有出现意见的统一,而每个人所破解的唐璜的秘密,都带有他们各自的秘密印记。而在 GTB 看来,被当作"神话"来对待的唐璜形象,正如所有的"神话"那样,有着固定的模式,因此必定有许多东西是可以被确定的。无数个唐璜被创造出来,而我们的目的直指 GTB 的唐璜,那么看看 GTB 本人所反对和质疑的唐璜版本,也许有助于我们从他质疑、分析、批判和扬弃的反面看到他笔下的唐璜的真面目。

二、作为女性嘲弄者的唐璜

GTB 发现,"有关唐璜的谜团留下来的线索无非表明:此人引诱了许多女人。而其他的都是无法确定的"(EC,292)。因此我们首先从唐璜吸引女人的风度说起。

1. 唐璜应该是有魅力的

GTB 对剧作家哈辛多·格拉乌的《卡利亚纳的唐璜》的批评就在于此唐璜在对待女性方面的"非唐璜性"。"卡利亚纳的唐璜"是流传在西班牙某偏远地区的传说:老年的唐璜孤独地生活在这个村子,他有收集征服过的女人衣物的癖好。他引诱女性的手段一点也不高明,全是俗套:情书,送花,仆人帮忙……女性感受不到他的任何魅力,只觉得滑稽可笑。他对待他的女管家——他曾经的情人之一——也非常粗鲁无礼。有一天,他发现一个蒙着面纱的神秘美女,便去献殷勤,结果发现该女子原来是自己的女儿,只好仓皇出逃。

GTB 质疑了这个唐璜的"唐璜精神",首先唐璜形象和年老色衰或滑稽可笑是互不相容的。唐璜的形象一定是肉体的、青春的、魅力的。其次唐璜对待女性的态度也值得商榷:他不可能收集女性衣物来自我吹嘘,或者留到年老之时来回忆往昔辉煌。真正的唐璜不会回忆征服过的女性,她们留下的回忆只是其征服名单上的名字。而从蒂尔索·德·莫利纳开始,唐璜的姓氏"特诺里奥"就代表着其家族的荣誉感。唐璜虽说有过引诱、抛弃等不道德行为,甚至犯下了杀人罪行,但他是优雅的、有礼的,不会像格拉乌塑造的那样用粗鲁的语言践踏人性的尊严。"我身上根深蒂固的谦恭有礼是我的第二特性。我有时候可能很'坏',但我从来不会没教养。"(DJ,146)GTB 自己笔下的唐璜如是说。而格拉乌的这个卡利亚纳的唐璜无气质,不优雅;不是一个嘲弄者,反而是一个被嘲弄者,一个没人尊重的可悲人物。

2. 唐璜应该是优雅的

阿尔瓦罗·金特罗兄弟二人都是 20 世纪初西班牙著名的喜剧作家,其剧作《好人唐璜》是一部符合当时社会价值观和美学观念的成功的喜剧(该剧于 1918 年首次上演)。金特罗兄弟塑造了一个披着现代人外衣的唐璜形象——一个受人尊敬的律师,之所以当律师,不是为了养家糊口或者功成名就,而是因为"资本主义社会唾弃没有工作没有收入的男性"(EC,318)。尽管依然风流成性,这个年近五旬的唐璜却风度优雅,和所有前女友关系融洽,对她们念念不忘,保持友谊并给予她们以经济上的帮助,因而没有招致任何怨言,反而还受人尊敬。在《好人唐璜》中,唐璜的几乎还是个少女的未婚妻认为,正是他的这种"滥情"保证了他会一直爱着她。这个世俗性而非宗教性、喜剧性而非悲剧性、妥协性而非反叛性的唐璜,被 GTB 认为是"唐璜这种类型的极端发展案例——我们不妨称之为蜕化,也是一个社会关于两性关系的看法的明证"(EC,318)。这个唐璜和真正的"唐璜精神"完全背道而驰,但却合乎社会规范,合乎逻辑,因为"如果对上帝可以无须挂齿,对社会可以用优雅姿态和人寿保险将其哄得团团转,那又何必要直接跟上帝、跟整个社会对抗呢?"(EC,320)金特罗兄弟的这个唐璜,如果加上适度的戏讽,如果能从中听到巴赫金所说的"双声语",可能本可以成为一部超前的讽刺作品,一部唐纳德·巴塞尔姆的《白雪公主》式的作品。但是以金特罗兄弟的创作理念来说,这个失去了悲剧性的唐璜并不是隐含着后现代反讽精神的"反英雄式"的人物,而是在一个秉承"偶尔寻个欢作个乐(当然是对丈夫而言)是维持婚姻和平的必然手段"原则的社会,严格遵守其游戏规则的"好人"。这个去宗教化的唐璜(自蒂尔索·德·莫利纳以来的唐璜尽管对上帝大不敬,却都是基督徒)尽管自身有魅力、优雅,但他不再是个嘲弄者,也不是当时社会道德的挑战者,完全失去了其悲剧性和反叛精神,是一个从行为到结局都丝毫没有"唐璜精神"的人物。

那么又能吸引女性,又优雅,又有宗教性的唐璜是否符合"唐璜精神"?

3. 唐璜形象的宗教性

马查多兄弟的《胡安·德·马尼亚拉》是一部诗歌体的剧作,主人公既优雅又迷人,既多情又痴情。他哀叹道,普通人那种"爱而不被爱"的痛苦,比不上他正在遭受的不能爱,不懂爱,无法去爱,无人可爱的痛苦:

何处有比爱而不被爱/更大的悲哀?

何处?在不能去爱之处。/何处?在不懂感受之处。/置身悲喜之外/无喜无悲,/无付出无崇拜。/在本可以永恒的时刻/却逝去之处。/心无可慕,/这才是折磨,/才是莫大的悲哀。

我将追随/你的生命,屈服、顺从;/你强盗,我强盗。你犯罪,/我犯罪……我要做你忠实的狗/为了拯救/或随你堕落,/永不将你抛却。[①]

这个正面人物唐璜,心中也装着"罪孽"和"救赎"的宗教性的唐璜,在GTB看来也不符合"唐璜精神"。马查多兄弟的唐璜是个坚贞的情人,但他不是真正的唐璜。正如我们在分析索里亚的唐璜时已经指出的那样,真正的唐璜不会真的爱上某人或者为某个女人做过多停留。这个唐璜·德·马尼亚拉对贝阿特丽丝的深情,以及对风流成性的艾尔薇拉的"爱"和"救赎"让他与真正的"唐璜精神"相距甚远。"有两种方式可以让唐璜

---

① Machado, A. Juan de Mañara. In Torrente Ballester, G. *Ensayos críticos*. Barcelona: Ediciones Destino, S. L. , 1982: 314.

自我毁灭:真正地或长久地爱上某人。"(EC,312)

也就是说,真正的"唐璜精神"不是"爱",而是"嘲弄"。"嘲弄者唐璜"才是真正的唐璜。

三、作为上帝嘲弄者的唐璜

GTB 对现代主义剧作家马丁内斯·谢拉的七幕剧《西班牙的唐璜》也做了深入的分析。该作品的标题说明了作者的企图,即归纳一个作为典范的"西班牙的唐璜精神",而不是某个类似唐璜的个人。这一点和GTB 创作自己的唐璜形象时出发点是一样的。

剧作用了大篇幅来表现风流不羁、不信神不怕鬼的唐璜,及其和意大利、佛兰德斯、法国女人们的风流韵事,另外还描述了这些国家的风俗习惯,并对这些被唐璜引诱的女性的心理做了详细的描述。直到第七章,被化身为美女的死神所震惊,唐璜才幡然悔悟。躺在一群麻风病人和瘟疫病人之间,在弥留之际的唐璜进行了临终忏悔,在克拉拉——一个 15 岁的美丽又善良的少女怀中死去。

可以说,GTB 选择马丁内斯·谢拉的"西班牙"的唐璜作为批评对象,是因为这个唐璜身上的具有代表性的忏悔和救赎结局:马尼亚拉式的具有宗教精神的忏悔和索里亚的唐璜式的爱情救赎。这个格拉乌的卡利亚纳的唐璜和马尼亚拉式的唐璜混合体确实在其纵情狂欢的前半部具有某种"唐璜精神"。马丁内斯把这个"西班牙唐璜"当作"西班牙人的一个典范","而正如所有的范式和典型那样,马丁内斯难免旧调重弹,走程式化概括和抽象的路"。但是"他的唐璜的爱的方式不是西班牙人的方式,而是他自己的方式"(EC,317)。这种错误的观念使得马丁内斯想要使唐璜的最终忏悔变得典型化,这必然会重复无数作家在对待唐璜的结局时都无法避免的"前后矛盾":反叛的唐璜在最后时刻非常牵强的忏悔完全颠覆了之前嘲弄者的形象。

GTB 承认,"西班牙的唐璜"应该是"宗教性"的而非"世俗性"的,马丁内斯可说是抓住了唐璜神话诞生时刻的基本因素。但这种宗教性并不体现在临终时刻貌似虔诚的忏悔上，而体现在这个人物跟上帝以及魔鬼之间的关系上。符合神话原型的真正的"唐璜精神"恰恰就是对上帝的"对抗"和"反叛"，而不是"忏悔"和"救赎"，因此符合"唐璜精神"的结局必定是叛逆到底的悲剧命运。

一个具有反抗意识的"嘲弄者"是最基本的"唐璜精神"，这一点是毋庸置疑的。作为"嘲弄者"出现的唐璜必定要有一种天不怕地不怕的精神。他嘲弄的对象不仅仅是"女性"，而且直接指向"上帝"。

"真正的唐璜·特诺里奥是一个亵渎上帝者"（EC，330），GTB如是说。因此，"唐璜"就和"亵渎上帝"的"魔鬼"画上了等号。我们也看到，自唐璜的神话诞生以来，"魔鬼"一词就一直伴随着风流不羁、玩世不恭的唐璜。GTB的《唐璜》中唐璜的仆人莱波雷约（Leporello）就是一个魔鬼，并且文中也多次用"魔鬼"来形容唐璜本人。比如：

（堂娜索尔）——唐璜！您到底是个人还是个魔鬼？（DJ，203）

以及：

（唐璜）——他们都跟你说什么了？
（莱波雷约）——对您的奉承话呗。最差的就是说您是一个魔鬼了。（DJ，250）

作为神话的唐璜这种魔鬼般的对上帝的反叛精神从蒂尔索·德·莫利纳开始就被文人们试图以一种明确的方式表达出来，比如埃斯普龙塞达笔下的堂菲利克斯就是一个坚决不向上帝低头，自认为高于上帝和魔鬼的叛逆形象，最后毅然走向地狱。但是自从索里亚的版本出现以来，之前隐约保留着反叛精神的唐璜就被取而代之，成为既满足本性释放又符合社会道德要求的大众的唐璜。因为相对于在两性关系上所犯下的"罪孽"来说，对上帝的大不敬太过敏感，以至于像萧伯纳（《人与超人》）这样的无神论者都没有再确切地表明唐璜对上帝的这种亵渎。

在 GTB 看来,这些给唐璜安上"忏悔"和"救赎"结局的种种矛盾行为,"并不是没能预见唐璜合乎逻辑的结局的艺术能力,而是为了在一个不能容忍挑战上帝以及神秘事件的社会中给唐璜安排一个具有训诫和道德意味的死亡结局"(EC,317)。而事实上,真正的唐璜要不要忏悔,要不要得到救赎了,排除对社会和宗教因素的妥协,从逻辑上来看,答案必然是否定的。GTB 时代的西班牙已经不是那么封闭和保守,不一定要为社会道德和宗教信仰所迫非要"给唐璜安排一个具有训诫和道德意味的死亡结局",这也是现代主义以来曾经对唐璜进行过解读的西班牙作家们所一致认为的。那么此时的问题已经不是唐璜要不要忏悔和得到救赎了,而是他为什么会成为一个嘲弄者。找到唐璜身上这种"反叛"的最根本的原因,即"唐璜的源头",正是 GTB 所要做的事情。

四、唐璜为什么成为"嘲弄者"的源头

　　GTB 肯定了剧作家哈辛多·格拉乌在其所写的多部关于唐璜的作品中的其中一部《不嘲弄的嘲弄者》中所提出的非常有建设性,也是许多作家想到过却从没有写过的问题:唐璜的源头,也就是"为什么唐璜成了'嘲弄者'唐璜"。这个问题也是 GTB 在自己的《唐璜》中所关注的。但是格拉乌的这个"唐璜前传"却把唐璜的性格归咎于他的头脑简单的父亲马约拉斯伯爵。唐璜后来的行为完全是因为受遗传影响!这种看似科学的"自然主义"观念,在 GTB 看来完全违背了唐璜这个人物的本质:格拉乌在剧作中采取了另外一种不必要的手段,"用智力手段创作文学"。这里所说的"智力手段",秉承的就是旨在让"科学进入文学领域"的现代自然主义理论的观念。"文学的本质是神秘,而智力的本质是真相。"(EC,299)在这里,GTB 又使用了他惯用的迂回的批评手法:他认为,在文学中使用"智力"没有问题,但问题是不该越线,在不该使用的地方使用。格拉乌的问题在于,他要揭露唐璜的"真相",因此被揭露了真相的唐璜一点也不具神秘感,但是以唐璜这个人物来说,他又不能被当作一个"真实人物"来对待,因此格拉乌的失败是双重的:从文学的创造性上来说,一个失去

神秘感的唐璜一点也不具美感;而要在一个"虚构"人物身上用科学方法究其"真相",也违背了文学虚构的本质。

保持神秘还是追求真相,这是个问题。GTB 特别反对针对唐璜这个人物进行所谓的"科学研究"(主要是指那个年代盛行的心理分析)。他尖锐地指出:"对于科学来说没有神秘,科学是神秘的摧毁者,而如果唐璜的秘密被揭露,我们确实可以增长点知识,但是神话却因此而失效。"(EC,294)在这一点上,GTB 和佩索阿不谋而合:"艺术和科学的不同之处,并不像现代人所认为的那样,在于艺术是主观的而科学是客观的,而在于科学试图"解释"而艺术试图'创造'。"[①]既然格拉乌对"唐璜的源头"所做的演绎无法让人信服,那么 GTB 对于作为神话的"唐璜"的探究,对于他的"嘲弄"行为的根源又是如何看待的呢? 他又如何在探究源头的同时保持唐璜这个形象文学上的神秘感呢?

第三节　GTB 的唐璜

对唐璜进行了这么长时间的思考,探究其真相,GTB 想要做的正是找到唐璜起源之初的神话特征,试图看透"唐璜(人物)为什么变成了唐璜(神话)"。GTB 的《唐璜》中关于"唐璜源头"的描述从第四章开始。第一叙事层的叙述者"我"被唐璜的灵魂附体,写下了有关唐璜的故事:唐璜以第一人称倒叙的手法开始叙述自己的经历。作为第二叙事层叙述者的这个唐璜是自 17 世纪以来一直在时空中游荡的唐璜的灵魂。他曾隐匿自己的身份,和波德莱尔有过密切的交往。GTB 在这里借助唐璜本人之口表达了弄清"唐璜的源头"的重要性:

有一天我问他(波德莱尔)对唐璜的人生之初做何感想,他回答

---

① Pessoa, F. *Sobre literatura y arte*. Madrid: Alianza tres, 1985: 284.

说他从没考虑过这个问题,还说这种事情可能没有太大的意义。[……]我的人生之初竟然没有引起夏尔①足够的重视,这件事情一直让我耿耿于怀。他想要在戏剧中描写的只是有关我的死亡的剧情。(DJ,146)

GTB要做的就是回到唐璜神话的源头,呈现自浪漫主义时期以来被从各个方面"反转"的唐璜形象的反面,回到该神话的起点,探究"唐璜的源头"。他坚持要保留自蒂尔索·德·莫利纳开始的唐璜神话的所有元素:姓氏(荣誉)、嘲弄者(反叛)、石头客(神秘)、审判(宗教)和地狱(悲剧)。

一、唐璜故事和《唐璜》小说

1. GTB 的唐璜故事

塞维利亚的唐璜·特诺里奥(特诺里奥的姓氏起源于加利西亚,GTB认为这个姓氏意思即为魔鬼式的对上帝的反叛)出生时导致母亲难产身亡。深爱着妻子的父亲无法面对造成妻子死亡的儿子,在唐璜10岁时把他送到了萨拉曼卡学习。唐璜就读于最优秀的学校,师从最优秀的教师。可以说对唐璜影响最大的就是他的父亲以及他的私人教师堂霍尔赫:"我的父亲教导我作为一个领主要仁慈有爱,而堂霍尔赫则教导我作为一个基督徒要正派体面。"(DJ,148)这个时期的唐璜简直可称得上是青年人的典范:年轻、帅气、聪明、好学。最难能可贵的是,尽管浪荡的仆人莱波雷约经常晚上出去鬼混,唐璜自己却"从没踏足过萨拉曼卡的任何酒馆,没暗地里留宿过风尘女子,没在姑娘家后窗献过殷勤,没偷偷引诱过良家妇女"(DJ,149)。直到23岁,唐璜依然是处子之身,并且没有哪个女性能引起他的肉体欲望。

---

① 波德莱尔全名为夏尔·皮埃尔·波德莱尔(Charles Pierre Baudelaire)。

事情的转折点发生在唐璜父亲去世以后。唐璜回到塞维利亚。领主堂贡萨洛是个道貌岸然的卑劣小人,他设计把唐璜引诱到妓院,使其和妓女玛利亚娜发生了关系,并试图通过自己的妻子堂娜索尔来引诱唐璜,骗取他从亡父那里继承的巨额遗产。得知事实真相的唐璜意图报复。为了逃避世俗法律的审判,他设计当着众人的面同堂贡萨洛进行了一场关乎荣誉的生死决斗。^① 正如唐璜神话不变的因素那样,堂贡萨洛死于决斗。作为神话的唐璜的人生道路由此开始,也即"唐璜精神"诞生。

　　在这段重要的情节中,GTB 依然为自己的唐璜保留了从蒂尔索·德·莫利纳到索里亚的唐璜情节:让唐璜引诱堂贡萨洛的女儿艾尔薇拉。但其原因却同之前的版本大相径庭:因为堂贡萨洛对女儿有着疯狂的不伦之爱,唐璜希望以这种嘲弄方式报复道貌岸然的堂贡萨洛。这里,GTB 像蒂尔索·德·莫利纳版本里的国王那样,给唐璜提供了回归正常生活的方式:引诱艾尔薇拉之后同她结婚。这正是那个年代解决荣誉问题的惯例。但是唐璜本人拒绝了这种安排,因为他忽然意识到这场同艾尔薇拉的婚姻是上帝安排的一场游戏:"婚姻是这场游戏的筹码,这场摆在我面前的约定俗成的游戏,我要么接受要么拒绝,丝毫没有商量和回旋余地。"(DJ,211—212)在仆人莱波雷约的提醒下,唐璜意识到,在他的时代,只有已婚男子没有必须同其引诱的女子结婚的社会道德义务,虽然是同样的引诱行为,但是如此一来,反倒是被引诱女子的父亲荣誉受损,而不是引诱者。因此他做出了一个惊人之举:同妓女玛利亚娜结婚。"我要以我自己的方式去作恶,也就是说,这里没有魔鬼什么事儿,我的行为甚至也跟他的意愿背道而驰。[……]我要做的这桩恶行不会给人带来多大伤害,它是我和上帝之间一场学院式的游戏。"(DJ,214)但是同玛利亚娜结婚后唐璜发现,他依然没有逃脱上帝布下的陷阱:"我从没意识到玛利亚娜会是上帝为了剥夺我的自由而布下的局。如果我和这个女人白头到老,我会成为一个圣人。"(DJ,227)"我就这样在这种永恒的爱中被摧毁,只为了别人而活……"(DJ,229)

---

　　① 根据当时的习俗,在决斗中杀死人可以免于刑罚。

此时唐璜身上对自由的渴望和对上帝的反抗精神逐渐清晰。"只有迷失、堕落的人可以得到救赎。[……]但我已不愿再迷失自己,因为我已经找到了我自己。"(DJ,229)他打定主意要做一个罪人,而不是圣人,因此对堂贡萨洛的女儿艾尔薇拉的引诱如期进行。但是就在最后时刻,为了取悦艾尔薇拉,唐璜脱口而出一句这样的情话:"就像河流流向大海,我来到你的身边……"他为这句话的内涵而感到害怕:"就像河水最终汇入大海,也就是说,毫无自由可言,只能如此,不得不如此。[……]我明白我最终还是落入了陷阱,我根本没有自由。"(DJ,248)唐璜发现,这是一个不公平的游戏。他试图投掷硬币来决定到底是做圣人还是罪人,这时,一向以仆人身份自居的莱波雷约说出以下让唐璜认清现实的话:在上帝面前,他的这种自由意志完全不起作用,"因为如果上帝说:这个人是我的,那么他曾犯下的罪孽就无所谓。上帝在最后时刻总是能想方设法给他一个临终忏悔"(DJ,230)。确实,基督徒们的生活充满这种歪理:尽管有很多行为上帝明确禁止,人们却受各种因素驱使而非做不可。但是他们知道,只要忏悔,上帝总会宽恕,这些罪过也就一笔勾销了。道貌岸然的领主就曾公然对年少纯洁的唐璜说,尽情风流、赌博玩乐,因为只要"来场告解,就都解决了"(DJ,222)。唐璜意识到:"人性就是卑鄙。要么否认上帝公然造孽,要么把罪孽伪装成美德。上帝肯定对犯了罪孽之人充满厌恶。但是我将敢于当着他的面实施罪孽,让这罪孽摆在台面上,要清醒地知道自己参加的是场什么游戏。因此,我将以凯旋士兵的骄傲姿态去犯下罪孽。我将在上帝面前恢复罪孽之人的名誉,我将是第一个在他面前保持尊严之人。最终,他将对我面露喜色。"(DJ,231)

　　而上帝是接受唐璜的这场公然挑战,还是对之不屑一顾?对于这个问题,唐璜非常自信。他从玛利亚娜、堂娜索尔和艾尔薇拉对自己的沉迷中发现:

　　　　我只是想,上帝为了便于我正确地实施自己的挑战,向我指明了最适合我的方向。因为我发现女人们在我的怀抱里感觉幸福。她们的表现也许太过夸张,那种愉悦好似只有在天堂才能得到。因此,我

同样能够给予她们上帝所能给予她们的，这样我就夺去了属于上帝的东西，只有他可以给予的东西。(DJ，252)

就这样，在杀死领主之后，唐璜选择女人作为挑战上帝的途径，由此开始了自己作为嘲弄者的人生道路。在这种情节安排之下，GTB 很显然解决了其他文人所没有解决的问题，将唐璜对女性和对上帝的嘲弄结合起来，将唐璜对"世俗道德"和"宗教教义"的挑衅结合起来。

这是一个对人们心目中的唐璜形象的解构过程，但同时也是一个追根溯源的唐璜神话的建构过程。GTB 在这里阐明了作为神话的唐璜，他对于女性的征服不是目的，而是手段，是对上帝意志的反叛。"对于作为神话的唐璜·特诺里奥来说，对女性的引诱并不是最终的目的，而是一种更高级(抑或更低级)的情感的表达，这种表达很可怕。"因此，"为了理解唐璜，不应该将他置于某个女人之前，而是置于唐璜在征服、引诱和抛弃这个、那个还有另外一个女人时她们所共同代表的东西。也就是说：作为神话的唐璜，是一个敢于挑战上帝之人"(EC，330)。

这就是 GTB 为自己的唐璜勾勒的神话起源。在作者看来，自己的这个唐璜"回应了一种天主教的宇宙观，并且在小说内容的最深处以另一种不同的看待世界和人类命运的方式刺痛了天主教教义，也使得这部小说不被接受"(EC，114)。

对照我们在上文对 GTB 本人关于"唐璜精神"的几个基本论点的分析，我们发现这个唐璜正是作者关于唐璜神话的论述的小说版本。在《唐璜》的前言中，GTB 写道：

事实上，我的个人贡献，大部分只是理念而非形象。[……]出于这个原因，也只有这个原因，我更倾向于把我这部作品叫作"故事"而不是"小说"。小说，按我的理解，是另一种东西。然而，这个故事有小说的结构，在创作它时我发挥了我作为小说家的专长。(DJ，12)

GTB 如果只想阐明唐璜神话的理念，只要写几篇论文就已足够(而事实上,我们知道作者确实也写了几篇有关唐璜的细致、深入的评论和研究文章),或者只保留小说中详细描写唐璜故事的第四章即可。该章占据作品很大的篇幅,完全可以独当一面,自成一部。而事实上,在作者的原计划中,《唐璜》确实同《伊菲革涅亚》《睡美人上学去》一样是"为学究而写的幽默故事集"之一。而最终成型的《唐璜》的独特之处恰恰在于其"小说的结构"。

从上述《唐璜》前言中的这段话中我们可以看出,探讨"唐璜是什么样的"是GTB创造这部小说的主要目的。这是一部观念小说、论点小说。但与此同时作者也认为,《唐璜》描写的是什么固然重要,但以何种方式来描写也不容忽视,想要让人好好接受自己的观点,就需要慎重考虑选择何种创作方式,这是GTB一贯的创作理念。"我敢说,是材料本身按照自己的方式要求甚至孕育了一种特定的组织方式。另外,是同样的材料,而非与之无关的原则和理念,事先就决定了要运用哪些技巧、按照什么样的步骤尽可能地为自己塑造一个心仪的外形。"(EC,134)

2.《唐璜》的情节与结构

尽管GTB在分析20世纪初的几个作家笔下的唐璜时,主要把重心放在他们对待"唐璜精神"的不同理念上,但同时他也没有忽视创作方式和手法对其作品的艺术说服力的影响:比如他认为马查多兄弟的唐璜"没有展开足够的诗学描述篇幅,被放置在一个并不完美的戏剧框架中";马丁内斯·谢拉的《西班牙的唐璜》是一部"庞大而又无用的七幕剧"(EC,315);而格拉乌的《卡利亚纳的唐璜》的失败之处在于在面对唐璜这个已经成为辩论主题的话题时采取了一种不合时宜的对立姿态,这种表达方式只是作为一种对立姿态出现,却丝毫无益于在论战中说服对方。

就《唐璜》的创作手法来说,GTB吸收经验教训最多的也许是"98一代"领军人物乌纳穆诺。GTB认为,乌纳穆诺的《教友胡安或曰世界是台戏》是一部不适宜于表演的戏剧作品,像大多数乌纳穆诺的作品那样,里面的对话并不适合舞台表演,如果换种表达形式,本可以成为这位大师所秉承的创作理念支撑下的另一部优秀小说。因为在GTB看来,由于戏剧需要"舞台表演"的特殊性,其预期效果的达成仅仅靠"听"是不够的,还需要视觉的"看"。

GTB 自己在写《唐璜》时,也曾为采取戏剧形式还是小说形式而斟酌再三:在历代对唐璜进行诠释的作品中,GTB 认为一个很大的难题就是对体裁的选择。唐璜无疑是一个极具戏剧性的人物,如果写成戏剧,则要么像蒂尔索·德·莫利纳那样,描述重复的场景,即展现唐璜如何以类似的方式引诱和征服一个又一个女性;要么像安东尼奥·德·萨莫拉或者索里亚那样把这些风流韵事缩减到一到两个,但这时候就需要一个人物,唐璜也好,或者其他什么人也好,来把唐璜其他的没有得到展示的冒险讲述出来。如果采取小说的形式则灵活得多,但是小说作者就面临如何描写唐璜的视觉形象这一难题。因为唐璜这个人物的特殊性,其形象魅力是构成神话的主要部分,而戏剧演员能很好地以外形和肢体语言展示人物的这种令人无法抗拒的吸引力。GTB 最终采取了一种将小说和戏剧结合的方式,在该采取小说手法描述的地方,用小说的语言,而在描写充满戏剧性的场景时则用戏剧方式表达。

GTB 的唐璜没有像乌纳穆诺的唐璜那样抽象,也不像超然的"nivola"①那样完全无顾打动读者的手段。在创作手法上他秉承的依然是他当时一再阐释过的"足够真实性"理念,力图采用一种有效的方式使自己的《唐璜》能够表达一种符合逻辑的、具有文学价值的"唐璜精神"。

GTB 在《唐璜》中选择了一种在当时的西班牙文坛可谓先锋的创作手法——元小说,完成了乌纳穆诺没有完成的创新。乌纳穆诺的"世界是场戏"显然带有卡尔德隆的"人生如梦"的意味。也许在 GTB 看来,乌纳穆诺式的"元小说"还是一副一本正经的现代主义的面孔,它和皮兰德娄的手法完全是两回事。尽管乌纳穆诺和 GTB 都曾经运用过"元小说"的手法,但是乌纳穆诺更接近严肃的卡尔德隆,而 GTB 则更接近反讽的塞万提斯。

---

① "nivola"是乌纳穆诺根据西班牙语的"小说"(novela)创造出来的新词,用来界定自己独特的创作风格。

那么 GTB 为自己的"唐璜故事"这个"材料"选择的是什么样的"小说结构"呢？

接下来，我们看一下 GTB 本人对自己这部《唐璜》所做的一个情节梳理：

鉴于在座的诸位对这小说不太熟悉，我姑且在此介绍一下，以使诸位对它的主题和情节发展有个大体的了解。除了其中的一章以及一段第一人称过去时的轻松的抒情诗，小说的其余部分都是以散文方式写就，这毋庸多言。故事发生在现代的巴黎，以及 17 世纪的萨拉曼卡和塞维利亚。讲述故事的人物，即叙述者，在巴黎遇到了——这并非巧合——一个行为搞笑，头脑灵敏，有那么一点古怪的家伙。在经历了几次事件之后，此人试图让叙述者相信他是莱波雷约，而他的主人就是唐璜·特诺里奥。很自然的，叙述者觉得自己受到了嘲弄。但是这个自称是莱波雷约的人，不仅通过让人着魔的辩证逻辑吸引着他，并且不久之后，就让他成为唐璜的一次具有戏剧性的风流韵事的见证者，甚至参与者。叙述者还因此认识了那名所谓的嘲弄者的牺牲品，并为该女子所吸引。在一次令叙述者迷惑不解的"有来有往"的游戏中，莱波雷约仍坚持自己的身份，但承认自己是唐璜仆人的冒名顶替者，甚至于坚称自己是魔鬼。借着这个魔鬼身份，莱波雷约向叙述者讲述了发生在 17 世纪初叶的萨拉曼卡的一个遥远年代的故事，他是如何认识了唐璜，如何又出于某种原因成了他的仆人。叙述者和莱波雷约之间的关系就是不断的争论，而这些争论的焦点就在于谁是又不再是唐璜，**在于这个叫作唐璜的文学人物是什么样或者应该是什么样的**①。叙述者在还没有认识唐璜的情况下，开始遭受某种心理上的动荡不安，或者说他认为自己遭受此精神波动。事情是这样的，他开始想起一些他并没有经历过的，完全不属于他的事情：就好像另一个灵魂暂时栖息在他的灵魂中代替他进行

---

① 黑体部分为引语原文作者所加。如无特殊说明，本书引语中的黑体字体均为引语原文所有。

回忆。在几次类似的情况之后,某一次他拿起笔写下了他所回忆起的事情:唐璜·特诺里奥的故事,或者说,在塞维利亚发生的一些事件。因为这些事件,这个叫作唐璜的年轻人在与上帝和女人打交道时选择了某种特定的方式。这个故事的主要情节是唐璜的第一次爱的体验、他的失望、他和乌略阿的领主以及他的女儿的关系、他同一个妓女的婚姻以及他如何杀死了领主。

　　叙述者想要离开巴黎,但是莱波雷约拦下了他并承诺带他到一个剧院去观看唐璜的故事结局。而作为他理解剧情的必要前提,莱波雷约给他讲述了发生在罗马以及那不勒斯的有关堂娜希梅娜·德·阿拉贡——唐璜的最后一次风流韵事的主人公——的故事。这次征服最为残忍荒唐。上帝并没有像往常那样让唐璜产生内疚之情,这令唐璜相信上帝已经不再关注他。唐璜受本能驱使回到了塞维利亚。叙述者受莱波雷约之邀目睹了在这里上演的由莱波雷约和他的主人表演的最后的喜剧,或者说"做戏":唐璜返回家中,摆了一场晚宴,并邀请了塞维利亚城的名门望族,包括与他结婚的妓女玛利亚娜以及领主的石头雕像。玛利亚娜没有认出自己的丈夫,被他所引诱。她本已经修炼成女圣人,此次罪孽令她彻底垮掉。唐璜认为这次引诱行为残忍到足以令上帝重新关注他,但是上帝依然保持沉默,也就是说,唐璜并没有因为引诱和嘲弄自己的妻子而感到悔恨。之后,他被众人审判,受到天堂和地狱双方的拒绝。唐璜对审判他的法官们非常恼火,不接受这个审判结果,从剧场的过道逃跑,后面跟着莱波雷约。叙述者这时候才知道两个骗子不过是两个演员而已,而自己则成为他们嘲弄的牺牲品。第二天他返回西班牙。唐璜和莱波雷约来到车站,远远地向他挥手道别。(EC,88-90)

在这个内容简介里,GTB讲述的其实是《唐璜》这部作品的"小说结构",而基本没有提有关唐璜的"故事"。

在本次讲座中,GTB在叙述完这个故事梗概之后,紧接着就说道:"我请求诸位,不要因此而讶异。对我的《唐璜》做这样一个故事梗概肯定已经浇熄了各位心中继续听下去的兴趣。[……]情节永远都只不过是一种机械装置。无论这情节总结得多么完美,也很难起到参照物之外的其他作用。"(EC,90)这里 GTB 所说的"情节"即"小说的结构",很显然 GTB 将它和小说的"故事"也即"材料"区分开来。考虑到提出"叙事学"理论的托多罗夫于 1966 年才用"故事"(histoire)和"话语"(discourse)这两个概念来区分叙事作品的表达对象和表达形式,而热奈特的《叙事话语》要到 1972 年才出现,我们认为 GTB 在此处以类似"评论家"的身份对自己的作品所做的"故事"和"情节"的划分具有某种先锋意义,尽管他很有可能受到以什克洛夫斯基为代表的俄国形式主义的影响。那么应该如何理解 GTB 为自己的唐璜故事编织的这个"话语"呢?

二、《作为游戏的〈吉诃德〉》和作为游戏的《唐璜》

GTB 曾经写过一部论著——《作为游戏的〈吉诃德〉》,从作者原定的题目"《吉诃德》的游戏结构"(La estructura lúdica del *Quijote*)①中,我们可以看出这是一部对《堂吉诃德》的结构分析之作。作者以"为什么阿隆索·吉哈诺成了堂吉诃德"这个问题作为分析视角,给了这部不朽作品以一种独特的解读方式。

1.《作为游戏的〈吉诃德〉》

GTB 认为堂吉诃德并不像叙述者所说的那样是个废寝忘食地读书终至疯癫的人物。像在《唐璜》中所做的那样,GTB 为堂吉诃德,或说阿隆索·吉哈诺想象出一个符合逻辑的青年时代:"在吉哈诺生活的 16 世纪,已经没人再想着通过行动去获取荣耀了。[……]可以想象年轻的吉

---

① GTB 曾给这部作品三个备选名字:"《吉诃德》的游戏结构"(La estructura lúdica del *Quijote*)、"作为游戏系统的《吉诃德》"(El *Quijote* como sistema lúdico)以及"作为游戏的《吉诃德》"(El *Quijote* como juego),参见:Torrente Ballester, G. *Los cuadernos de un Vate Vago*. Barcelona:Plaza & Janes S. A., 1982:266。作者认为"结构"这个词语相对于"系统"来说有卖弄学识之嫌,最后选定的是三个中最简单朴实的"作为游戏的《吉诃德》"。

哈诺无法在战场上或者殖民开拓中排解自己受到压抑的冲动:当时的历史背景使他过早地有了一种非常合理的怀疑主义精神。"(QUI,47)阿隆索·吉哈诺的怀疑主义精神和唐璜以及 GTB 本人如出一辙,或者不如说,作者自身的怀疑主义思想使得他也用怀疑主义来解读唐璜和堂吉诃德。

在村庄里年复一年日复一日地虚度年华,吉哈诺倍感无聊,想要过一种不一样的生活。他选择终日沉迷于骑士小说,正如现代人看电视、戏剧、电影一样,这是他那个年代的一种从自身跳出来,排遣无聊的方式。这种"体验另一种生活,成为他人"的渴望是人类的本性,"人类戏剧化的本能〔……〕可以在他想要成为他人的愿望中找到最好的解释"①。

受到这些小说的影响,阿隆索·吉哈诺一度想成为作家,给一部他读过的未写完的骑士小说《堂波里阿尼斯》(*Don Belianis*)写下结局。但是最终他选择了亲自上阵,骑上瘦马,穿上盔甲,为自己确定了一个梦中情人,就开始以一个游侠骑士的身份开始了冒险,用行动实现自己想写而未写的骑士故事。但光是样子像不行,要想成为"真正"的骑士,还需要"正名",正所谓"名不正,则言不顺"。阿隆索·吉哈诺之所以给自己起名吉诃德(Quijote),除了因为它是一种以部分代整体的提喻("quijote"意为"护腿甲",是骑士盔甲中的一个部件),还因为这个词和他自己名字(Quijano)之间的相似性(隐喻)。用同样的方法,阿隆索·吉哈诺把瘦马骡辛(Rocín)更名为罗西南特(Rocinante),把村姑阿勒东萨(Aldonza)的名字字母顺序稍加改变和变体,变成了杜尔西内亚(Dulcinea)。GTB 认为:"这段更换名字的描述让人疑心起名者坚信'名字的改变'会带来'品质的改变',甚至是'本质的改变'。多么神奇的语言的魔力!"(QUI,56)②

GTB 在这里赋予阿隆索·吉哈诺的"命名行为"以非常重要的意义。

---

① Evreinov, N. El teatro en la vida, Buenos Aires: Leviatan, sin año, citado por Gonzalo Torrente Ballester en *El Quijote como juego*. Madrid: Ediciones Guadarrama, S. A., 1975: 73.

② GTB 在此引用了福柯《词与物》里关于《吉诃德》的话,仅仅用以说明堂吉诃德和语言之间的密切关系,但他同时也认为福柯的解读并不是文学层面的,并且也不认同他对《堂吉诃德》这部小说和人物所做的分析。

如果说之前叫骡辛的现在叫罗西南特,那这其中发生了什么? 也就是说阿隆索·吉哈诺在此只不过单纯地玩了一场语言游戏。像个孩子或是诗人那样,阿隆索·吉哈诺把自己周围的现实世界布置成一个虚构的文学舞台,把自己的生活变成一场游戏,一场戏(在英语中,“play”既有“游戏”的意思,又有“演戏”的意思),而演员就是他自己。现代读者已经知道,堂吉诃德和桑乔丘绝不是简单的“疯子”和“傻子”的组合,而是“理智的疯子”和“机智的傻子”的组合。如果说阿隆索·吉哈诺只是在头脑不清醒的时候认为自己是堂吉诃德,那么为什么在他清醒的时候依然坚持自己是堂吉诃德呢?

在小说的第一部,主仆二人出来冒险没多久,受伤的堂吉诃德遇到一位知道他是阿隆索·吉哈诺的老乡,老乡对他说:“阁下不是什么巴多维诺、什么阿宾达拉艾斯,您是正经八百的绅士吉哈纳老爷。”吉诃德没有否认,他回答道:“我清楚自己是谁[1](Yo sé quién soy)。”堂吉诃德继续说道:“我不仅可以是刚才说的那两个人,还可以抵得上法兰西十二骑士,甚至世界九大豪杰。”[2]这里的“谁”(quién)从语法上来说可以是任何人,可以是吉诃德、吉哈纳,也可以是巴多维诺或者阿宾达拉艾斯。但从上下文的问答逻辑来看,应该是指阿隆索·吉哈诺[3],堂吉诃德的回答表示,我知道自己本是阿隆索·吉哈诺,但是如果我愿意,我可以假装自己是任何其他人。可以说,在用两三章必要的冒险来交代堂吉诃德“扮演骑士”的游戏规则之后,在第五章就出现的这段对话可以说是非常明确地表明了《堂吉诃德》中“作为游戏的《吉诃德》”的结构。而在第三十一章,堂吉诃德来到公爵夫人的城堡,“那是他第一天完完全全知道并相信自己是真正的而非虚幻的游侠骑士”(QUI,58)。这句话的言外之意即之前他清楚地知道自己的骑士身份是虚构的、假装的。

GTB认为,《堂吉诃德》讲述的就是一场游戏,阿隆索·吉哈诺“假装

---

① 下画线为笔者重点标出,如无特殊说明,本书中的下画线均为笔者本人所加。

② 塞万提斯. 堂吉诃德. 董燕生,译. 武汉:长江文艺出版社,2013:25.

③ 与前文的“吉哈纳”系指同一人,原文为 Quijano,根据发音应翻译为“吉哈诺”,前文根据所引用版本保留“吉哈纳”的翻译,非引用部分仍翻译为“吉哈诺”,特此说明。

自己是堂吉诃德"。简而言之,阿隆索·吉哈诺是自愿去假扮骑士,而绝不是读骑士小说中毒太深而以为自己是真的骑士。正如在面对虚构文学世界时的惯例那样,"作者和读者共同玩一场约定俗成的游戏,双发约定'假装相信'这一切都是事实,而这正是虚构作品的基础;〔……〕'我们来假装'隐藏于写作和阅读行为之下"(QUI,42)。而这之后的冒险行为,则是一个意识清醒的人的一场按照特定规则进行的游戏,而不是一个疯子的壮举。

塞万提斯假借西德·阿麦特的手稿虚构了一个叫作阿隆索·吉哈诺的人物来假扮成堂吉诃德。这场游戏不仅仅是阿隆索·吉哈诺的,同样也是塞万提斯的。

2. 作为游戏的《唐璜》

GTB 的这部《唐璜》,并没有像作者本人在情节概述中关键性的最后几句话所说的那样,"叙述者这时候才知道两个骗子不过是两个演员而已,而自己则成为他们嘲弄的牺牲品",明确无误地表示唐璜主仆二人的"骗子"身份。如果能让读者得出这样的结论,也是通过非常含蓄的、隐蔽的方式给读者以蛛丝马迹来进行一种并没有十足把握的猜测。

小说的结尾,自称"唐璜"的男子和他的仆人远远地站在站台上向他告别。叙述者依然用"唐璜"来称呼他认为是骗子或者演员的人:"这时,我在他身边看到了唐璜。他头上戴着帽子,像往常一样,戴着一副墨镜,让人看不到他的眼睛。我们就这样对视。唐璜将戴着手套的手抬到帽檐致了个礼,并冲我微笑了一下。"(DJ,347)而这时,被作者认为是两个人同伙的女主角索妮娅(Sonja)没有出现。"我的眼睛在人群中寻找。索妮娅不在。"(DJ,347)整部小说就在这种悬念中结束。确实,如作者所说,任何"故事梗概",概括得再完美也只能做个"参照",但是讲述故事梗概也有很多种方式,以其作为引子"吊读者胃口"并把他们吸引到真正的文本中去,也在情理之中,而这种手法对于 GTB 来说简直是小菜一碟:比如完全可以在简介的结尾去掉这种明显的"剧透"或者"导向",而改为:"第二天叙述者返回西班牙。唐璜和莱波雷约来到车站,远远地向他挥手道别。

他一直没弄明白两个人究竟是不是骗子或者演员，自己是否是他们嘲弄的牺牲品。"至于如何解读，完全可以留给读者自己去选择。更何况《唐璜》发表时，虽然在西班牙表现得不是特别明显，但在整个欧美文坛已经出现一些具有后现代思想的作家对现代主义的反拨，罗兰·巴特提出了"作者之死"，读者在文本解读方面的重要性也日益被作家和评论家所重视。那么GTB为什么要在内容简介中如此刻意地引导台下的听众（以及小说的读者）以"两个骗子的一场游戏"的方式解读小说的第一叙事层呢？

在做出上文所提到的《唐璜》的"情节概述"的同一个演讲中，接下来GTB自己说道："有一次一个评论家问我：'[《唐璜》中的]莱波雷约和唐璜，他们是不是骗子？'我很坦率地回答说不知道。现在，回想起我当时的回答，我明白我的小说可以有两种解读方式：如果莱波雷约和唐璜确实是两个骗子，那么这部小说就是非常现实主义的，因为所有发生的故事，甚至某些带有心理玄学色彩的情节也可以很合理地进行解释。但是如果我们接受唐璜就是唐璜，莱波雷约就是一个魔鬼，那么情况就不同了。这下我才算明白为什么我的同胞们对它如此排斥，认为这部作品让他们没有归属感，因为他们不接受智力小说，也不接受幻想小说。"（EC，113-114）

如果小说真的像作者所做的内容简介一样那么"明白无误"，何来作者后来的这一段由某次某个评论者的提问而引起的关于小说本体论的思考呢？况且，如果说现代巴黎发生的一切都是几个骗子的把戏，那么如何解释叙述者"我"几次被唐璜附体，想起不属于自己的回忆，写下不属于自己的故事呢？恐怕简单的"心理玄学"很难自圆其说。而GTB是本小说的"创作者"，这种可以用多种方式解读的"模糊性"和"复杂性"正是他所刻意营造的效果，而绝对不是被某个评论家提问才意识到的。

其实，我们可以把GTB的逻辑推理继续下去：如果第一叙事层的唐璜和莱波雷约是两个演员、骗子，那么确实可以对整部小说中的"奇幻"情节做出很合理和"现实主义"的解释。也就是说，第一叙述者在现代的巴黎所遇到的一切不可思议的事件，什么魔鬼，什么灵魂附体，都只不过是几个演员的骗人把戏而已。但是如此一来，整个小说的内核，即小说的"戏中戏"——发生在17世纪初的塞维利亚的一切有关唐璜这个人物的故事——就全是骗子的"虚构"了。而如果我们相信巴黎的唐璜和莱波雷约是真的唐璜和他的仆人这种不真实的玄妙事情,那么 17 世纪那个唐璜的故事则是现实主义的"真实"了。也就是说,读者如果坚持以"现实主义"来理解第一叙事层,即认为第一叙事层的唐璜主仆是做戏而不是真的会时空穿梭、灵魂附体,那么就得接受第二叙事层关于 17 世纪的唐璜故事的明显虚构性,反之,如果认为第二叙事层所描绘的"唐璜"是真实的,那么你就得相信魔鬼(莱波雷约)、灵魂附体等本书第一叙事层的非现实主义情节,那整部小说就是一部幻想小说而非现实主义小说。"真实"和"幻想"休戚与共,"虚构"和"现实"密不可分。GTB 在这里给了读者两难选择。每一种对第二叙事层,也即"唐璜的故事"的解读本身都要求读者接受跟自己观念相悖的另一叙事层。

"故事"还是那个故事,但是不同的理解方式带来的是完全不同的结果。而从作者本人所做的这个"情节介绍"中,我们看出似乎 GTB 想要让读者以"现实主义"的方式解读第一叙事层,即把出现在现代巴黎的莱波雷约和他的主人当作两个演员,而给第二叙事层的"唐璜的故事"留下一些不确切的神秘色彩,并由此让唐璜这个人物符合作者本人认为的非"现实主义"的"神话"特征,也使得作者解决一个我们上文分析过的很重要的难题,即在探究唐璜真相的同时保持其神秘性。作者在这篇关于自己作品的阐释中,明知当时"时髦"的"让作者退出文本,将文本的解读交给读者"的文学理论潮流,仍坚持对读者的这种解读导向,使整个作品被理解成一部"作为游戏的《唐璜》"。

学者霍阿金·马克早在 1977 年就已经指出,"《唐璜》的结构明显是塞万提斯式的"①。而作者在同年出版的《作品全集》的前言中也说道:"要寻找我文学上的导师,更应该在英国而不是法国去寻找,而归根结底,早在塞万提斯那里,我已经学到很多。"(OC,71)他所说的英国,即是和塞万提斯一脉相承的、被哈琴认为是小说正统的、带有元小说风格的斯威夫

---

① Marco, J. Las narraciones de Gonzalo Ballester en V. V. A. A. In Ruiz Baños, S. *Itinerarios de la ficción en Gonzalo Torrente Ballester*. Murcia: Universidad de Murcia, 1992: 85.

特、斯特恩的作品。

可以说有两个关键词确立了 GTB 的这两个"游戏"（"《作为游戏的〈吉诃德〉》"以及"作为游戏的《唐璜》"）之间无可辩驳的姻亲关系：演员（actor）、典范（arquetipo）。

"演员"阿隆索·吉哈诺准备开始一场角色扮演游戏。那么他要扮演的人物是谁呢？"在众多他通过想象已经非常熟识的骑士中，他选择了一个'抽象的形象'，一个综合体，符合所有曾经出现的和可能出现的骑士形象。人们管这个叫作'典范'……"（QUI，59）他要成为一个游侠骑士，这个骑士不是堂贝利阿尼斯，也不是阿马迪斯·德·高拉，而是一个兼具所有骑士特征的"游侠骑士"的"典范"。

而在《唐璜》中，第一叙事层的唐璜和他的仆人，或者说两个不知姓名的戏剧演员试图扮演真正的唐璜和他的仆人，而这个唐璜正是作为"神话"的唐璜而不是某个具体的人，他同样是一个"典范"，一个具有典型行为和思想的神话化了的人物。正如我们今天评论某个人是一个"骑士"或者是一个"唐璜"时，此处的"骑士"和"唐璜"代表的都是某种抽象的身份特征而不是具体的个人。

《作为游戏的〈吉诃德〉》的创作要晚于《唐璜》，我们很难说是塞万提斯的影响使 GTB 创作出一个作为游戏的《唐璜》，还是作者受自己的《唐璜》启发而以"游戏说"来解读《堂吉诃德》，但是 GTB 的这两部作品之间无疑存在着密切的联系（虽然《作为游戏的〈吉诃德〉》是一部论著，而《唐璜》是一部小说）。那么，正如 GTB 在《作为游戏的〈吉诃德〉》中所追问的那样："为什么阿隆索·吉哈诺成了堂吉诃德？"对待唐璜，他也有同样追根问底的执着："就我个人来说，有个问题一直吸引着我，概括起来就是：为什么唐璜是唐璜？"（EC，303）在《唐璜》的故事层面，他也已经给出了自己的答案。而笔者在此所要做的，是关乎《唐璜》的小说结构层面，也即"情节"的问题。正如 GTB 对《堂吉诃德》所做的那样，即追问为什么这些演员要假扮成唐璜主仆，我们要追问的是：为什么 GTB 要像塞万提斯虚构出阿隆索·吉哈诺来假扮堂吉诃德那样虚构出两个演员来假扮唐璜呢？

三、GTB 代言人：叙述者"我"还是莱波雷约

1. 叙述者"我"

在 GTB 的这个类似《堂吉诃德》结构的故事里，叙述者是一个颇似作者本人的第一人称叙述者"我"——20 世纪初的某一年来到巴黎的一个失意的西班牙小说家。

小说的现代部分，即第一叙事层，主要就是在叙述者"我"和莱波雷约之间的互动和对话中展开。那么两个人究竟谁才是真正的作者——即这个居于小说的虚构世界之外，有着"上帝"般身份的作者 GTB——的代言人？

在这里我们有必要从叙事学角度看清这个叙述者在叙事交流中所起到的作用。除了第二章莱波雷约以第三人称叙述的自己作为魔鬼卡尔邦索·内格罗的经历，以及第四章"我"被唐璜附体，以第一人称写下的唐璜故事之外，小说的主要叙述者是第一人称"我"，一个短期居住在巴黎的西班牙作家。按照热奈特的叙事学理论，这个叙述者是第一人称而不是第三人称，已经明确表明叙述者是人物而非作者。这个人物是作者赋予了自己的某些特征的叙述者，但非作者本人，甚至也不是隐含作者。这个叙述者从来没有像一般被归于元小说的作品中出现的那样，打破本体层，跳出来对着小说的真实读者说话。他是一个"故事内"的"同故事"叙述者。在谈到这个人物设置时，作者说道："《唐璜》中发生在现代的大部分故事都服从于这个需要：这位先生在某个时刻着手去写一个以第一人称叙述的别人的故事，要想办法使这种讲述看起来合情合理 [……]而我自己显然不能用第一人称去写一个唐璜的故事，因为这样一来我就没法编排那些有关神学的情节。但同时我也不能接受一个第三人称叙述的故事，因为莱波雷约对某些特定的情节并不知情，让他作为叙述者讲述给我也是不可能的。比如说，唐璜的第一次对天地万物的感受，只有他自己知道，而不是莱波雷约，也就是说，我需要这种情景用第一人称叙述出来，而同

时还要兼顾文学性和诗意,因此现在的这个叙事人称是最有效的。"(GC,218)可以说,GTB出于小说结构的考虑而虚构了这个第一人称"我"。如果说这个叙述者是应小说材料的要求而不得不出现的,那么赋予这个叙述者什么样的身份,则完全在GTB自己的意志掌控之中。

这个谨慎、多疑①的叙述者在莱波雷约出现在面前并自称是唐璜的仆人时,觉得自己受到了嘲弄,即使在多个不可思议的事实摆在自己面前,甚而被唐璜灵魂附体写下唐璜的故事的情况下,依然不愿相信这一切。面对这种情形,莱波雷约说道:

> 我的朋友,您到底是个什么样的人啊? 当然,您缺少最基本的文人的好奇心,甚至是人类的好奇心。或者您确实好奇,但是关注的却是琐碎的小事而非意义重大的主题。您脑子里装的是村夫野老式的家长里短,唯一让您操心的是弄清我的主人是否真的是唐璜,我是否真的是个魔鬼,而我们是否在嘲弄您。(DJ,256)

而这个不愿意被嘲弄的特点正是GTB赋予多疑的西班牙读者的特点。在《作为游戏的〈吉诃德〉》中,GTB在揣测西班牙读者在阅读《堂吉诃德》第二部开头时的疑惑思想时,如此说道:"如果这个读者是个西班牙人,他就开始怀疑,这个作家,管他曾经有什么来头,这会儿是否在嘲弄他;被人嘲弄,这是西班牙读者不能容忍的事。"(QUI,162)

《唐璜》中这个第一人称叙述者的反应和GTB笔下的"西班牙读者"的反应如出一辙。我们不妨大胆假设这个叙述者是读者的化身:小说一开始,一个对神学颇有研究的叙述者契合的正是西班牙读者身上的"宗教"和"社会道德"因素;他对唐璜的羡慕和想要代替之的内心情感正是西

---

① 费尔南多·罗莫认为,这个叙述者的功能类似于《堂吉诃德》中的神父、理发师以及学士桑松,他们尽管认为堂吉诃德的世界是他自己虚构的,但还是不由自主地被卷入其中。参见 Romo Feito, F. El Quijote como juego y Don Juan (sobre técnicas cervantinas en Torrente Ballester). In Becerra Suarez, C. *La tabla redonda*: *Anuarios de estudios torrentinos*. Vigo: Universidad de Vigo, 2005: 129-148.

班牙男性对待唐璜的态度:我们曾经分析过西班牙每年万圣节期间上演的《唐璜》戏剧对西班牙男性的意义——使他们能够短暂地化身为唐璜,得到精神上的宣泄,而文中的叙述者喜欢上了对现代巴黎的唐璜疯狂着迷的索妮娅,并在某种具有魔力的情况下被唐璜附体,暂时地吸引了这个女孩。

小说的第一叙事层主要在莱波雷约和叙述者"我"的这种类似作者和读者之间的互动中展开:莱波雷约试图说服"我"相信他建构的这个唐璜神话,正如一部小说的作者对读者所做的那样。而作为读者的"我"也合情合理地对这个作者编织的故事半信半疑。小说最后的戏剧场景里,时间和空间、抒情和戏谑交织在一起:舞台上是莱波雷约和主人上演的17世纪的唐璜的最终结局,舞台下是作为观众的叙述者"我"。这个带有明显 mise en abyme① 特征的情节安排,带着显而易见的类比性:如果这场"唐璜的结局"是一场戏剧,那么叙述者之前经历的正是莱波雷约在他的"现实"生活里给他上演的一场戏剧,而这场戏剧讲述的正是唐璜的故事。② 这个故事可以是戏剧,也可以写成小说,还可以是诗歌。这里,莱波雷约和叙述者之间的这种演员(或者说导演、编剧、创作者等)和观众,作者和读者的关系就变得非常确切了。

尽管一些评论者意识到了这部小说的元小说特征,认为它是"关于一个神话的小说化的小说,也就是说,一部包含了小说创作过程的小说"③,但是 GTB 的这个游戏是个更为复杂的元小说游戏,其中不仅包括了"作

---

① mise en abyme,套层结构。根据叙事学家杰拉德·普林斯的定义,mise en abyme 意为"嵌入文本中的该文本微型复制品;部分文本重复、反映、映射(一个或多个方面)了文本的整体"。在《伯纳德行动》中,爱德华写的那部名为《伯纳德行动》的小说即构成了一种套层结构。这一术语来源于纹章学:嵌在饰有纹样的盾上的形象即该饰有纹样的盾的缩影时,这一形象可以说是一种套层结构。(Dällenbach, L. *Le Récit spéculaire*. Paris: Seuil, 1977; Ron, M. The restricted abyss: Nine problems in the theory of mise en abyme. *Poetics today*, 1987, 8(2): 417-438.),参见:普林斯. 叙述学词典. 乔国强, 李孝弟, 译. 上海:上海译文出版社, 2011:126。鉴于该词在翻译上存在分歧,比如"戏中戏""叙事内镜",包括"套层结构"等都无法确切、完整地表明其含义,本书依据惯例,采用法语原文,不做翻译。

② 尽管按照布莱恩·麦克黑尔的理解,这种场景并不是真正意义上的 mise en abyme,因为它依然发生在小说的第一叙事层,即现代的巴黎,而不是发生在嵌入故事,即小说第二叙事层的 17 世纪的塞维利亚这个故事里,参见:McHale, B. *Postmodernist fiction*. London: Methuen & Co. Ltd, 1987:124-128.

③ Soldevila Durante, I. *La novela desde 1936*. Madrid: Alambra, 1980: 139.

者"莱波雷约写作"唐璜"故事的过程,也包括了作为"读者"身份出现的叙述者"我"的阅读过程。作者在这里也通过"我"在面对莱波雷约的"唐璜"时的反应戏谑地嘲讽了当时的西班牙读者,以及当时出现的种种抹杀作者的权威而一味夸大读者解释作用的文学批评潮流。

2. 莱波雷约

为了掌握 GTB 的《唐璜》的游戏规则,我们有必要阐释清楚另一个重要人物:莱波雷约。

GTB 在谈到莱波雷约的原型时,说他来自加利西亚传说中性情快活的魔鬼"o demo":"本质上来说他就是'o demo',因为这个形象确实缺少恐怖感。我们加利西亚的魔鬼不是像但丁笔下的魔鬼那样的人物,比如撒旦;在加利西亚人们不说'撒旦',甚至也不用'路西弗'这个名字。在加利西亚,人们称魔鬼为'o trasno''o demo'或者'o diaño'。这三个形象中没有一个诚实可靠,他们甚至可称得上是性情快活的人物。而我正是基于自己的这种地区和个人经验塑造了莱波雷约这个人物。"(GC,169)

也许正是莱波雷约身上的这种加利西亚魔鬼的不可靠性以及爱戏弄人的特征,使研究者费尔南多·罗莫认为莱波雷约"和西德·阿麦特在一个最基本的特征上重合:谎言"①。也就是说,在《唐璜》中,真正的唐璜故事的叙述者应该是莱波雷约。GTB 虚构出莱波雷约,他讲述或者构建了一个关于唐璜的故事。在这个故事里,他本人和另一个"同伴",坚称自己是唐璜和他的仆人。如果和《堂吉诃德》对照的话,作为叙述者的这个莱波雷约,他不是某天走在托莱多的阿尔卡纳市场,发现了一本阿拉伯文手抄本的叙述者"我"(叙述者),而是说出"在拉曼却地区的某个村镇,地名我就不提了"的叙述者"我"(西德·阿麦特)。

笔者也认同莱波雷约和西德·阿麦特在游戏中的相同地位,即一个隐含的叙述者,但是其依据并不是莱波雷约的不可靠性,而是以对小说的

---

① Romo Feito, F. *El Quijote como juego y Don Juan*(sobre técnicas cervantinas en Torrente Ballester). In Becerra Suarez, C. *La tabla redonda*: *Anuarios de estudios torrentinos*. Vigo: Universidad de Vigo, 2005:136.

结构分析为依据:我们要把莱波雷约和他的同伴,即现代的唐璜区分开。两者在这场游戏中虽然都是假冒者,但游戏策划者无疑是莱波雷约,而非唐璜。可以说,整个有关 17 世纪的唐璜的故事,都由莱波雷约构建:是他主动和叙述者"我"取得联系,告诉他自己是唐璜的仆人,并以第三人称向"我"讲述了自己作为魔鬼卡尔邦索·内格罗(Garbanzo Negro)是如何成为唐璜的仆人的;又制造幻象,让"我"被唐璜的灵魂附体,写下关于唐璜的故事;也正是莱波雷约邀请"我"去剧院观看了一场关于唐璜结局的戏剧演出,而他自己就是演员之一。整个过程,假冒的唐璜几乎没有现身,而身为仆人的莱波雷约则俨然是主人的代理人。

费尔南多·罗莫把西德·阿麦特和莱波雷约对等,其依据便是莱波雷约作为加利西亚魔鬼的"不可信"性,因此他认为莱波雷约正如西德·阿麦特一样,是个"不可靠叙述者",在《堂吉诃德》中,在提到西德·阿麦特时,叙述者确实这样说道:"我们这个故事究竟真实不真实,唯一让人不放心的就是它的作者是阿拉伯人。这个民族很善于说谎。"[1]如果按照布斯的理论,想要从修辞角度考察作品向读者传达什么样的信息,就需要评价叙述是否可靠。一个"按照作品规范(即隐含作者的规范)说话和行动的叙述者可以被称作可靠叙述者,反之则成为不可靠叙述者"[2]。那么我们就需要看清莱波雷约这个被赋予故事叙述者身份的人物,是否如费尔南多·罗莫所说是个不按照隐含作者的规范说话和行动的"不可靠叙述者"。

GTB 本人在试图探究唐璜神话时,发现了两种不可调和的因素——嘲弄者和石头客:作为唐璜神话的中心词,嘲弄者是其内核,而石头客则代表着其艺术表达形式。作为神话的唐璜是个反叛的嘲弄者,他是整个"神话"故事的中心词和内核。而围绕着他的其他因素,是以"石头客"为代表的艺术表达形式,也就是说唐璜之所以成为"神话",正是神秘的"石头客"带来的吸引人的艺术性。如果只是一个"花花公子"的形象,那么唐

---

① 塞万提斯. 堂吉诃德. 董燕生,译. 武汉:长江文艺出版社,2013:48.
② Booth, W. C. *The rhetoric of fiction*. Harmondsworth:Penguin Books, 1983:158-159.

璜不可能成为让历代文人着迷的主题。诗人们和浪漫主义者对描述唐璜的死亡场景的热爱正是因为"石头客"这个场景够阴森,够恐怖,够有戏剧性,能够带来强烈的艺术感染力。而号称现实主义的作家们在处理唐璜神话中的这种带有幻想性的超自然元素时就比较尴尬。在 GTB 看来,在现代作家想要看清唐璜的内心时,如何描写"石头客"和"幽灵晚宴"会让他们感到非常棘手,这些"魔幻"的"神话化情节"无疑对"还原"唐璜的真实形象造成了很大困扰,所以必得采取现实主义的方式,去掉以"石头客"为代表的各种魔幻情节,让唐璜穿上现代人的外衣,使其人格化、世俗化,但是这同时也使其失去了"神话精神"。可以说,从诞生那一刻起,作为神话的唐璜就是内容和形式的结合,是现实主义和幻想因素的结合。GTB最终发现永远不可能写出一部现实主义的《唐璜》:现实主义所要求的真实永远也不可能在唐璜身上实现,唐璜神话的内在因子,其"石头客"部分带来的一切美学和实际上的考量都使得要描写一个"真实的唐璜"本身就是不可信的行为。"情况的棘手处在于摆在我面前的是同一主题的两种不同的材料,它们因为美学特征的差异而极有可能无法相互调和。一方面,是唐璜的故事,在这个故事中即使是景色描写也喻示着某种意义:这是一个充满理性逻辑的因果系统,或者更确切地说,是一段三段论推理;[⋯⋯]简而言之,一个智力故事。但是,另一方面,是莱波雷约,他强势地推行自己的自由意志,独立于作者的意志之外,随心所欲地说话、行动。"(EC,110)

可以说,莱波雷约是作者在确定小说内容是"唐璜"之后,并且发现所谓"现实主义"已经不能成为描述自己心中的唐璜的工具,在创作过程中寻找合适的叙事方法时所构思的一个隶属于结构层的产物。GTB 的这个作为"神话"的唐璜需要幻想和不确定因素,需要神秘,也需要一个同样可以穿梭时空的人物,充当在时空中游荡的唐璜灵魂的仆人,那么作为魔鬼的莱波雷约是最好的人选。整个小说没有成为"为学究而写的幽默故事集"系列的另一个"故事",而成为现在这个结构复杂的"小说",恰恰就是因为莱波雷约的角色设置。"在写作的时候让两个方面的其中一方占了上风,这其中的原因完全非我本人控制得了。尽管最好是能利用双方,

将它们互相矛盾的地方调和起来,我却并没有如此的天赋,因此有时候我感觉自己是现实主义的,有时候又不是。"(EC,110)

当然,事实证明,作者并没有像他自谦的那样没有"如此的天赋"来"调和矛盾",而是在保留唐璜在"唐璜故事"中的绝对主角地位时,将"小说结构"的主角换成了莱波雷约,其作用就是调和唐璜神话中现实主义情节和幻想情节之间的矛盾,使这个特殊主题中包含的"真实价值"和"美学价值"都能得以实现。

莱波雷约并不仅仅是个人物,他是GTB身上两股力量较量之后胜出的那个:"以我的性格和所受的教育来说,我倾向于最狭义的现实主义,但是我真正的爱好却完全与之相反。"(DJ,9)在《唐璜》发表之前,作者创作的确实大部分都是现实主义作品,也得到过评论界和大众的追捧,而正如我们在上文所说,即使是在"现实三部曲"《欢乐与忧伤》中,我们也很难在GTB身上找到类似于卡门·拉弗莱特以及塞拉的那种"现实主义"。可以说,莱波雷约就是作者的"真正的爱好"和"天分"所在。作者在创作《唐璜》时这种本能像魔鬼一样被释放出来。

莱波雷约作为加利西亚魔鬼的"不可信"性和西德·阿麦特作为阿拉伯人的"说谎成性"之间的相似性,并不能就此说明他是"不可靠叙述者",姑且不论塞万提斯本人在定义阿拉伯民族"善于说谎"的品质时是否是一种戏谑的态度,"善于说谎"、爱虚构的品质也正是作家的本质。费尔南多·罗莫所说的莱波雷约和西德·阿麦特在叙事地位上的相似性结论,正如我们上文所说,应该从两者在作品结构中的地位和作用而非"可靠不可靠"的品质中得出。莱波雷约并不是像费尔南多·罗莫所说的那样,是个不按照隐含作者的规范说话和行动的"不可靠叙述者",真正的不可靠叙述者是小说真正的叙述者"我",这个貌似作者本人,而实际上美学观点却与作者完全相悖的人物。莱波雷约才是真正的作者代言人。

GTB本人在分析《堂吉诃德》时得出一个结论,认为作者塞万提斯正是和假托的作者西德·阿麦特进行身份认同而绝非和叙述者进行身份认同,因此他指出了在这类小说中评论者或读者往往将"作者"等同于"叙述者"的谬误性,但是他本人往往又在自己的作品中刻意营造"作者"和"叙述者"之间的相似性,从而故意制造混淆,这也是 GTB 创作的一个特点。我们将在下一章讨论《启示录片段》中的元小说手法时,从叙事学角度对此做更为具体的分析。在这部《唐璜》中,正是因为 GTB 没有像塞万提斯在《堂吉诃德》中所做的那样,明确指出西德·阿麦特是手稿的"作者",所以大多数人都误将作者和叙述者"我"等同,而非这个在作品中试图嘲弄叙述者的莱波雷约。作为作者创作理念代言人的莱波雷约,除了同真正的叙述者"我"的对话以及一段插入的"亚当和夏娃原罪之诗篇"("Poema del pecado de Adan y Eva")之外,并没有参与叙述,甚至连关于他自己的故事"莱波雷约的叙述"都是以第三人称写出来的。他更像是一个类似作者的总揽全局的设计者,构建了小说的两个叙事层结构。

很多评论家都意识到,GTB 的"《唐璜》中的主角不是唐璜,而是莱波雷约。"(GC,167)莱波雷约确实是小说第一叙事层的主角,也是第二叙事层,即唐璜故事的虚构者,尽管这个故事以唐璜的第一人称"我"展开叙述,莱波雷约是形式,唐璜是内容,但是正如作者明确指出的那样,"重要的是唐璜,而非莱波雷约"(GC,167),也就是说,重要的是内容而非形式。而这正是 GTB 一贯的创作理念,由小说材料的特殊性决定小说的形式,而非纯粹为了某种写作技巧而去创作。因此在《唐璜》中,莱波雷约被设置成唐璜的仆人,也即形式为内容服务。换句话说,在 GTB 虚构的这部小说的两个叙事层里(现代的巴黎和 17 世纪的塞维利亚),相对于叙述者"我"所在的"真实"空间,唐璜是虚构人物,而莱波雷约就是其创造者,他是作者的化身或者说作者代言人,GTB 正是借莱波雷约来完成自己对"唐璜精神"进行的所有智力和观念上的思考。莱波雷约代表着《唐璜》的小说形式,也是使得这部作品成为 GTB 创作生涯的重要转折点和起点的重要因素。"我承认莱波雷约给予我的帮助:正是他使我找到创作的手法并帮助我将之付诸实施。我也正是听从了他的建议才放手发挥我作为艺术家的创作自由。在此之前我从没有如此放心大胆地去写作,不再顾及他人的意见、热门的文学潮流以及会给我判多少分。我从没像那时一样愉悦地写作,战胜结构和表达上的困难也从没像那时一样带给我无以复加的满足感。因此,这本书的确充满想象,但是也不乏智力上的思考,是一部任性之作,但也有必需的精确度。在此书中智力元素和抒情元素融合一体,玩笑中体现着神学思想。"(EC,112)GTB认为,莱波雷约身上有一种"模棱两可"的品质。而对于作者来说,"没有模棱两可特征的同样也可以进行讽刺或者挖苦,但是要想'幽默'则必须有'模棱两可'"(GC,239)。

莱波雷约作为一个标志性的人物,他身上的这种模棱两可和幽默精神,可以说奠定了整部小说的戏谑和讽刺基调,也成为贯穿GTB在《唐璜》之后几乎所有作品的标志性风格。

3. 叙述者"我"和莱波雷约的本体层对立和竞争

GTB的《唐璜》中这两个主要人物莱波雷约和"我",都是作者虚构出来的人物,他们对自己的这种被虚构的地位心知肚明。

在叙述者"我"写下关于唐璜起源的故事之后,下面这段具有启发性的对话,更增添了GTB试图在自己这部小说中达到的现实和虚构之间的"模棱两可"性:

［莱波雷约］——"我想您可能很想知道那个故事结局如何。"

［"我"］——"什么故事?"

——"您这几天写的那个啊。[……]我是真的很想读一读。"

——"难道那故事您不知道?"

——"回忆总是令人愉快的。"

——"那是个荒唐的故事。"

——"那么,您为什么还要写它呢?"

——"我不知道。"

——"我却知道。您写下它是因为您只能这么做,因为一种更高级的力量迫使您去这么做。但您别以为那是您的创作。那故事压根儿不是您的,您很清楚。甚至没有只言片语是属于您的[……]手稿确实出自您的手,这个毫无疑问。您也可以拿去发表,但不能署您的名字。人们会耻笑的。"

——"我是个作家。"

——"报刊撰稿人罢了,您别忘了……您从没写出过哪怕是一篇拙劣的故事。您缺乏想象力。"

——"可能是我灵感爆发……此事的奇特性为我证明。"

——"很好。[……]如果事实确实如此,您继续写,给这故事一个合适的结局吧。唐璜·特诺里奥结局如何? 他为什么还在世上活着?"

他没有等我的回答就站起身,走向书桌,拿起了那一摞稿纸。当他再度回来坐下,棕色的脸颊上淌下了一滴眼泪。

——"我有些感动,您多包涵。但这也是我自己的故事。"

——"一个落魄到扮演一出喜剧里的仆人的魔鬼的故事。一个可以让主人不用自言自语的借口,因为独白是反戏剧的。"

——"随您怎么想。至少您得承认,这故事给我设置了某种文人的气质以及独特的个性。"(DJ,255)

这段话似乎又可以推翻我们之前的整个论述,这个叙述者"我"确实是唐璜故事的作者,但他是被另一个"更高级的力量"虚构出来担任"假托的作者"的职责的。这个"更高级的力量"不是唐璜,而是真正的作者GTB。而莱波雷约的本体层要低一级,他只是这个被"更高级的力量"通过叙述者"我"所创造出来的唐璜故事里的一个角色,"一个可以让主人不用自言自语的借口"。这段对话可以解释为唐璜故事的作者,即文中的叙述者"我"和自己笔下的人物莱波雷约进行的一场虚构的对话。

两者的这段对话,让人想起《庄子·齐物论》中的故事"罔两问景"。罔两问景曰:"曩子行,今子止;曩子坐,今子起。何其无特操与?"景曰:"吾有待而然者邪? 吾所待又有待而然者邪? 吾待蛇蚹蜩翼邪? 恶识所以然? 恶识所以不然?""景"即"影子","罔两"即"影子的影子",影子的影子问影子说:"先前您走着,现在您又停下;先前您坐着,现在您又站着。怎么您没有独特的操守呢?"影子回答说:"我是有所依赖才这样的吗? 我所依赖的又是有所依赖才这样的吗? 我依赖的是蝉蜕下来的壳和蛇蜕下来的皮吗？我怎么知道为什么一会儿这样，一会儿又那样呢?"万物皆有待，有待又有待。这里的影子是有自知之明的，它知道自己身不由己，要依赖另一物，其行动要由自己所依赖的这一物派生并决定，而谁又知道自己依赖的这一物没有它自己所依赖的另一物并由它派生和决定呢？而"影子的影子"却懵懂不自知，不知"吾有待，吾所待又有待"。而在《唐璜》这段对话中，作为"影子的影子"的莱波雷约知道自己被虚构的地位，并且知道自己所依附的"影子"本人，也即叙述者"我"也依附于别人，而"影子"却对于自己依附于另一个能动之物的地位不自知或者说不愿承认。

莱波雷约认为自己虽然是被造之物，但并不仅仅是喜剧里经常出现的那种没有独立人格只有戏剧功能的仆人形象，并对自己这个角色被设定具有"文人气质"和"独特个性"而自豪。通常发生在皮兰德娄的《六个寻找剧作家的角色》和乌纳穆诺的《雾》里的人物同假托作者的叙述者之间的对话被 GTB 戏仿：人物不再把"作者"看作最高造物，他知道自己与之对话的这个所谓"作者"虽然貌似本体层比自己高一层，但也是被人虚构出来的。

这样的情节设置在 GTB 之后的作品比如《J. B. 萨迦/赋格》中的何塞·巴斯蒂达和他的虚构对话者，以及《启示录片段》《芟除风信子的岛屿》中都有出现。这种现实和虚构之间界限的模糊不局限于虚构的文本内部。GTB 本人似乎也有意将自己的真实身份消融在虚构的文学世界中：

> ［莱波雷约]他在最意想不到的时刻出现在我的脑海中，和我对话，试图说服我相信他是魔鬼，而他的主人是唐璜。我呢，很自然的，并不相信他……但也是将信将疑。(EC,110)

这段话其实并不是出自《唐璜》中的叙述者，而是 GTB 本人在给美国学生做的一次关于自己这部《唐璜》的讲座中所说的。作为一篇对自己作品的评论文章，里面出现这种刻意混淆现实和虚构的叙述，在作者后期的作品中，尤其是被评论界称为"幻想三部曲"的前言中，表现得更为突出。

GTB 自动代入《唐璜》叙述者"我"的角色（当然，这个叙述者依然是带有某种"不愿被嘲弄"的读者特征的人物），仿佛又赋予了这个叙述者本身所没有的主体地位。在上述具有戏剧特色的对话中，叙述者"我"和莱波雷约的关系掉了个个儿，从被莱波雷约"嘲弄"，变成莱波雷约是他"虚构"出来的人物。在这场庄周梦蝶式的语言游戏中，莱波雷约和叙述者"我"的关系变得扑朔迷离。但无论两者是造物主（作者）和造物（人物）的关系还是作者和读者的关系，GTB 的目的在于引发读者对于自身以及自身所处的世界的思考。庄子在"罔两问景"的论述之后，自然地引出了"庄周梦蝶"的"两行妙境"。而 GTB 也有意让莱波雷约和叙述者"我"互相说出对方的虚构身份之后将怀疑对象指向这后面隐藏的另一个"高级力量"，也即作者本人。这个作为"影子"的"所待"的造物，有他自己的"所待"吗？如果有，这个所待又是谁呢？是像小说中主宰着唐璜的命运并处处设下陷阱让他逃脱不得、反叛不了的所谓的"上帝"吗？而真正的读者，我们，也会产生一种像博尔赫斯一样的不安："如果一个虚构作品的人物可以是读者或观察者，那么我们这些读者和观察者，则有可能是虚构的。"①

　　莱波雷约和叙述者这两个人物是《唐璜》这部作品的关键人物。我们不妨把他们和本部小说真正的重要人物"唐璜"联系起来，找到作者 GTB 之所以如此安排的原因。莱波雷约作为唐璜的仆人，他并不是作为神话的"唐璜"中的主要人物，对于他的塑造也没有理由成为众多文人在重写唐璜时的重点，因为对他的不同描绘并不会影响对唐璜的不同解读。因此，作为一个最意想不到的视角，他也是观察唐璜这个人物的最佳人选。而叙述者"我"，无论是被解读成 GTB 的唐璜故事的读者还是作者，他无疑都要对这个唐璜有自己的看法。莱波雷约和他之间的"对话"其实表达的正是一种"对立"，一种针对"唐璜"的观点的冲突，而这正符合作者创作《唐璜》这部作品的初衷，即阐明何为"唐璜精神"。而除此之外，作为作者本人虚构出来的跟真正的唐璜故事没有多大关系的这两个人物，在他们身上也

---

　　① Luis Borges, J. Partial magic in the Quixote, Labyrinths. In Waugh, P. *Meta fiction: The theory and practice of self-conscious fiction*. London: Methuen & Co. Ltd, 1984: 231.

体现了作者本人在创作唐璜时所面临的内心矛盾冲突：一个代表"现实主义"，一个代表"幻想"。其结果，无疑是代表"幻想"的莱波雷约占了上风。

4."紧随莱波雷约而至的"元小说

GTB 借助莱波雷约这个人物，创作了一个完全不同于以往现实主义的、具有极其明显后现代风格的作品。尽管这部小说的元小说风格主要体现在其形式架构上，但也正是莱波雷约的出现，使得第二叙事层的唐璜的故事中也出现了一些元小说中常见的戏仿、互文的元素："一切也都紧随莱波雷约而至：一种氛围，其中色彩、味道自成一体；几个形象，一个城市，一种以往不曾出现过的情形，连我也作为一个绝望的对话者出现其中，成为莱波雷约发起的一场恶作剧的嘲弄对象，他对我说：'先生，我，不是什么达官贵人，是个魔鬼。'他对我说此话时，面带嘲弄的微笑。"(EC,110)

在《唐璜》这部小说中，其元小说特性不仅体现在类似堂吉诃德式游戏的小说结构中，文中叙述者"我"写下来的这个具有一定独立性的唐璜故事中，也体现在多处对写作本身进行自我指涉的情节设置上。比如唐璜在谈到乌略阿的领主堂贡萨洛时如此说道：

> 老领主的介入，正如我①说过的，纯属工具性质，但是其作用不在我那可预知的死亡时刻——虚构、怪诞、暴怒的雕像②——而是我人生道路开始的时刻。(DJ,150)

也就是说，从形式主义批评的角度来看，堂贡萨洛在唐璜故事中发挥其角色功能的时刻，正是唐璜人生开始的时刻，而非他死亡的时刻，因为对 GTB 来说，唐璜"嘲弄者"的身份和最终死亡的事实是毋庸置疑的，只有其"源头"是待解之谜。上述这句话不像出自唐璜本人，而更像是作者在对自己的作品进行文学批评时的话语。我们只消改动一下主语就可以

---

① 着重号为笔者所加。如无特殊说明，本书中的着重号均为笔者所加。
② 原文为法语"*colosse fantastique，grotesque et violent*"。

更清楚地看到：

> 老领主的介入，正如我说过的，纯属工具性质，但是其作用不在
> 唐璜可预知的死亡时刻——虚构、怪诞、暴怒的雕像——而是他人生
> 道路开始的时刻。

也就是说，GTB关注的正是围绕唐璜这个人物形象的最大的谜团，即"唐璜的源头"，他何以变成了一个"嘲弄者"。在GTB的情节安排中，确实是堂贡萨洛起到了决定性的作用，使得唐璜愤而从一个青年人的"楷模"变成了"恶魔"。而这句本来应该由作者说出来的话被巧妙地安在唐璜本人的头上，本来是不可能实现的情形，但正是小说的这种两个叙事层、两种写作方式的结合，使得唐璜能够成为和莱波雷约一样永世在天地间飘荡的灵魂，成为自己的故事的评论者，正如堂吉诃德成了《堂吉诃德》的读者。

这个唐璜以完全符合作者GTB的观点来批评各种打着科学名义对不属于自己"势力范围"的文学人物进行分析的心理分析学家：

> 我杀死堂贡萨洛的行为竟然被解释为一种隐藏的俄狄浦斯情结
> 的表达！［……］那些将我杀死堂贡萨洛的行为阐释成弑父象征——
> 我的父亲在此之前已经在坟墓安息了——的人，使那些无中生有的
> 猜测和假设更加复杂化了。无论我如何在自己的回忆里搜索，也没
> 找到半点有关性行为的各种情结、综合征的蛛丝马迹，那些对我并不
> 熟悉却想挖掘我的过去的心理分析学家就更找不到了。我杀死领主
> 只是因为他让我觉得恶心。(DJ,149)

在作品中出现关于该作品的文学批评话语，这是非常典型的元小说手法。而此处的情形更为复杂，它不是像福尔斯在《法国中尉的女人》中那样直接以作者的口吻和读者进行沟通，GTB作为《唐璜》的作者，对作品从内容到形式的批评被镶嵌于小说的第二叙事层，由作者笔下的叙述

者通过莱波雷约和唐璜取得"联系",并最终由唐璜以作者的口吻说出。

除了这种自我意识,GTB 在人物的设置上采取了和自己追求"真实"的本意完全相反的"伪历史"手法。比如上文提到的 17 世纪的唐璜故事里唐璜和堂·米盖尔·马尼亚拉的会面,这次会面从所谓"现实主义"的角度来说是不可能的:堂·米盖尔·马尼亚拉 1627 年 3 月 3 日出生于塞维利亚,1679 年 5 月 9 日去世。而蒂尔索·德·莫利纳的《塞维利亚的嘲弄者和石头客》初版见于 1630 年,而且在此之前还有 1617 年在科尔多瓦由赫罗尼莫·桑切斯(Jerónimo Sánchez)剧团上演的《离忏悔早着呢》(Tan largo me lo fiais)版本。不管后人对《塞维利亚的嘲弄者和石头客》是蒂尔索·德·莫利纳于 1612 至 1625 年间创作的考证是否确切,如果唐璜是个真实的历史人物,那么无论怎么说他都要早于自己的同乡马尼亚拉。何况 GTB 在文中曾非常明确地说唐璜"1598 年生于塞维利亚,据莱波雷约的编年表来说"(DJ,108)(尽管莱波雷约作为不可靠的魔鬼的身份,他使用的编年表是否同以耶稣诞生为参照点的公元历表吻合,也是 GTB 故意设下的悬念)。总之,这次不可能的历史性的会面,两者之间的对话,正如我们上文已经分析过的,对于 GTB 表达自己关于"唐璜精神"的看法有着非常重要的意义,而这个真实的历史人物马尼亚拉,也被作者嘲讽的笔触描绘成一个庸俗、无趣的教士形象,希望以向唐璜告密来换取布施。

唐璜故事中其他人物的设置同样体现了 GTB 身上的这种悖论。比如堂贡萨洛这个作为唐璜神话中重要因素的石头客就被描绘成一个阴险狡诈的小人,其死后以雕像出现的样子也一点没有恐怖感而是滑稽搞笑。在人物描写上,GTB 不仅用这种戏仿的手段解构约定俗成的人物形象,还故意从其他文本借用人物,而不是自己虚构人名:"主角"莱波雷约这个人物的名字出自莫扎特的《唐乔万尼》,并被赋予《浮士德》中的魔鬼梅菲斯托费勒斯的品质,他在成为唐璜的仆人之前是魔鬼,其灵魂附着在许多人物身上,其中就有威尔克神父(El padre Welcek)——忒耶斯神父的弟子(padre Téllez,蒂尔索·德·莫利纳的本名),这个耽于酒色的神父因塞莱斯蒂娜告密而被投入宗教裁判所;堂娜艾尔薇拉则出自莫里哀的《唐璜》;堂娜玛利亚娜则是对索里亚的堂娜伊内斯的戏仿。这种借用人物的行为正是 GTB 刻意为之的,这些人物或来自《唐璜》的作者,或来自唐璜所处的时代之后的各种《唐璜》的演绎版本,处处表现着他们和真正的唐璜同时出现的"时代错乱"性。这些名字本身,正如我们在看一部描写古代的电影时听到外面偶尔传来的汽车喇叭声,提醒我们真正身在何时何处。这种手法很容易让人联想到布莱希特戏剧的离间手法和俄国形式主义的陌生化理论。这种自我意识、互文和戏仿也使小说具有了非常鲜明的元小说特色。

在《唐璜》前言的末尾,GTB 不无嘲讽地为自己这部偏离了现实主义道路的作品道歉:

> 我为写下了这部离经叛道的作品而向诸位文学理论家致歉。这部小说,正如我之前所说,只是休闲、消遣之作。现在我手头正准备着另一部名为"奇异的岛屿"的作品,在这部小说中我将回到或者至少努力回归现实主义、客观性、批判性的道路,如果这三者能够相处融洽的话。面对异端邪说,有一种在往年会让人觉得不可思议的新派做法,那就是对之装聋作哑充耳不闻。这么对待一部新作再容易不过了。而对我个人而言,这都在意料之中。(DJ,13)

这部作品当然不是"休闲""消遣",而是作者在文学创作上所做的先于旁人的新的尝试。这段话中透露着作者一贯的反讽语气,上文中提到的"奇异的岛屿"正是后来的现实主义作品《界外》。《唐璜》在发表的当时确实如作者所料被文学评论界"装聋作哑"忽略掉了。但是站在半个世纪后的今天,甚至不需要这么久,只要 10 年,1972 年《J. B. 萨迦/赋格》的发表,我们看到被 GTB"致歉"的"文学理论家"们基本上无视的是《界外》而非《唐璜》。我们回看 GTB 在 1963 年写下的这个也许带着些许无奈的辩护和自白,或许才能看清 GTB 的《唐璜》对于他本人的创作乃至西班牙文坛的意义。它不仅标志着 GTB 本人写作风格上的转变,对战后面临创作危机的西班牙文坛也具有非常重要的先锋意义。

第四节　《唐璜》,GTB 萨迦之发源地

许多 GTB 的研究者都认为《唐璜》是 GTB 创作的"巅峰之一",在这部作品中出现的创作主题和创作手法在后来的"幻想三部曲"中被更加娴熟地运用。①

从手法上来说,这部小说中出现的戏仿、互文、mise en abyme 等元小说元素的尝试在后来被评论界称作"幻想三部曲"的作品中被以一种更为明显的方式表现出来。而从作品内容和主题上来说,一个被赋予作者本人某些特征的叙述者,一个象征着评论家或者读者的女性角色,一个神话,一场语言游戏,一个语言世界意义上的最后瓦解,现实和虚构界限的消融……这些都成为 GTB 以后的作品中带有标志性的元素。可以说,其作品"谱系"的发端就是这部《唐璜》。

但是这个时期的 GTB,还不是之后写了《J. B. 萨迦/赋格》和《芟除风信子的岛屿》的 GTB。这是一个依然执着于追求"真相"的、处于现代主义和后现代主义交界地带的 GTB。虽然像作者大多数其他作品一样主题是"神话",但他的《唐璜》并不是像多数评论家认为的那样是"神话解构"的过程,而是"神话建构"。GTB 多次提到"作为神话的唐璜"(EC,330)这个概念。他所质疑和解构的,是承载了太多现代人思想的,被感伤化、虔诚化和世俗化了的唐璜,一个变形的、失真的、已经不是原来的那个作为"神话"的唐璜。

但是在这种通过"解构"的神话建构过程中,最终 GTB 发现:

《唐璜》曾经试图记录一个真相,但是如今,也许已经不了。或许

———————————

① Miller, S. Don Juan y la novelística posterior de Torrente Ballester. In Loureiro, A. G. *Mentira y seduccion: La trilogía fantástica de Torrente Ballester*. Madrid: Editorial Castalia S. A., 1990: 3-5.

如今的我和当时的我比起来,对某些真相已经不再那么确信。但结果都一样。我当时追寻的真相,当然,是一个有关存在的真相。(DJ,11)

从最初的追求绝对真相,他意识到,关于唐璜,没有真相,或者说,承认他所建构的唐璜也只是某种真相而已。GTB已经不如之前那样,坚持要寻找一种绝对真实的"唐璜精神",这其中隐含着作者的某种思想转变,那就是从对萨特的存在主义式的追求"绝对真理"的执着,到承认这种追求的不可能性。存在主义者敢于挑战社会常规,以一种清醒的反叛意识试图唤醒昏昏然不知生命之意义的大众,GTB也曾经借唐璜之口表达过这种理念:"我喜欢探究和追问约定俗成的'真相',并以发现其中暗藏的不合逻辑、牵强附会的基础、掺假的基石为乐。"但是"睁大眼睛搜寻游戏的装置,不挖出最深的真相决不罢休,这对于社会秩序来说是种危险行为"(DJ,212)。在小说中,作者虚构了唐璜和波德莱尔的一段交情,作者借唐璜之口,表达了这种思想上的转变:唐璜认为波德莱尔的失语症和瘫痪不是上帝对他的放荡生活和狂妄自大的惩罚,而是悲悯:"我知道那并不是惩罚,而是上帝的悲悯:对于像夏尔那样的人,当他们即将领悟生命最神秘的真谛的时刻,上帝蒙蔽了他们的心智,这并不是对他们的放肆的惩罚,而是为了避免他们面对**真相**那一刻的惊骇。对弗里德里希·尼采来说,几年之后,同样的情形再度发生。"(DJ,146)

说这句话的是已经经历过发现真相后的惊骇的唐璜:唐璜坚持以异常冷静的、不被神圣和世俗情感打动的探究真相的态度最终令上帝的地狱和人间的地狱(唐璜一直引以为傲的特诺里奥家族的地狱)都不愿接受他的灵魂,而致使其灵魂永生永世在天地之间飘荡。鉴于不同宗教间的共同之处,我们不妨借用一个佛教的词语来形容这个探寻真相的唐璜的下场:万劫不复。存在主义的"他人即地狱"被"地狱就是我"的呐喊代替:

你们去你们的地狱,把我留在我自己的地狱吧!那里容得下我!我不再是你们的一员!我不姓特诺里奥,我的名字只是胡安!(DJ,344)

GTB 给自己的这个唐璜安排的结局远离众所周知的"他人即地狱"的萨特式宣言，"对于我的唐璜而言，地狱正是他本人"（DJ，13）。GTB 最终放弃了现代主义的庄重的、一本正经的对所谓"绝对真理""存在本质"的追寻，转而表现一种后现代的模糊、无序和多种可能性并存的无中心状态。他立足于传统，曾被人说太过传统，是个"新古典主义"作家。但是在他身上这种怀疑主义精神却使得他迈向了对现代的反拨，即后现代。他质疑自己，对自己试图揭露的真相也抱着一种怀疑主义态度，这个真相不是终极和唯一的，唐璜不是单一、确定的，而是神秘的。这就是 GTB 得出的初见后现代端倪的结论。他只能提供一种真相，而不是绝对真相。可以说正是这种质疑的开端，使得他在以后的《芟除风信子的岛屿》中，能够以一种更轻松、更尼采的方式对拿破仑"神话"进行完全的颠覆和否认，他不再关注拿破仑这个人，不再追求绝对的真相，而是对所谓"真相"提出质疑，并把重心转向文学本身，思考"真实"和"虚构"、"文学"和"历史"之间的关系，完成一次真正的具有后现代主义精神的对神话的解构。

  也许是在某种时刻被自己笔下的唐璜附体，心有戚戚的 GTB 最终选择把关注的重心从作为"故事"的唐璜身上放在了作为小说的《唐璜》上。原来作为"真相"被作者追寻的"唐璜的源头"被镶嵌在另一个更高的本体层之下，变成一个嵌入故事。"如今，我的目的是纯文学性的。在众多已经存在的唐璜版本中，再加上我自己独特的这一个。"（DJ，11）

  通过上文的分析，我们看到，正是作者把对作为神话的"唐璜的源头"的追寻放置在一个具有元小说游戏结构的《唐璜》小说之中的改变，使得这部颇受作者本人喜爱的作品具有了突出的地位，成为研究 GTB 的文学创作，尤其是其"幻想三部曲"时不可或缺的参照和出发点。

第二章

《启示录片段》，一部元小说的同位素

　　《启示录片段》（*Fragmentos de apocalipsis*）发表于 1977 年，被评论界称为"幻想三部曲"第二部，获得了当年的西班牙国家文学批评奖。

　　小说由三部分构成，而这三部分都是由"片段"构成的。也就是说，每一部分都不是一个连贯的整体，而是和另外两条线交织在一起，并且没有清晰可循的"故事情节"和"故事时间"：第一条线的标题为"写作日记"，是一个自称这部小说作者的第一人称叙述者"我"的写作日记。这一部分讲述了这个"作者/叙述者"以基督教朝圣的圣城圣地亚哥·德·孔波斯特拉为蓝本，虚构了一个名为维拉圣塔·德·拉·埃斯特拉的城市，并打算以此城为故事发生地来写一部小说。整个"写作日记"叙述了"我"如何安排人物、情节等写作材料。这个部分和作者 GTB 本人的写作笔记《一个流浪诗人的日志》形成了一个 mise en abyme，也很容易让人联想到纪德的《伪币制造者》中的"日记"和福楼拜关于自己文学创作的《书信集》。

　　第二条线被称作"叙事"（Narraciones），分为六章①。这些章节的叙述者依然是"我"，讲述了一个无政府主义团体里各个成员的故事。其中的"叙事第三章——伪撰"（Narración III—apócrifa）作者身份不明，貌似为叙述者"我"的分身——"至高无上者"（el Supremo）——的手笔。还有一章包含在"写作日记"中但实则属于"叙事"部分的"芭尔比娜和马尔塞罗的游历故事，第一部分"（La peregrina historia de Balbina y Marcelo，I）。

　　第三条线出自堂胡斯多·萨马涅戈（don Justo Samaniego）的手笔，

---

　　① 这六章包括："叙事第一章"（pp. 80-99），"叙事第二章"（pp. 138-147），"叙事第三章——伪撰"（pp. 219-227），"叙事第四章"（pp. 255-271），"叙事第五章"（pp. 311-315），"叙事第六章"（pp. 370-382）。

名为"预言系列"(Secuencias proféticas),分成五章①,穿插在另外两条叙事线中。从叙事层来说,堂胡斯多·萨马涅戈是叙述者"我"创造出来的人物,他的叙事和"我"的叙事形成了另一层 mise en abyme。这一部分主要叙述了堂胡斯多·萨马涅戈预言的维京人一千年以后对维拉圣塔的入侵以及该城最终的毁灭。

应该指出的是,三条叙事线除了在结构上交织在一起,没有分成独立的三大块,其内容也不是彼此孤立而是相互穿插的。在"创造者"和"人物"之间对话自由,丝毫没有本体层的差别;"人物"在各个叙事层里自由穿梭,有时候名字相同却大相径庭,比如主教马尔塞罗(Marcelo)和瞎子马尔塞罗、8世纪和20世纪的维京人国王奥拉夫(Olaf);有时候虽改头换面却依然是同一个,比如"至高无上者"和 Shopandsuck(又被称为 Chupachup,意为"棒棒糖"),马修先生(M. Mathieu)和马特奥老师(maestro Mateo),列努什卡(Lénutchka)和列娜(Lenn),叙述者"我"和堂胡斯多·萨马涅戈,叙述者我和"至高无上者"等。

小说标题《启示录片段》中的"片段",首先是指构成作品的几条叙事线都由片段构成,人物和情节的交代支离破碎而没有很清晰、连贯的故事脉络。在1982年的第二版中,作者附加了1977年初版时没敢发表的结尾部分,整个维拉特拉城被毁灭,分解成当初构成它的字符。从这个角度来看,相对于维拉圣塔·德·拉·埃斯特拉这个虚构的、由语言构成的城市来说,其世界末日启示录的最后景象就是一个个支离破碎的字符片段,也应和了作品的标题《启示录片段》。而关于标题中的另一个关键词"启示录",不同的研究者给出了不同的解释②。首先"启示录"无疑是指第三条叙事线,即萨马涅戈的"预言系列"。而在作品中也出现许多跟启示录有关的片段,比如世界末日、末日预言、星际旅行、魔鬼、复活、巴比伦大娼

---

① 这五章包括:"第一预言"(pp. 108-120),"第二预言"(pp. 194-206),"第三预言"(pp. 271-281),"第四预言"(pp. 349-367),"第五预言"(pp. 411-416)。

② 关于不同研究者对标题中"启示录"的解释,可参见:Pérez, G. J. Cervantine parody and the apocalyptic tradition in Torrente Ballester's *Fragmentos de apocalipsis*. *Hispanic review*. 1988, 56 (2): 157-179.

妓。而从词源上来说,"apocalipsis"这个词在希腊语中指"揭露、启示",因此有些评论者认为,这意味着小说"揭露小说创作过程"的元小说特征,"那么'apocalipsis 片段'也可以指小说'揭露'它的文学手法以及小说家对他的小说艺术进行思索的那些时刻"[1]。正如《J. B. 萨迦/赋格》的标题一样,GTB 无疑也赋予了《启示录片段》这个标题以多重含义。

作者本人在前言中将作品定义为"一个没有匿名的小说家写的创作笔记,一个记录了小说真实虚构过程的创作笔记"。他再三强调,自己"尽管怀着仁慈包容的心态,但还是在整个《启示录片段》中对小说的本质、小说这种体裁本身进行了质疑,试图揭示使小说得以延续生存下来的众多套路中的一部分,与此同时,也对那些我认为并不合情合理的手法和技巧开一些无伤大雅的玩笑"(FA, 19)。

因此,多数评论家都毫不迟疑地给这部小说安上了"元小说"的名头,认为《启示录片段》是一部关注小说自身写作过程的小说。确实,在很多元小说理论家看来,"元小说"正是对小说这种体裁本身进行的反思,其用到的最主要的手法就是暴露传统现实主义作品试图遮掩的程式化的"写作手法",从而使人们关注小说虚构世界的建构过程。琳达•哈琴就认为,所谓的"现实主义传统"在从古希腊至今的经典"模仿论"中找寻理论支持时,忽略了人类的模仿本能还有一个"伙伴",那便是一种同样强烈的整理排序的冲动。现实主义对"结果"的模仿(mimesis)遮蔽和否定了对"过程"的模仿。哈琴将自我指涉小说的源头从《堂吉诃德》和《项狄传》追溯至更久远的古希腊英雄史诗时期,认为《奥德赛》中的人物尤利西斯讲述自己的故事,这种从叙述者荷马的视角到人物视角的转换形成了一种 mise en abyme,说明当时的文本已经包含叙事过程。[2] 她以此说明对一个结果的过程的模仿概念自古就有,而不是一个"新的批评需要",从而对抗在元小说写作手法和元小说理论出现初期所面对的来自"现实主义"的

① Santiáñez Tió, N. Comentarios a *Fragmentos de apocalipsis*. In Torrente Ballester, G. *Fragmentos de apocalipsis*. Barcelona: Ediciones Destino, 1997: XIII.

② Hutcheon, L. *Narcissistic narrative*: *The metafictional paradox*. New York: Routledge, 1991: 40.

"模仿说"的质疑。

法国波城大学（Université de Pau）的艾米丽·古娅尔德（Emilie Guyard）谈到《启示录片段》在法国的接受情况时，认为该小说被刻意地描述成"一个小说家的日记"，突出其元小说风格而对其中的"奇思妙想"视而不见，这种行为是对小说最为重要的"丰富的想象力"和"幻想"特征的无视，而这些恰恰是使 GTB 的小说在西班牙乃至法国文坛脱颖而出的独特品质。① 确实，不仅整部小说的结构离奇、复杂，其内容也充满奇思妙想，出现了七个头的龙、会飞的大主教、头上顶着沙丁鱼的教士……而且所有的一切都是由"语言"构成的，包括大教堂、街道、人物，甚至"作者"本人，而最后这一切又在钟声中毁灭，分解成当初构成它们的字母、单词、句子片段，因此很难让人相信这是一部"现实主义"作品。对各种元小说手法的使用是《启示录片段》最显而易见而无须多说的特征，但同时也是最表面、最迷惑人的特征。这是一部充满矛盾和悖论的小说，不能简单地将其归为"元小说"。正如作者本人所说：

> 这部小说不是文学创作，而是对一个最终失败了的艰难的创作过程的记录；其中内容是虚构的（也许有一些并不如此），但是过程却绝不是。《启示录片段》不是一部现实主义作品，而是对一个现实的纪实。（FA，15）

在这个既非"虚构"也非"现实主义"的矛盾体中，似乎作者坚持将小说定义为"纪实"。那么如何归类这么一部"纪实的、失败的创作笔记"呢？在作者真实的创作笔记《一个流浪诗人的日志》中，他表示创作《启示录片段》的目的是"用非真实的材料写一部现实主义的小说"（CVV，119）。如果我们对比上文所引用的小说前言的话，会发现两段话的矛盾之处在于对"现实主义"的理解。何为现实主义？如果一个"创作结果"经过小说的

---

① Guyard，E. Reflexiones sobre la recipción de *Fragmentos de apocalipsis* en Francia. In Becerra Suarez，C. *La tabla redonda；Anuario de estudios torrentinos*. Vigo：Universidad de Vigo，2004：92.

虚构看起来像是真的，就可以被称作"现实主义"的，那么一个"创作过程"经过小说的虚构看起来也像是真的，它为什么不能同样被称作"现实主义"的呢？一个小说家在创作时脑子里天马行空的各种想象，他所占有的小说材料的杂乱无章，这些都是不可否认的事实。因此，当GTB在说自己的小说不是"现实主义的作品"时，他用的是"讲出来的故事"（story told）这个"结果像真的一样"的意义上的"传统的现实主义"的概念，即作品中不会出现我们上文提到的那些神奇的、不会在现实世界中出现的情景。而当他同时又说这是一部"现实主义的作品"时，他的理由正是基于"讲故事的过程"（storytelling），指的是"过程像真的一样"的"现实主义"。后者显然就是琳达·哈琴所定义的"元小说"。依照这种理念，"元小说"依然严格遵循"模仿说"，只不过这次它所模仿的对象是小说家真实的"创作过程"，而不是我们所处的现实世界。

事实上，确实有很多元小说像"现实主义"作品假装是真实的那样，表现得好像向读者展示真的创作过程。如果GTB像他在前言中宣称的那样，那么他确实能够"用非真实的材料创作一部现实主义的小说"，但是在《启示录片段》显而易见的"元小说"外表之下，隐藏的是GTB一贯的嘲弄语气。在这部作品中，GTB所做的不仅仅是通过对一个作家（或说作者本人）写作过程的"模仿"，创造另一部虚构的、和自己真正的写作笔记《一个流浪诗人的日志》相似的"元小说"，更是对之进行"戏仿"，使《启示录片段》成为一部"戏仿的元小说"。

第一节　戏仿和同位素

被认为是欧洲文学史上第一部现代小说的《堂吉诃德》是塞万提斯对骑士小说的戏仿之作，这是公认的事实。巴赫金认为，"对主导的小说类型进行文学的讽刺模拟，这个作用在欧洲小说发展史上是极其巨大的。不妨这样说，最为重要的那些典范作品和小说类型，都是通过讽刺性模拟在破坏此前的各种小说世界的过程中创造出来的。塞万提斯、缅多萨、格里美豪森、拉伯雷、勒萨日等等,都莫不如此"①。琳达·哈琴认为,小说的起源和发展的关键就是"戏仿",她提出"小说的起源和发展的关键极有可能在于戏仿,在于揭露僵死的文学套路并建立新的文学代码"②。

GTB 本人提出的"同位素"概念很好地隐喻了"戏仿"和"戏仿对象"之间的关系。互为同位素的原子之间质子数相同,但因为中子数不同而造成其某些物理性质的大相径庭。我们或许可以得出以下推论:GTB 认为"戏仿"和"戏仿对象"之间虽然存在着相同的"质子",但正是戏仿作者在保持这些"质子数"相同的同时,运用某些美学手法,使得两者具有了不同的"中子数"。尽管"中子"要远远小于"质子",但是它所起到的作用却是巨大的,使得"戏仿"和"戏仿对象"产生了某些完全不同的特点。

一、戏仿的概念

在哈琴的论述中,我们看出她把"戏仿"视为元小说暴露写作技巧的主要手法,这个观点和其他元小说理论家是一致的,比如帕特里西亚·沃也认为:"戏仿,作为一种文学策略,它蓄意地构建自身,旨在打破已经变成俗套的规则。"③这样的看法无疑受到了俄国形式主义文艺理论家什克洛夫斯基的影响。什克洛夫斯基认为"戏仿"是一种暴露艺术手法的方法,是使文学形式"陌生化"的手段之一。他的"戏仿"理论和"陌生化"理论是紧密联系在一起的:"那种被称为艺术的东西的存在,正是为了唤回人对生活的感受,使人感受到事物,使石头更成其为石头。艺术的目的是使你对事物的感受如同你所见的那样,而不是如同你所认知的那样;艺术的手法是事物的反常化手法,是复杂化形式的手法,它增加了感受的难度

---

① 巴赫金. 小说理论. 白春仁,晓河,译. 石家庄:河北教育出版社,1998:92.

② Hutcheon, L. *Narcissistic narrative*: *The metafictional paradox*. New York: Routledge, 1991:38.

③ Waugh, P. *Metafiction*: *The theory and practice of self-conscious fiction*. London: Methuen & Co. Ltd, 1984:65.

和时延[……]经过数次感受过的事物,人们便开始用认知来接受:事物摆在我们面前,我们知道它,但对它却视而不见。[……]使事物摆脱知觉的机械性,在艺术中是通过各种方法实现的。"①

　　而这些使日常事物在艺术中变得"陌生化"从而重新唤醒已经麻木的审美感受的方法有很多,比如不直接命名事物,而是对其进行描述,或者使用亚里士多德所说的"陌生"的、具有"异国的和可惊的性格"的诗歌语言等。②而其中"戏仿"就是另一种重要的手段,其目的在于"暴露"(lay bare)小说技法中的一些常规和惯例,从而造成一种"陌生化"的感受,并对小说形式进行革新。"戏仿"使人意识到"被戏仿的文本"和"戏仿文本"之间"互文"和"对话"的关系。也正是这种强烈的自我意识使得哈琴和沃在各自关于元小说的理论中将"戏仿"称为元小说的一种重要手法。这一概念对巴赫金的"对话理论""复调小说"以及解构主义的"互文理论"都产生了积极的影响。

　　诚然,"戏仿"是一个被不同的文学流派定义了无数次的概念,其在文学作品中的应用所起到的作用以及带来的后果也是莫衷一是。但不可否认的是,在面对被无数前人开垦过的 T. S. 艾略特所说的文学"传统"时,作家们的"影响的焦虑"即在于如何使自己的文本摆脱"模仿"和"剽窃"的名头而拥有梦寐以求的"独创性"。但是在面对如今普遍被承认的"一切文本都是'互文'的"这种令人沮丧的观点时,面对敏锐的理论家以及不再"天真"的读者,想要刻意地掩饰甚至隔绝自己的文本同整个"互文网络"千丝万缕的关系,无疑变得几乎没有可能。爱德华·萨义德在《世界·文本·批评家》中指出:"作家们考虑更多的是重写而不太顾及独创。写作的形象从开拓性的铭文变成了千篇一律的书写。"③但是作为一把双刃剑

---

　　① 什克洛夫斯基,等.俄国形式主义文论选.方珊,等译.北京:生活·读书·新知三联书店,1989:6-7.
　　② 什克洛夫斯基,等.俄国形式主义文论选.方珊,等译.北京:生活·读书·新知三联书店,1989:8.
　　③ Said, E. *The world , the text , and the critic*. Cambridge: Harvard University Press, 1983: 135; citado por Hutcheon, L. *Narcissistic Narrativ: The Metafictional Paradox*. New York: Routledge, 1991: 135.

的"戏仿",成为后现代作家们在创作时不再避讳的甚至是首选的创作方式,可能在于"一部使用了戏仿的小说可以同时被看作具有破坏性的或者批评建设性的价值,并且开创新的创作可能性。[……]事实上,'文学引用'(littérature citationnelle)的手法可以同时被看作戏仿和创新。将一个文本中的引文放在另一个文本背景中,是同样的,但同时也是崭新的和不同的"①。

在元小说中"公然"使用戏仿,高调宣称自己的文本并不是"首创",而不是小心地隐藏这种极可能被看作"模仿"或"剽窃"的行为。这么一来,起码可以得到一种自由:"因为文学从来都不是自由的,不可能有所'独创',但却总是被'创造'或孕育出来的悖论承认,文本因此从'影响的焦虑'中得到解放。"②

琳达·哈琴,还有克里斯蒂娃、热奈特、托多洛夫等人都认为,"戏仿"不再纯粹是一种讽刺的、嘲笑的、戏谑的甚至低级的喜剧化手段,他们把它同自我意识、元小说、互文、陌生化等关注小说自身本质问题的艺术创作手法联系起来。"戏仿是对相异性和相似性的挖掘;在元小说中它要求一种更具文学性的阅读,并要求读者对文学代码有所了解。但是把这种过程的目的看作拙劣的模仿、戏弄或者纯粹的破坏则是错误的。元小说把戏仿和模仿当作一条创造同样严肃、有效的新形式的道路,作为一种形式,它辩证地追求超越。它不一定必须远离模仿,除非'模仿'这个词只意味着对对象的严格模仿或者是行动主义—现实主义的动因。"③

罗伯特·斯科尔斯(Robert Scholes)无疑也持同样的看法。④ 这种看法可说是和什克洛夫斯基一脉相承。什氏把"戏仿"从当时普遍流行的认

① Waugh, P. *Metafiction: The theory and practice of self-conscious fiction*. London: Methuen & Co. Ltd, 1984: 64-65.

② Waugh, P. *Metafiction: The theory and practice of self-conscious fiction*. London: Methuen & Co. Ltd, 1984: 67.

③ Hutcheon, L. *Narcissistic narrative: The metafictional paradox*. New York: Routledge, 1991: 25.

④ Scholes, R. Parody without ridicule: Observations on modern literary parody. *Canadian review of comparative literature*, 1978,5(2): 201-211.

为"戏仿"是"滑稽模仿"（burlesco）的概念中拯救出来，使其摆脱了"劣等公民"的地位，但是这也使得"戏仿"刻意避开了自己所固有的戏谑、嘲弄特征。

我们在本书中研究的主角 GTB，他的许多作品都大量运用了"戏仿"手法，尤其是《启示录片段》，几乎可说是囊括了所有可能的"戏仿"手段，涉及主题、结构以及风格等各个方面，甚至还有"元小说"本身。而在和《启示录片段》同时期创作的《作为游戏的〈吉诃德〉》中，GTB 开篇就针对《堂吉诃德》中的"戏仿"提出了自己的观点，其中突出的就是其滑稽、嘲弄和讽刺的特征：

> 谈到戏仿，除了参照一个确定的体裁或门类的定义，首要的是要遵循一些手法和（艺术家的）一个基本的、连贯的、旨在制造喜剧性的态度，西班牙皇家语言学院字典对此是如此定义的：
> 戏仿——嘲弄性的、通常以诗歌的形式写作的、对严肃的文学作品的模仿。（QUI，11）

GTB 认为，在这个定义的两个中心词"模仿"和"嘲弄"中，前者在所有的艺术作品中都或多或少出现过，因此，使"模仿"成为"戏仿"的关键应该是后者，即喜剧性和嘲弄态度。这种保留"戏仿"中的诙谐色彩的做法与巴赫金不谋而合，而且也更符合"戏仿"这个概念本来的意义："对于中世纪的戏仿者来说，一切都是毫无例外的可笑、诙谐，就像严肃性一样，是包罗万象的：它针对世界的整体，针对历史、针对全部社会、针对全部世界观，这是关于世界的第二种真理，它遍及各处，在它的管辖范围内什么也不会被排除。"[1]因此，与其刻意撇清"戏仿"和"可笑""诙谐"的关系，不如一开始就将"可笑""滑稽"和"严肃性"摆在平起平坐的地位。

在作者的成名作《J. B. 萨迦/赋格》这部包罗万象的复杂作品中，就已经出现大量对心理分析学、历史学、社会学、神学、语言学、结构主义人类

---

[1] 巴赫金.巴赫金全集：第六卷. 李兆林，夏宪忠，等译. 石家庄：河北教育出版社，1998：97-98.

学等的"戏仿"。研究者阿丽西亚·西梅内斯·贡萨雷斯就认为,对这部作品进行全面的分析是一项"不可能完成"的任务,少数试图这么做的学者也"掉入了一种用文本本身所嘲讽的研究手法去研究文本的陷阱"①。而在作者1987年发表的《显而易见,我并非我》中,一个已经去世了的神秘的西班牙作家乌西奥·普雷托(Uxío Preto),用三个不同的名字写了三部不同的小说,以及一部自传。一个叫作伊冯娜(Yvonne)的女大学生受美国一所大学的委托对该神秘作家进行研究。这部作品的情节扑朔迷离,在对费尔南多·佩索阿明显的戏仿外表下,包含着作者一贯的嘲弄和戏仿态度。"事实是,托伦特·巴列斯特尔的游戏对象甚至是'异名者游戏'本身。"②因此,如果没有抓住GTB的文学创作中重要的"戏仿"手段,则很容易在研究中误入歧途。

二、《启示录片段》中的戏仿

来自意大利的研究者玛利亚·罗佳·穆松斯细致地指出了《启示录片段》中出现的种种"戏仿"现象:"前言类型学;多重作者、叙述者;被发现、翻译、真伪可疑的手稿;元小说;对多种小说类型的戏仿(新现实主义或社会学小说、幻想小说、科幻小说、'新小说'、爱情小说、黑色小说以及侦探小说、色情小说);对各个流派的文学理论的讽刺性批评;等等。"③GTB的资深研究者、马萨诸塞大学的安吉尔·娄瑞罗也指出了《启示录片段》中以戏仿的方式影射的各种文学概念,比如作者之死,拥有多重异

① Giménez González, A. *Torrente Ballester en su mundo literario*. Salamanca: Ediciones Universidad de Salamanca, 1984: 106.

② Ruiz Baños, S. *Itinerarios de la ficción en Gonzalo Torrente Ballester*. Murcia: Universidad de Murcia, 1992: 165.

③ Roca Mussons, M. Sobre algunas cervantinas de Gonzalo Torrente Ballester en *Fragmentos de apocalipsis*. In Becerra Suarez, C. *La tabla redonda: Anuario de estudios torrentinos*. Vigo: Universidad de Vigo, 2004: 28.

名者的作家等。①

在《启示录片段》中，GTB 为了达到"戏仿"效果，采取了很多手段，比如为了让读者感受到作者的讽刺态度而"对非现实的材料采取现实主义的手法"(CVV,269)等。这些对于如何带来戏仿效果的种种尝试，正如"揭露小说创作的俗套"那样，记录在作者真正的创作笔记《一个流浪诗人的日志》中，比如关于维京人的出现：

> 这就好比我要写一部小说，像"现实三部曲"那种风格的，忽然，嗖的一声！维京人出现了，而我呢，一本正经，接着描写维京人的到来以及接下来发生的事情。一本正经，笑都不笑。然后，一个不真实的因素被引进，其他的就跟着来了。(CVV,297)

这部《启示录片段》中被命名为"预言系列"的部分讲述的就是维拉特拉如何被一千年后回来复仇的维京人入侵的预言。这里的"英雄史诗般"的主题和体裁被以一种跟其性质相反的戏仿手法尽数摧毁："史诗(épico)的原意只不过是'叙事'(narrativo)而已。'表达英勇之物'，也即头盔，被印第安人的羽毛代替。'作为美德或罪孽的化身的女性'被只有一种功能的人偶代替。'入侵者的崇高目的'此处丝毫不崇高：只不过是为了'经济利益'。国王'奥拉夫'丝毫不光辉的形象：'Olaf'反过来念就变成了'falo'(意为'阴茎')。"(GC,62)

这种以跟材料本质相反的方式对待之并形成强烈反差，从而达到戏仿效果的手段在 GTB 的作品中并不是第一次出现。比如在《界外》这部"现实主义作品"中，GTB 就用一种反讽的手法"对丝毫没有时间顺序可

---

① 有关《启示录片段》中 GTB 的戏仿对象，可参见：Loureiro, A. Torrente Ballester: Novelista postmoderno. In Abuín, A., Becerra Suarez, C., Candelas, A. *La creación literaria de Gonzalo Torrente Ballester.* México D. F.: Coordinación Editorial, 1997; Pérez, G. J. *La novela como burla-juego, siete experimentos novelescos de Gonzalo Torrente Ballester.* Valencia: Albatros, 1989; Pérez, G. J. The parodic mode as a self-reflective technique in Torrente's *Fragmentos de apocalipsis.* In Martin G. C. (ed.). *Selected Proceeding. 32nd. Mountain Interstate Foreign Language Conference.* Winston-Salem: Wake Forest University, 1984: 237-245.

言的时间进行严格的时间顺序排列，[……]这已经使我远离了现实主义的命题"(CVV,298)。可以说，这种被巴赫金归纳过，被戴维·洛奇在《小说的艺术》中明确指出的"文体和主题格格不入，极不协调"①的戏仿手法被GTB用到了极致。巴赫金在其"对话理论"中就以英国幽默小说家菲尔丁、斯特恩、狄更斯、萨克雷、斯摩莱特为例，说明以一种反差的手法所达到的讥讽效果，比如在神圣的时刻用日常的语言，或者用神圣的语气描述日常情境等。

除此之外，《启示录片段》涉及的"戏仿"手段之繁复多样也使我们很难对其进行分门归类。比如，文中有一个纯属"装饰性"的"会唱歌的丑龙"的情节，就是对"圣乔治和龙的传说"的戏仿，用作者自己的话说，就是"对认为龙代表着恶的神话的颠覆，也就是说，使龙变成好龙。[……]然后岛上的居民就(对圣乔治)说：'您请走吧，不要把我们的龙给杀了。'也就是说，让故事产生悖论：赋予神话的概念以讽刺和逻辑，使之变形"(GC,59-60)。

不可否认，《启示录片段》中大量的"戏仿"已经使得这部小说"可以被看作对其他作品、各种体裁、门类和话语的系列性的戏仿。[……]哥特小说、浪漫主义、自然主义、现实主义、色情小说、神秘小说、科幻小说、《雾》、《小径分叉的花园》、《圆形废墟》、启示录文学、普鲁斯特的文风、托伦特本人之前的一些作品，尤其是《J. B. 萨迦/赋格》、'新小说'，都是《启示录片段》的文本戏仿的对象"②。

在为数不多的研究《启示录片段》的评论者中，出现这样的"一致性"意见，绝不是巧合。这些研究要么从"传统(塞万提斯)"出发，要么从"后现代"出发，他们得出的一致意见可以说正是体现了作者GTB身上诸多矛盾体的冲突和共存。正如我们上文所指出的那样，如果本书有足够的空间，这个"戏仿"的"单子"可以像唐璜的嘲弄者名单一样长到令人震惊，但是正如在唐璜的故事中，"名单"的存在只是一个避免叙事重复的手段，

① 洛奇. 小说的艺术. 王峻岩，等译. 北京：作家出版社，1998：142.

② Santiáñez Tió，N. Comentarios a *Fragmentos de apocalipsis*. In Torrente Ballester，G. *Fragmentos de apocalipsis*. Barcelona：Ediciones Destino，1997：LXV-LXVI.

重要的是像唐璜的"嘲弄"行为本身那样，在《启示录片段》中，重要的不是GTB在文本中都戏仿了什么，而是"戏仿"行为本身。"戏仿"无疑是元小说诸多手段中的一种，因此大多数的评论者从作品中的这些"戏仿"中得出的结论是，"《启示录片段》是一部元小说"。而对该作品的这种定义通常会得出两种看似南辕北辙，其实合情合理的结论：《启示录片段》要么是一部遵循"塞万提斯传统"的小说，要么是一部相对于它发表的年代来说"先锋、超前"的后现代主义小说。

我们知道，GTB作为评论家的职业经历以及爱好使得他本人对自己的作品做出过非常明确的阐释，这无疑对研究者起到很好的导向作用，但同时也起到了"误导"的作用。可以说，GTB的这种喜欢一本正经、不动声色地进行戏仿、嘲弄的特质，使得他正如博尔赫斯笔下"圣洁的"和"谦逊的"《吉诃德》的作者皮埃尔·梅纳尔那样，有着"屈从或讽刺的习惯：发表同自己喜爱的想法完全相反的意见"①。他对读者和研究者的种种"引导"乃至"误导"都是刻意为之的。在《启示录片段》的前言、《一个流浪诗人的日志》、《谈话录》、各种访谈和关于《启示录片段》的论述中，作者都明确指出这是一部"关于小说的小说"，但需要特别注意的是，GTB的戏仿对象也包括"关于小说的小说"本身。

GTB本人关于戏仿的概念，上文已经做出论述。而关于如何使得戏仿的文本摆脱对被戏仿对象的简单"模仿"而变得具有喜剧效果，也就是说，使得这种"模仿"能被称为"戏仿"，GTB认为这就需要一种美学上的处理。但是这种"文学处理方法"首先不能是对戏仿对象进行"夸张或缩减"等常见的喜剧性手段，因为这些手段都或多或少地改变了被戏仿对象，而使"戏仿"概念中的重要因素"模仿"受损。GTB认为，有一种重要的行之有效的方法，既不会夸张，也不会缩减他者的材料，同时还能达到"戏仿"的效果，那就是"运用因和果之间的不协调来作为一种使两者关系发生改变的手段"（QUI，11-13）。这种手法我们在《堂吉诃德》中屡屡见到，GTB在《作为游戏的〈吉诃德〉》这部论著中对其也有过详细的论述。

---

① 博尔赫斯．博尔赫斯全集：小说卷．王永年，林之木，等译．杭州：浙江文艺出版社，1999：95．

而我们知道,《作为游戏的〈吉诃德〉》正是作者在酝酿《启示录片段》的几年之中(1972—1977,尽管《启示录片段》的许多萌芽可以追溯到《J. B. 萨迦/赋格》时期)写出来的,而作者在多个场合都曾经毫不避讳甚至不无"骄傲"地"认祖归宗",承认《堂吉诃德》对《启示录片段》的影响,因此我们有必要探讨一下这种独特的"戏仿"方式所起到的作用。

我们不妨看一下这种"因和果之间的比例失调"的方法的"运行机制"。在《谈话录》中,作者提到自己这部《启示录片段》中"戏仿"最成功的一个片段:"其中最好的漫画形象是'预言系列'的那个叙述者。〔……〕这个人物连亲爹亲妈都不认识就患上了俄狄浦斯情结,〔……〕他最后通过杀掉国王奥拉夫——也就是阴茎,并和代表着他母亲的人偶睡觉得以痊愈;也就是说,这里有着对弗洛伊德学说再明显不过的漫画模仿。"(GC,63)在这里,一个甚至都没有见过自己父母就"患上了俄狄浦斯情结的人物"(因),最后通过杀掉代表着男性的国王,并和代表着母亲的人偶睡觉得以痊愈(果),这种"矛盾"及其"解决方案"之间令人瞠目结舌的对应关系无疑是"不协调"的,从而造成一种对弗洛伊德理论的滑稽的戏仿效果。

而在这部"公然宣称"的元小说中,GTB可说是使用了关于元小说理论的种种重要手段:作者、文本和读者之间的关系,对创作手法的"暴露",对小说体裁本身的"自我意识",等等。可以说GTB对种种这些元小说中常见的手法既不"夸张"也不"贬低",但同样对之进行了"戏仿",使《启示录片段》成为当时西班牙文坛惊世骇俗的超前之作。

作者本人并没有掩饰自己所"模仿"的其他一些被称为"元小说"的作品——乌纳穆诺的《雾》、纪德的《伪币制造者》、皮兰德娄的《六个寻找剧作家的角色》等等,但在公然指出自己所"模仿"的对象的同时,我们知道,大部分作家都不会满足于这种"简单的模仿",GTB更不例外。从上文中GTB所做出的如何达到"戏仿"效果的程序和步骤来看,在"模仿"之后,紧接着就是各种文学性手段的使用,使《启示录片段》从对上述几部著名元小说的"模仿"变成"戏仿"。

三、戏仿和同位素的建立

也许这时候我们有必要阐明本小节标题中"同位素"(isotopes)的意思。这个词语出现在《启示录片段》的"创世纪"之初,也即叙述者在刚开始虚构一个语言构成的城市时提到的词:

> 我脑海里盘旋着的两个词语一直没能使用:参数(parámetro)和同位素(isotopo),重音一个在倒数第三音节,一个在倒数第二音节。将重音在倒数第三音节和在倒数第二音节的词组合在一起,总能得出完美的悦耳和谐的句子。[……]有些词语人们并不认识,这真叫人郁闷! 如果我继续在这两个词上纠缠,那就再见了意识流,再见了连贯性。我最好还是往回去一点,回到已经写的部分。(FA,39-40)

随后"我"开始以真实存在的城市圣地亚哥·德·孔波斯特拉的历史、传说和神话为蓝本来虚构维拉圣塔·德·拉·埃斯特拉。但是他并没有像自己先前所宣称的那样放弃对"参数"和"同位素"这两个词语的"执着",在之后的文本中再次用到它们。(FA,44,45,104)这种行为无独有偶,在本书的第三章"《芟除风信子的岛屿》,靠拢触碰的岛屿"中,我们将会详细阐述另一个令GTB以一种看似不可理喻的方式着迷的词语"靠拢触碰"(abarloadas)和该作品之间的重要关联。只不过在《芟除风信子的岛屿》这部小说中,描述对该词心驰神往,却总也找不到机会使用的段落出现在小说的"前言"中,其归属无疑是作为作者的GTB,而非小说中的第一人称叙述者"我"。而在《启示录片段》中,以同样的方式表达对某个词语的"偏爱"而又没有机会使用的感慨的是叙述者"我",而非GTB本人。但人物由作者创作,无论"靠拢触碰"和"同位素"是由小说中人物还是作者之口说出,其中都隐藏着作者本人想要传递的讯息。

那么,在《启示录片段》中,作者为何要借助叙述者之口表达对"参数"和"同位素"这两个词的情有独钟呢? 作品中的叙述者解释道,他之所以喜欢这两个词,是因为自己属于"夸饰派",当然这其中也暗含着 GTB 对喜欢用晦涩语言的该流派的"戏仿"和讽刺。但我们不妨从"夸饰派"一词中来寻找解谜线索:隐喻和象征。"参数"和"同位素"这两个看似晦涩的词语隐喻什么? 又象征着什么? 我们选取其中的一个词:同位素。同一元素的质量数不同的各种原子互为同位素。19 世纪末,科学家们发现,同一种化学元素中存在着一些化学性质基本相同(如化学反应和离子的形成)而物理性质有差异(如熔点和沸点)的变种。这些变种应处于元素周期表的同一位置上,因此被称作同位素。在 1932 年提出原子核的中子—质子理论以后,科学家们才进一步弄清,这些同位素就是同一种元素中存在着的质子数相同而中子数不同的几种原子。这些同位素的质子数相同,因而化学性质是相同的,但由于它们的中子数不同,因此各原子质量会有所不同,涉及原子核的某些物理性质(如放射性等)时也就有所不同。

当然,语言学家叶姆斯列夫和格雷马斯都曾经将同位素概念引入语言学领域。在格雷马斯看来,文学可以被理解为一种寻找隐藏的同位意义集(isotopie,也即同位素)的意识游戏,而"在一个原以为是同质的叙事中发现了两个不同的同位意义集(同位素)"则会给人带来审美愉悦。[1]这种复合同位意义集的现象的建立主要分有意识的和无意识的两种,比如波德莱尔会在诗歌中自比为"一间满是枯玫瑰的旧闺房",而兰波则自比为一艘"醉船"。这种同位意义集无疑是话语发出者有意识地建立起来的,而当我们说某个辛巴武士是"狮子",精神病院的一位病人认为自己是"拿破仑",这样的同位意义集则带着无意识运作的痕迹。[2] 格雷马斯认为,有意识地建立的重叠同位意义集平面由于使用了明显的人为方法,故有助于我们更好地理解这种语言现象。在他看来,于一个较大的语境中同时平行地和连续地使用两个或多个同位意义集的现象经常发生在诙谐语(mots d'esprit)领域,因为"这一文学类别所使用的语言技巧往往显而

① 格雷马斯.结构语义学.蒋梓骅,译.天津:百花文艺出版社,2001:145.

② 格雷马斯.结构语义学.蒋梓骅,译.天津:百花文艺出版社,2001:145-146.

易见"[1]。我们发现，格雷马斯在结构语义学中引入的这个"同位意义集"（同位素）概念通常和"审美愉悦""风趣""幽默""诙谐"等联系在一起，这无疑也和 GTB 本人的创作风格相吻合。而在这部《启示录片段》中，GTB 看似不经意地提到一个相同的概念"同位素"，在和格雷马斯的"同位意义集"于一个更大的语境中实现另一种"同位意义集"的同时，我们发现他在作品中有意识地通过各种戏仿建立多重"同位意义集"，而将这些隐藏的"同位意义集"揭示出来，无疑有助于我们获得"审美愉悦"。

在本书中，我们无意满足于指出研究者们已经认识到的——作者本人也明确说明过的——在《启示录片段》中的种种"戏仿"情节以及其作为一部"元小说"的事实，而是致力于找出隐藏在这部《启示录片段》中的"同位意义集"，旨在讨论 GTB 在这部小说中，如何对"元小说"本身使用"比例失调"等方法，在把当时文学界刚刚流行，还不为大部分作家和评论家所接受的，甚至在西班牙本国所知甚少的"元小说"手法运用到《启示录片段》中的同时，总在最后的时刻越界一点，使两者的"中子数"出现差异，使得这部作品在完全符合"元小说"某些重要特征的同时又完成对元小说的戏仿，成为"元小说的同位素"。

第二节 维拉圣塔·德·拉·埃斯特拉——对圣地亚哥·德·孔波斯特拉的戏仿

一、维拉圣塔·德·拉·埃斯特拉，一座语言构成的城市

在《启示录片段》这部小说虚构的世界中，各个故事片段发生的地点是以圣地亚哥·德·孔波斯特拉为原型虚构出来的城市维拉圣塔·德·

---

[1] 格雷马斯.结构语义学.蒋梓骅，译.天津:百花文艺出版社,2001:101-102.

拉·埃斯特拉。前者的名字 Santiago de Campostela，意为"星光之地的圣雅各"，后者的名字 Villasanta de la Estrella，意为"星光圣城"。

《启示录片段》的原名为《钟与石》(*Campana y Piedra*)。这个标题可以追溯到《启示录片段》发表的 30 年之前。1948 年，由于要庆祝圣年[①]，GTB 受阿芙罗狄西奥·阿瓜多(Afrodisio Aguado)出版社之邀，写一部有关"使徒雅各之城"的作品。在这部后来被命名为《孔波斯特拉和它的天使》的作品中，GTB 描述了该城的历史、它的居民、构成城市的一块块石头以及教堂的钟声之间的关系：

> 钟只是一声声地报时，它的敲击声日复一日，年复一年，一个世纪随着一个世纪地将一切创造出来。正是这钟，让一切从迷雾的混沌中浮现。首先出现的是它那能发出响亮之声的青铜外形，随后是它所悬挂其上的钟楼以及钟楼的名字。然后，是那些加工过的石头、穹顶、墙饰、外部轮廓和内部的庭院。最后是小巷和广场，安坐在壁龛里的圣像。[……]当浓雾再次笼罩城市，所有的一切又回到它的混沌之初，只剩浓雾和铜钟。房屋在缓慢的退化中化作幻影，逐渐溶解消散。[……]仿佛雾再厚些，整个城市就只剩回忆……孔波斯特拉的存在就是这无休止的不断成型复又消散的永恒游戏。(CA,21-22)

从这段描述中，我们看到，钟声仿佛具有了某种构建石头的能力：构成整个圣地亚哥·德·孔波斯特拉城的石头建筑，好像随着钟声的一声声敲响，城市才从浓雾中渐渐浮现、成型。在《谈话录》中，GTB 对研究者卡门·贝塞拉教授说道："你没看到此处和维拉圣塔的描述之间的联系吗？[……]《启示录片段》就是从这里开始的一切最后达到的顶峰……"(GC,204-205)

在 GTB 笔下真实的城市圣地亚哥·德·孔波斯特拉中，仿佛构成整个城市——教堂、街道、房屋、院落——的"石头"是由钟楼的"钟"从虚空

---

① 每逢 7 月 25 日的"圣地亚哥日"，如果刚好是礼拜日，那么这一年就是"圣年"。

中创造出来的。而这也正暗示着《孔波斯特拉和它的天使》中的"钟"和"石"与《启示录片段》中的"想象力""语言"和"虚构之物"的关系,它们同时也是"造物者"和"被造物","作者"和"作品"之间的关系。因此,维拉圣塔·德·拉·埃斯特拉不是通常意义上在大多数作家笔下作为故事发生地并以"主角"身份出现的各种城市,这些城市不管有着跟现实中一样的名字还是纯属作者虚构,都具有一种虚构的"现实主义"性质,都是实实在在的石头之城,而维拉圣塔·德·拉·埃斯特拉,正如真实的圣地亚哥·德·孔波斯特拉本身在 GTB 笔下被赋予的"虚构"性质一样,是一个明明白白由语言构建的虚构之城。

小说刚刚开始,作为"写作日记"作者的"我"就开始建构这个纯粹由语言构成的城市:

> 如果我是有血有肉的,而塔是由石头建成的,那么我肯定会爬得很累,会脚下打滑,甚至会把脑壳摔破。但是塔和我都只不过是语言构成之物。因此,倏忽一下,我已经在上面了。我继续念叨:石头,台阶,我。好像变魔术一样,我就这样上了楼梯。[……]我一说出塔的名字,它就出现在那儿了。现在,如果我说出城市的名字,它也会出现在那儿。于是我说:大教堂,小教堂,修道院,大学,市政府[……]你别忘了你自己也是语言构成之物,所以用"你"也行,"我"也行,你要分身,就变成你和我,但是你也可以随你所愿,变成你或者是我,除了语法规则之外毫无束缚。[……]我继续说下去:门,阳台,窗户[……]现在我手上有了一个城市,它的一点儿历史,它有了一个名字,还有几个人物。语言,啊,语言!(FA,35-44)

不仅城市是由语言构成的,其中的人物,包括"作者"本人,同样如此。但是这里的"戏仿"在于,在后现代小说宣称语言的强大力量时,其"创造者"通常和其"创造物"不是同一个本体层,也即"创造者"位于一个"真实"的世界,或者相对于另外一个本体层来说显得"真实"的世界。比如在"一部作品中有个小说家在写小说"这样的套路中,通常这个在虚构世界中写

103

小说的虚构的"作家"位于一个相对于他(她)所写的作品来说更高的叙事层,因而相对来说他(她)就具有了一种"真实性"。但维拉圣塔·德·拉·埃斯特拉的创造者和他创造的整个城市一样,并没有什么差别,也由语言构成。"作者"和"文本"变成了同种材质,位于同等地位,"塔和我都只不过是由语言构成的"。但紧接着,叙述者在自己虚构的人群中发现:

> 他们看不到我,肯定是因为我是由语言构成的存在,或者,也许,因为我并不在那里,或者诸如此类的原因。(FA,47)

"他们看不到我",这句话又明确显示出"作者"和"文本"之间的差别,但给人一种和我们惯常的概念完全相反的意象:通常情况下,一个"写作者"的形象不被文本中的人物看到,是因为"写作者"是实体,而人物是由"语言"构成的;但这个以"语言"构成的"写作者"进入同样以语言构成的虚构空间,其周围的一切反而因为被语言描述而具有了"真实"性。而他(她)本人却因为由语言构成而具有了"虚构"性,因此他周围的人物看不到他这个"虚构之物"。紧接着,仿佛进入一个奇怪世界的爱丽丝忽然意识到自己的"穿越",这个叙述者/作者连忙从"虚构"世界中脱身,回到自己"创造者"的位置,并说道,"也许我并不在那里",然后接着回到"现实"中的书桌旁开始自己的"创造"工作:

> 大罐子的边缘打开了,一些人物从里面谨慎小心地下到地面来。不是人,这一点要搞清楚,而是人物,我一直在寻觅的人物,和我、和那里所有的一切大致相同的语言构成之物。(FA,47)

琳达·哈琴在《自恋型叙事体:元小说悖论》中借用希腊神话中美少年那喀索斯(Narkissos)和回声女神厄科(Echo)的关系来说明语言对于小说的重要性。那喀索斯正是由于过于自恋而漠视厄科的求爱,最终走向死亡:"许多文本通过人物和情节来突出语言在传达感情、交流思想甚至是描述事实时的无力感的主题。这个主题往往隐喻在作者的失败中:作者需要为自己的作品创作一个世界,这世界只能通过语言构建然后由阅读行为实现。[……]而另一些文本则反过来突出语言的强大力量和潜力,它们能够创造一个比我们周围的经验世界更真实的世界。"①

GTB 无疑属于后者。在 GTB 的《唐璜》中,唐璜仅凭语言就改变了女主角索妮娅,一个冷冰冰的知识分子,她如此说道:"我因他(唐璜)的话语、他的存在而活。"(DJ,56)而对这部《启示录片段》来说,GTB 认为,"也许可以说《启示录片段》的主题就是用语言创造现实的可能性"(GC,111)。"一切都是语言,语言无所不能。语言可以讲述一切,可以给一切以现实性。"(CVV,369)

虚构的力量在于语言。语言不仅有创世作用,还有毁灭作用。这也是后现代主义作品中常见的主题。在后现代主义理论家、芬兰于韦斯屈莱大学教授布莱恩·麦克黑尔看来,后现代主义作品中最蔚为壮观的被毁掉的"纯语言构成"的人物是品钦的《万有引力之虹》(1973)的主人公施罗斯洛普(Slothrop),他最终分解为碎片,"变成'一只拔了毛的信天翁',脱得精光,散落在整个区。他能否再被'找到',被通常意义所说的'确认身份并拘捕',这一点很值得怀疑"②。

施罗斯洛普最后的被分解昭显的是他作为"单词的组合""纯语言"的构成的本质,而他所分解的场所"区"(zone)作为一个"被建构的空间",被认为是写作的场所,即文本内的比喻。但是在大部分后现代主义作品中,关于人物和虚构空间的语言构成本质的概念通常会以一种隐喻的手法表现出来,而在《启示录片段》中则以明白无误的方式进行表达。在小说的结尾,整个维拉圣塔城在钟声中毁灭,分解为当初构成它的单词、字母、片段。③ 确实,在虚构的世界中,语言即意味着存在。"语言的作用意义重

---

① Hutcheon, L. *Narcissistic narrative*: *The metafictional paradox*. New York: Routledge, 1991: 29.

② McHale, B. *Postmodernist fiction*. London: Methuen & Co. Ltd, 1987: 105.

③ 在 1977 年的初版中,GTB"没敢"保留这个最初写就的结局,而是代之以类似于品钦在《万有引力之虹》中这种较为隐讳的比喻手法。

大。小说没写就不存在,也就是说,直到用语言写就,它才存在。"(EC,
135)不仅仅是小说本身,小说中的人物、历史、场景同样因语言而存在,没
有被语言描述的就不存在。而让语言消失,则意味着抹去其存在。"摧毁
行为使人满足,使人有神的感觉。"(FA,22)虚构的维拉圣塔·德·拉·
埃斯特拉被它的"造物主"建造,又被其毁灭,正如现实中的孔波斯特拉随
着钟声出现并隐没,成为"一场无休止的不断成型复又消散的永恒游戏"
(CA,22)。

二、维拉圣塔·德·拉·埃斯特拉,圣地亚哥·德·孔波斯特拉的同位素

尽管作为一个由"语言"构成的城市,维拉圣塔城具有无可辩驳的"虚
构性",但是正如所有文学作品都是虚构的那样,这并不代表它不能成为
一个"像真的一样"的城市。它本可以成为圣地亚哥·德·孔波斯特拉的
复制,即使不能成为可以和现实中的城市相媲美的真实城市,如巴尔扎克
的巴黎、乔伊斯的都柏林、唐·德里罗的纽约、加尔多斯的马德里,也可以
成为丝毫不亚于真实城市的虚构城市,如马尔克斯的马孔多、奥内蒂的圣
塔玛利亚、福克纳的约克纳帕塔法,或者至少可以重复GTB本人笔下的
另外几个城市:"现实三部曲"中的"伯爵新郡"普埃布拉努埃瓦·德尔·
孔德或者《J.B.萨迦/赋格》中的"坚固营地"卡斯特罗弗尔特·德尔·巴
拉利亚,但是很显然作者并不打算这么做。

塔楼的名字把我带到了维拉圣塔·德·拉·埃斯特拉,我的城
市,四个城市之一,其中两个已经讲述过了。我有一个没能写出来的
故事就发生在这个城市。我可以重新构思一下,但不再是原来那个
故事了:那是一个早些年流行的好故事,那些故事自给自足,没有一
个露面的叙述者;那些故事里的作者并不参与故事而只是旁观者,但
是却履行着他自我吹嘘的无所不知的身份,发表他自高自大、目空一
切的对万事万物的洞见。"但是,听着朋友,您是怎么知道人物的想

法还有他们独自一人的时候干的事情呢?""因为是我虚构的他们啊，就这么简单。"还有比这更狂妄自大的吗?"因为我虚构的他们"，好像先前显摆的"句句属实，无论语言、形象、事件都毫无虚构"说了一样! 因此，照这样看来，我可不能再犯老错误。我觉得自己有这个责任和义务。(FA，35-44)

这段话可说是对"现实主义小说"的绝妙讽刺，指出"现实主义"标榜的"现实"的"优秀"品质与其创作手法的"不合逻辑"和"虚构性"之间的悖论。这个貌似 GTB 本人的叙述者/作者明确地说，他本可以依葫芦画瓢，写一个从前的"好故事"，一个由隐身的、上帝般无所不知的叙述者讲述的一个像真的一样的故事，也就是说：一部现实主义小说。但"我不能再犯更多的错误"了，也就是说不能再落入"现实主义"的窠臼，因为所谓"现实主义"的许多自认为合理有效的创作套路实际上都经不起深究，不合逻辑。现实中的 GTB 在真实的"创作笔记"中如此写道："现在的问题是不使用已知的手段而能够把整个城市塞进小说中，让小说从第一行开始就有一种持续到最后的语调。"(CVV，297)

在嘲讽并抛弃了"现实主义"手法之后，接下来 GTB 把目标指向了历史。可以说，对历史的怀疑主义思想一直贯穿 GTB 的创作，这种倾向在他当初打算写"为学究而写的幽默故事集"时已经初露端倪，在《唐璜》中我们也对此做了分析。这种对"历史"的质疑在以后的《芟除风信子的岛屿》中进一步深化为对"文学"和"历史"之间的同根同源、对立、竞争、互补关系的思考，我们将在下一章中做详细的阐述。

《启示录片段》第一条叙事线的文本的"主人"，这个诱导读者和研究者将其和真正的作者 GTB 画等号的叙述者"我"，决定最重要的就是从维拉圣塔·德·拉·埃斯特拉这个城市的历史和神话开始，讲述一段"和官方历史相反的真实历史"。(FA，43)这种做法和真实的"创作笔记"中GTB 本人的想法一致："我不知道所有这些有了些大致轮廓的材料和框架设计是否指向一种我们可称之为'讽刺诗'的东西(当然，是指散文体的诗)，一首对历史提出抗议的'讽刺诗'。"(CVV，297)

要了解戏仿品，就要从被戏仿的对象——真实的城市圣地亚哥·德·孔波斯特拉的历史（或曰神话）说起。这是一个围绕着使徒雅各遗骸的传说：雅各，西庇太的儿子，使徒约翰之兄，在耶路撒冷被希律王所杀，成为第一位殉道的使徒。据说由于他的遗骸被禁止埋葬，他的弟子偷偷地将其运出，漂洋过海来到加利西亚的海岸，并沿着乌拉河（Ulla）一直到了当时罗马治下的加利西亚首府伊利亚·弗拉维亚（Iria Flavia），并在那里将遗骸埋葬。但是因为当局禁止对其祭坛的祭拜，慢慢地这个埋葬点就被遗忘了，直到一个叫作佩拉约（Pelayo）的僧人宣称在一处散发着光芒并传来圣歌的地方又一次发现了雅各的遗骸，这个地方就被叫作"Campus Stellae"或者"Campo de la Estrella"，意为"星光之地"，圣地亚哥·德·孔波斯特拉（Santiago de Campostela，意为"星光之地的圣雅各"）的名字即由此而来。

僧人将发现报给当时伊利亚·弗拉维亚的主教特奥多米罗（Teodomiro）。消息传到当时最有权势的两个人耳中：教皇利奥三世和法国国王查理大帝。当时基督教教会急需以信仰的名义对抗阿拉伯人的入侵，因此两人马上以官方名义认可了遗骸是使徒雅各的。当时的西班牙国王阿方索二世也赶赴遗骸发现地，亲自宣布使徒雅各为王国的守护者，并在当地修建了一个祭坛，成为后来圣地亚哥大教堂的前身。雅各就这样成为抵抗穆斯林的象征，他也被刻画成一个英勇的战士，骑着白马、挥着长矛和阿拉伯人战斗，成为基督教界影响最大的一个神话形象。圣地亚哥也逐渐成为吸引各方朝圣者的圣地，是继耶路撒冷和罗马之后第三个举足轻重的"圣城"。

关于"使徒圣体"和作为其祭祀祠堂的大教堂的传说，GTB在《J. B. 萨迦/赋格》中已经对其进行过模仿和演绎，但大致没有脱离"圣人遗骸"以及安放遗骸的"神圣教堂"的套路。而在《启示录片段》中，这个被认为是整个维拉圣塔城过去、现在和未来之根基的传说被以一种毕加索（Poblo Picasso）重画委拉斯克斯（Diego Velázquez）《宫娥》（*Las meninas*）的方式变形。

《宫娥》,委拉斯克斯,1656　　　　　　　《宫娥》,毕加索,1957

　　大约一千年前,维拉圣塔的大主教西斯南多爱上了他的军队统领本达尼亚的女儿堂娜·艾斯克拉拉慕达。维京人国王奥拉夫也听闻艾斯克拉拉慕达的美貌,率领军队前来抢人。975 年,统领本达尼亚带领军队打败了入侵者,奥拉夫发誓一千年后再回来寻仇。这一誓言在维拉圣塔的居民心里埋下了时刻提心吊胆,害怕维京人哪天回来复仇的恐惧。维京人撤退之后,当众人欢庆胜利之时,大主教打算杀掉统领,抢走艾斯克拉拉慕达,不料统领有所察觉,临死之前将女儿杀死。大主教悲痛万分,将其遗骸秘密地藏在一座地下迷宫中,并打算在上面建一座教堂,但是计划没有实施他就郁郁而终了。《启示录片段》的第三条叙事线堂胡斯多·萨马涅戈的"预言系列"讲述的就是一千年后,也就是故事发生的 20 世纪70 年代,维京人从海上入侵维拉圣塔,整个城市被摧毁的"预言"。

　　过了四五个大主教任期之后,新主教马尔塞罗(Marcelo)不是本地人,他听说了这个久远的前任的"爱情故事传说",认为其有辱教会门庭,决心将前位主教未完成的教堂盖起来,对外则宣称里面埋葬着耶稣使徒的遗骸,以正视听。并且为了不让人忘记大主教西斯南多的功德,马尔塞罗命人把他塑造成击退维京人的英雄,把他穿着军队统领服的形象刻在石头上供后人瞻仰。因此关于艾斯克拉拉慕达的"真实"历史被逐渐湮没,变成一个"少有人知道,没有人相信"(FA,43)的只剩模糊片段的传说。

这段戏仿的历史在许多细节上都和真实的历史相呼应:在圣地亚哥·德·孔波斯特拉的历史记载中,10 世纪末 11 世纪初,维京海盗确实曾经入侵过该城,而在北欧的萨迦(关于家族和英雄传说的集子)中,加利西亚就被称作"使徒雅各之地"(Jackobsland)。而据记载,当时的大主教西塞南德二世(Sisenand II,《启示录片段》中叫作西斯南多,Sisnando)命人修建了城墙堡垒用以保护这块神圣之地,他本人于 968 年(而非 975 年)的一次抗击维京人的战斗中死去。直到 12 世纪,在大主教迭戈·赫尔米雷斯(Diego Gelmírez,1068—1140)的推动下,圣地亚哥大教堂开始大规模修建(从 968 年西塞南德二世去世到 12 世纪初,一个半世纪的时间,刚好够四五个大主教任期),孔波斯特拉逐渐发展起来,成为加利西亚的大主教区。两段相似的"历史":一个发生在现实世界,所以理应是"真实"的;一个发生在小说世界,所以理应是"虚构"的。

但所谓"真""假"之分,不仅仅是现实世界的"真实历史"和小说世界的"虚构历史"之间的区分。在真实的世界中,看似确凿无疑的"历史"也常常有"真""假"之争。而在孔波斯特拉,大教堂里供奉着使徒雅各的圣体这样的"官方历史"也遭到了质疑。早在 1900 年,也就是在由于北欧海盗的入侵而沉寂了三个世纪之久的圣地亚哥朝拜于 1879 年由于使徒遗骸的再度发现而重新恢复后不久①,一个研究圣徒传的专家路易斯·杜申(Louis Duchesne)在《图卢兹南方年鉴》(*Toulouse Annales du Midi*)杂志上发表了一篇名为《加利西亚的圣雅各》("Saint Jacques en Galice")的文章,文中称在孔波斯特拉被埋葬的应该是普利西里阿诺而不是使徒雅各。

普利西里阿诺(Prisciliano,340—385)是早期基督教的主教,出生于伊利亚·弗拉维亚(正是使徒雅各的遗骸被发现的地方)的一个贵族家

---

① 16 世纪,以弗朗西斯·德拉科(Francis Drake)为首的英国海盗洗劫了拉科鲁尼亚,当时拉科鲁尼亚的主教圣克莱门特(San Clemente)将使徒的遗骸藏在了大祭台的后面。遗骸在那里被遗忘了 300 年,朝拜活动也渐渐没落。直到 1879 年遗骸被重新发现,朝拜才又恢复先前的规模。

庭。他曾在法国的波尔多大学（Universidad de Burdeos）接受教育，也正是在法国，他发展了带有犹太教、摩尼教和东方色彩的早期基督教教派。因为他允许女人的加入，不禁止教士结婚，反对奴隶制并且崇拜自然，所以引起了当时教会的愤怒，于 389 年在德国的特雷维尔城（Treverorum，也就是现在的特里尔市）被国王特奥多西奥处死，成为第一个被宣布为"异端"而以基督教的名义被处死的主教（而雅各是第一个被"异教徒"杀死的殉难的基督教使徒）。在他死后，他的弟子带着其遗骸回到了他的故乡，也就是加利西亚（雅各的遗骸也是被弟子运出，并漂洋过海停留在了加利西亚的港口）。而据说随后普利西里阿诺的弟子和信众对其遗骸的朝拜成为四个世纪后朝拜使徒雅各的"圣地亚哥之路"的前身。1999 年，作家拉蒙·恰奥（Ramón Chao）在《孔波斯特拉的普利西里阿诺》（*Prisciliano de Compostela*）一书中，坚持认为大教堂供奉的不是使徒雅各，而是主教普利西里阿诺的遗骸。西班牙国内和国外多位专家学者，包括历史学家、作家等都与恰奥持相同的观点，这些人中有牛津大学教授亨利·查德威克（Henry Chadwick）、西班牙著名语言和历史学家梅南德斯·佩拉约、作家乌纳穆诺等。

在这场争论中，只要我们稍加注意，就会发现"雅各说"和"普利西里阿诺说"之间既相似又相反的奇妙联系。如果不是因为争论的双方都很严肃，并摆出考古、论证的态度，人们很容易会觉得这场发生在现实世界的"普利西里阿诺说"版本像极了《启示录片段》中的"艾斯克拉拉慕达说"版本：两者有同一个"戏仿对象"——"雅各说"，两者互为"同位素"。那么如此看来，我们上文提到的叙述者/作者所执着的两个"矫饰派词语"中的另一个词"参数"，无疑指的就是官方的"雅各说"。而在 GTB 看来，"普利西里阿诺说"的提出无非是因为整个有关"使徒遗骸"的传说没有丝毫"加利西亚本地色彩"，而为了使其具有"加利西亚地方特色"，"有人就想创造一个具有类似价值的东西来替代这个神话，于是就出现了'普利西里阿诺说'，此事以失败告终，因为普利西里阿诺的名气确实不够大"（GC,61）。

因此，GTB 在用维拉圣塔·德·拉·埃斯特拉的历史"戏仿"真实的圣地亚哥的历史时，其戏仿对象除了"雅各说"，也包括了"普利西里阿诺说"。我们发现,似乎 GTB 确实没有过分夸张,也没有减少戏仿对象,一切都严格地按照真实世界的元素移植:被湮没的关于大教堂地下埋葬着艾斯克拉拉慕达的遗骸的传说对应"普利西里阿诺说";真实的圣地亚哥大教堂里埋葬着圣人的遗骸,维拉圣塔也有它埋葬着圣人西斯南多斯遗骸的大教堂;使徒雅各被描述成一个英勇抗击摩尔人的佩剑、骑马的骑士形象,西斯南多斯英勇抗击维京人的骑士形象也被雕刻在大教堂的墙饰上;大主教西塞南德二世则对应大主教西斯南多,他们英勇抗击维京人的时间分别是 968 年和 975 年,他们的继任者则分别是现实中的迭戈·赫尔米雷斯和小说中的马尔塞罗,两人都是兴建大教堂的发起人。

GTB 通过什么样的"文学手段"得以让圣地亚哥的"同位素"——维拉圣塔——的历史成为对前者的戏仿而不是简单的模仿呢?也许答案就在《启示录片段》的叙述者一开始要讲述一段"和官方历史相反的真实历史"的宣言中。叙述者在他所处的虚构世界中,试图重构被时间湮没了的真实历史,也就是说,他认为艾斯克拉拉慕达的遗骸是真实的,而官方流传的圣人遗骸是虚构的。叙述者在虚构世界中敢于说自己讲述的历史虽然和"官方历史"相反,却是"真实的历史",这种本应是"真"反而是"假",本应是"假"反而是"真"的关系的调换正是作者对现实世界的历史的"戏仿"所在。而对于现实中相信"普利西里阿诺说"的人,是否也能使这种说法替代官方正史"雅各遗骸说"呢?

事实上,作者本人并不反对"普利西里阿诺说",并且可能内心是相信其真实性的,但是"已经没人记得普利西里阿诺,因此即使遗骸真的是他的,那么结果也一样。[……]想要通过文人雅士的努力使这个名字和这段历史为大众所接受,显然徒劳无功,历史上所有试图通过文人雅士之口传播的东西从来都不可能世代流传。因此想以普利西里阿诺的遗骸替代使徒遗骸的企图就这样失败了"(GC,61)。

正如我们指出过的那样,我们今天只有通过过去留下来的文本了解过去,在这一点上,琳达·哈琴和历史学家多米尼克·拉卡布拉是一致的:"过去以文本和文本化的遗留物形式降临——回忆录、报告、出版物、档案、纪念碑等等。"①我们看到这场发生在真实世界的"遗骸之争"，双方所依据的凭据正是档案、出版物、纪念碑等可以"文本化"的历史遗留物。而即使遗骸真的是普利西里阿诺的，但由于他被官方刻意遗忘，有关他的"文本"，也即其"历史"赖以生存的基础便消失不见了。因此就算有机会"恢复"和"发现"真相，这种真相看起来也像是"虚构"的。GTB在上文中所使用的动词"替代""创造"也暗示了在人们印象中"主教普利西里阿诺说"相对于"使徒雅各说"的虚构性，也即前者即使是真的，也成为对后者的"仿作"而沦为"赝品"。

那么何为真实，何为虚构呢？我们如何了解真实的"过去"呢？在《一个流浪诗人的日志》中，GTB写道："这个城市有它的神话一般，但我不希望它们像通常带有历史意义的那种神话。在这部作品里，无论是圣体、大主教赫尔米雷斯还是这些先生中的任何一位都不重要。过去什么都没留下，过去，只剩下石头。"(CVV, 349)我们已经分析过小说原标题《钟与石》中"石头"和"语言"之间的对应关系。因此，"过去什么都没留下，只留下石头"即意味着"过去什么都没留下，只留下语言"。这种对待历史、对待过去的态度是一种典型的后现代主义历史观：过去由文本构成。《启示录片段》的叙述者"我"还原了维拉圣塔城的真实历史被"官方历史"湮没的过程，那么作为它的同位素的圣地亚哥，是否也会发生同样的事情呢？GTB无疑想通过这种对"历史"的怀疑论提醒我们对何为真何为假进行思考。而在麦克黑尔看来，从关注知识传递的认识论到关注何为真实何为虚构的本体论，正是从追求秩序、终极意义的现代主义过渡到一种奇怪的、任性的、片段性的、毫无节制的、充满悖论和不确定性的后现代主义。②

---

① LaCapra, D. *History and criticism*. Ithaca：Cornell University Press, 1985：128.

② McHale, B. *Postmodernist fiction*. London：Methuen & Co. Ltd, 1987：4-10.

第三节　作者的权威——对"作者之死"的戏仿

《启示录片段》的第一人称叙述者"我"是一个看起来像作者 GTB 本人的"作家"。他声称三条线中的"写作日记"部分和"叙事"部分出自他本人,而"预言系列"的"作者"是堂胡斯多·萨马涅戈。这个"我"作为小说家的身份以及他想要把自己的创作笔记和最后没有得以成型的作品并置的做法确实和作者 GTB 本人在前言中所宣称的一样。那么这个"我"是不是就是作者 GTB 本人呢?

一、谁是叙述者

GTB 认为,"由谁来当叙述者"是一部成功的文学作品的关键所在。早在写《睡美人上学去》时,他就非常关注叙述者问题:"从那时起,这类叙述者就以这种很老派,如今于我又觉得好玩的方式经常出现在我的作品中。"(PD,16)

在《作为游戏的〈吉诃德〉》的开头,GTB 就专门用了一节来阐明"谁叙述了《吉诃德》"(¿Quién cuenta el Quijote)这个问题:

> 这一节试图回答我们开头提出的问题:"谁叙述了《吉诃德》"。这么做不是为了追随潮流,也不是为了论文根本上的需要而运用某种分析方式,而是抱着一种信念,认为无论是潮流还是手法,其目的就是发现《吉诃德》的最基本的结构,正是这个结构孕育了这部小说,因为虽然同样的故事也可以用其他方式讲述,但那样的话就不再是同一部小说。一部小说讲述的方式和它讲述的内容完全是两码事;而在这部《吉诃德》中,叙述者是最基本的因素。(QUI,27)

114

尽管 GTB 认为阅读和研究的意义并不在于发现"叙述者"到底是谁，因为"叙述者问题"只是"小说家运用他的创作材料的手段而已"（CVV，295），但是他认为对于经典的文学作品来说，"叙述者"的改变将会影响该作品的艺术价值，换言之，其"文学性"在很大程度上取决于"由谁来叙述"。而关于《堂吉诃德》这部作品的叙述者问题，GTB 重申：

> 当然，在《吉诃德》中，这个问题（叙述者问题）有着非常重要的作用，原因很简单，因为这是一个深刻的结构问题；我想说的是，如果《吉诃德》不是以这种方式叙述的，它就不再是《吉诃德》。但是大部分小说，即使是用另一种方式讲述，结果还是同一部：依我来看，这就是区别。（CVV，295）

那么，《堂吉诃德》中的叙述者到底处于一个什么位置？ 他和塞万提斯本人以及西德•哈麦特之间到底是什么关系？ 在《一个流浪诗人的日志》1972 年 10 月 31 日的日记中，GTB 这样写道：

> 把小说（《堂吉诃德》）作为一个整体来看，塞万提斯自称是该书的作者，而叙述者则一方面自称是汇编者，另一方面又几乎是个翻译者。该小说的修辞手法正基于此。塞万提斯虚构了一个叙述者，首先赋予他汇编者的身份，然后是翻译者的身份，与此同时，塞万提斯本人在以作者的口吻用第一人称说话的时候则赋予自己作者的身份。在《吉诃德》的两个前言中情况就是如此。而在第二部的结尾，当他说"此项伟业由我完成"①时，说话人不是塞万提斯，而是西德•阿麦特，因此，最终是塞万提斯和西德•阿麦特之间的身份认同，而不是和叙述者，从来都不是和叙述者。因此，叙述者只是另一个虚构

① 《堂吉诃德》中的原文为："¡Tate, tate, folloncicos! De ninguno sea tocada, porque esta empresa, buen rey, para mí estaba guardada."

部分,塞万提斯的创造物。(CVV,309)①②

《作为游戏的〈吉诃德〉》这部论著是作者在酝酿《启示录片段》的同时期创作出来的,可以说,作者对《堂吉诃德》的"叙述者"和"作者"之间关系的思考在很大程度上启发了《启示录片段》的叙述者设置。

1. 作者和叙述者的异名者游戏

在 1982 年再版的前言中,GTB 这样介绍自己的这部作品:

> 一位诗人在写"创作笔记"时不可避免地要对他的创作材料进行操控整理,这之后总要剩下一些碎屑、残渣……而我,着手开始写一部小说而最终没能使之成型,然而留下的这些残留物,却依然显示在我的日记中,如此而已。如果有一天,如我所愿,我的"创作笔记"《一个流浪诗人的日志》得以出版,那是我 10 年的时间里在我的文学作业本旁边的空白处写下的批注,到那时候就会看到它和《启示录片段》之间的相似性;那时候就会明白所谓日记的说法本身并不是任何借口或虚构。(FA,23)

这里的问题在于有两个不同的"我"的概念转换:一个是作者本人,一个是这部小说的叙述者。在写了 1982 年 3 月份这个第二版的前言之后,同年 9 月份,上文提到的《一个流浪诗人的日志》出版,该书的内容从

---

① GTB 提到的《堂吉诃德》的结尾中,西德·阿麦特再次以《堂吉诃德》作者的身份出现:"见此情景,神甫当即请求公证人现场做证,说明好人阿隆索·吉哈诺,人所共知的堂吉诃德德拉曼却善了一生,安然死去。说他之所以需要这份证书,是为了防止在西德·阿麦特·贝嫩赫里之外,另有作者欺世盗名,重新拉出死者,把他的业绩永无休止地讲下去。奇思妙想的拉曼却绅士就是这样了却了一生。西德·阿麦特最终也没有说他的生地故里,好让拉曼却的大小村镇争相认其为自身苗裔,据为己有,就像希腊七城争夺荷马一样。[……]于是洞察世情的西德·阿麦特对他那支笔说:'[……]堂吉诃德为我一人而生,我为他一人而活;他行事,我记述,我们两人融为一体。'"见:塞万提斯. 堂吉诃德. 董燕生,译. 武汉:长江文艺出版社,2013:840-841.

② 关于"谁是《堂吉诃德》的叙述者"这个问题,笔者有和 GTB 不同的看法,详见:卢云. "假托作者"西德·阿麦特和"反面人物"参孙·卡拉斯科——论《堂吉诃德》"原始手稿"的真正"作者". 解放军外国语学院学报,2019(1):152-158.

1961年作者创作"现实三部曲"的第一部《忧伤的复活节》开始一直到1976年年底《启示录片段》的出版前夕，真实记录了作者几部作品的创作过程，是名副其实的"创作笔记"。因此，这个出版"我的创作笔记"中的"我"才是真正的作者GTB，而"我，着手开始写一部小说而最终没能使之成型，然而留下的这些残留物，却依然显示在我的日记中"中的"我"显然应该是《启示录片段》的这个叙述者"我"而非作者本人。

当然，GTB完全可以让这个叙述者看起来更像自己，这在许多元小说作品中非常常见。但是正如作者在自己其他作品中经常做的那样，在《启示录片段》的一开篇，就是一个似是而非、既是又不是作者的"不可靠的叙述者"的话语：

> 这个故事的真正开端，日记的第一篇，看起来并不存在。而第二篇开头的话，据推测，有一次我应该是写了，但是我也不记得了，尽管指望我的记忆并不是可取的行为，那里都是空白、黑暗，一片混乱，而更为可疑的是，还经常有他人的回忆像我自己的那样，在那里蹿来跑去，它们代替了我自己的回忆，这就使我开始对我自己感到困惑。（FA，29）

小说的这段开篇非常正常，展现的是一个正在写作的作家形象，他所经历的"记忆危机"还保持在正常范围内，看起来也像是一个想象力丰富的作家的正常烦恼。读者认为这个叙述者/作者的形象正是GTB本人，或者所谓的正在写作的GTB，即作品的"隐含作者"，因为大部分这种类型的作品通常都是叙述者以作者本人的口吻一本正经摆出一副"这是我的作品，我不像以往的作品中那样隐身，而是显身在读者面前"的样子。但接着，这个"没有匿名"的小说家第一次提到了"名字"。在自己可疑的记忆中搜寻之后，叙述者通过一些不知道是谁的记忆片段重组了一个形象："这个形象［……］，如果你从这面看，像是一个阿尔贝托·卡埃罗，而

从另一面看呢,像是一个阿贝尔・马丁①。"(FA,29)

自此,佩索阿式的异名者游戏重新出现。② "我"发现自己从 21 岁起的记忆被另一个人物——拿破仑——代替。他想起自己在科西嘉岛度过的童年,父母亲的名字叫卡洛斯和莱蒂西亚(Carlos y Leticia),爱上一个名叫琪雅柯米内达(Giaccominetta)的女孩,"……我在大好的青春年纪被送到了一个贫穷、饥荒,正经历革命性巨变的巴黎,连双体面的鞋都没有[……]也说不好法语……"(FA,30)这些属于拿破仑的经历奇异地和作者 GTB 本人的经历形成对照:20 多岁的 GTB 在西班牙内战前夕离开西班牙来到了巴黎,当时巴黎正处于两次世界大战期间,和拿破仑年轻时刚刚到达的巴黎何其相似! 而很显然,GTB 本人并不是出身于富裕家庭,尽管不会"连双体面的鞋都没有",但在异国他乡的生活也不可能活得像个纨绔子弟,而且这是作者平生第一次到巴黎,法语也不可能那么地道。

直到这时,满腹狐疑的读者依然可以认为叙述者就是"隐含的作者"GTB,因为作者本人对拿破仑表现出来的兴趣体现在他的很多作品中(比如《芟除风信子的岛屿》)。我们有理由相信,GTB 的这种"着迷"让他在某些时候和拿破仑产生某种共鸣,比如两者共同的作为一个异乡人在巴黎的经历,以至于产生上述的"记忆偏差"。一开始,这个自称"我"的叙述者也觉得这些都很正常:

> 我的这些异名者,那个看起来像个阿尔贝托・卡埃罗,和这个看起来像某个叫阿贝尔・马丁的家伙,[……]这些人我都不觉得是旁人,因为他们从很久以前就开始伴随我了,因此,直到现在我都没怀疑过他们有可能是外来者,而只是以为每个人天生自身就带着这么

---

① 阿尔贝托・卡埃罗(Alberto Caeiro)是佩索阿的三个异名者之一,阿贝尔・马丁(Abel Martín)是安东尼奥・马查多曾用过的笔名。

② 《J. B. 萨迦/赋格》中的叙述者何塞・巴斯蒂达(José Bastida)就有几个固定的分身,并时常同他们交谈:el obispo Jeról obispo Jerz, el nigromante Jacobo Balseyro, el almirante John Ballantyne, el vate Joaquín María Barrantes, el profesor Jesualdo Bendaña, el traidor Jacinto Barrallobre。

两三个。我们相安无事，心安理得地互相替代，类似于某种固定、和睦的轮班制，大家互相之间也了解。（FA，32）

这种以平常语气描述不可思议的事情的手法无疑给读者造成了很强烈的冲击，不禁使人怀疑这个叙述者到底是不是作者本人的化身。但是我们不要忘记，在作者真正的创作笔记《一个流浪诗人的日志》中，GTB多次提到这种喜欢跟自己的"分身"对话的习惯：

> 这是我一生的癖好。之前，是对着空气；从几年前开始，对着这个用它的苍蝇般的黑眼睛看着我的机器（指录音机）。（CVV，165）
> 我有一种要说点什么的需要，自欺欺人地大声地对着自己说话，自己做自己的听众，仿佛那是另外一个人。（CVV，275）
> 我和那个总是在我身边的人谈话。（CVV，281）

而这部创作笔记也是作者根据自己多年来自说自话的录音整理而来的，其中就有这么一段奇特的描述：作者在写完《J. B. 萨迦/赋格》的前两章之后，说道："对我写的东西，我还不知道旁人的意见，只有我的还不够。"紧接着，他补充道：

> 好吧，我说我还不知道旁人的意见，这么说并不符合事实。贡萨洛已经全都读过了，并表示喜欢。［……］我本人认为还不错，觉得这是一部独特、好玩、颇有心机的小说；而贡萨洛呢，态度就非常不乐观，认为小说太紧跟时代步伐，这个国家的批评家们不知道该如何应对了（可能也有例外）。我很担心他们会局限于发现其中一些显而易见的关联，而实际上这些参照跟小说没什么关系。我希望他们能看到并指出其中的戏仿意图……（CVV，236-237）

这段话的说话者，作者GTB本人，仿佛在和一个自己的分身说话。"我和贡萨洛"分别就小说给出了自己的意见，而实际上"贡萨洛"就是作者本人,西班牙语"Gonzalo lo he leído todo"(贡萨洛已经全都读过了)中的动词"he leído"是第一人称"我"的变位,这已经表明,这个贡萨洛就是作者本人,而非另一个叫此名字的人。这个拥有分身的作者和《启示录片段》开篇的叙述者看起来何其相似! 作者本人在《谈话录》中说道:

> 我为了成为现在的我,不得不放弃了另一个我本想成为的我。也就是说,生活就是选择,就是舍弃。因此你不停地在你的人生道路上留下你自己的尸体。忽然我发现了佩索阿,然后我发现用虚构匿名者的方法可以解决这个问题,[……]佩索阿还是孩子的时候就已经有异名者了,当然,我小时候也有我的异名者,只不过我不叫他们异名者,因为我并不知道这个词。(GC,224)

这和博尔赫斯《小径分叉的花园》有异曲同工之妙:"在所有的虚构小说中,每逢一个人面临几个不同的选择时,总是选择一种可能,排除其他。"[①]而彭崔在他的那个"时间的无形迷宫"中,在他那部错综复杂、小径分叉的作品中则选择了所有的可能性。可以说,从《J. B. 萨迦/赋格》开始,这个异名者游戏在 GTB 的作品中就屡屡出现,比如这部《启示录片段》以及后来的《显而易见,我并非我》等。如此对比看来,我们觉得似乎叙述者又是作者,或者至少是作者的某个分身之一。但是小说的叙事朝着不可思议的方向发展:一个又一个人物占据了叙述者"我"的记忆,直到他惊呼:"现在竟然又跳出来一个铁血宰相[②]! 还有比这更胡闹的吗? 这会儿他正和冯·毛奇[③]商量是一道防线还是两道防线的问题。"(FA,33)

---

① 博尔赫斯. 博尔赫斯全集:小说卷. 王永年,林之木,等译. 杭州:浙江文艺出版社,1999:129-130.

② 即冯·俾斯麦. 全名奥托·爱德华·利奥波德·冯·俾斯麦(Otto Eduard Leopold von Bismarck,1815—1898),劳恩堡公爵,普鲁士王国首相(1862—1890),德意志帝国首任宰相,人称"铁血宰相"。

③ 赫尔穆特·卡尔·贝恩哈特·冯·毛奇(Helmuth Karl Bernhard von Moltke)(1800—1891),普鲁士和德意志名将,德国著名的参谋长、军事战略家。为与其侄儿小毛奇相区别,又称老毛奇。

这个故弄玄虚的叙述者"我"最终说出和前言中的作者"我"完全相反的话——"我不知道自己身上发生了什么。最好是别去想它了。我现在和之前写的都完全和现实无关"。(FA,33)这体现了他和作者本人之间的分界线。

至此,也许作者在真正的"创作笔记"中的话让我们更加确定这个叙述者"我"的虚构身份:

> 因此,这里的问题在于要虚构一个同样模棱两可的叙述者,一个是我又不是我的叙述者,比如当我赋予他我的某些文学家的特征时他就是我;但是我不会赋予他我的任何人生经历。那么如此看来,被这么设计出来的一个叙述者就必然变成故事中的人物。(CVV,297)

"虚构"的创作笔记《启示录片段》亦假亦真,而"真实"的《创作笔记》也亦真亦假。这其中最关键的问题就是,同样都宣称自己是"作者"的GTB本人以及他笔下的叙述者之间错综复杂、镜式反复的关系。那么弄清《启示录片段》的叙述者问题就显得尤为重要。

2. "我"——"看起来像作者"的叙述者

在 1972 年 11 月 6 日的日记中,GTB 提到了将要写的这部《钟与石》的叙述者问题[①]:

> 这个计划在于用第一人称来叙述《钟与石》。[……]小说完全取

---

① GTB 原计划为这部《启示录片段》起名《钟与石》。有的评论者认为《钟与石》是《J. B. 萨迦/赋格》的原名,这看起来并不确切,因为在写作笔记中作者再次提到正在写的这部《钟与石》时,当时《J. B. 萨迦/赋格》已经出版,并引起巨大反响(时间上是 1971 年 8 月 10 日写完交给出版社)。而在 1972 年 9 月 19 日的笔记中,作者提到,"在安东尼奥·马查多书店,一群年轻人以自发的形式发起了一次有关我这部作品(指《J. B. 萨迦/赋格》)的讨论,大家共同的意思是期待着下一部作品,而这下一部一定要超越《J. B. 萨迦/赋格》"。参见:Torrente Ballester, G. *Los cuadernos de un Vate Vago*. Barcelona:Plaza & Janes S. A. ,1982:278.

决于找到一个叙述者。而"我",可以是小说中的任何人。事实上,所有的人物在某个时刻都应该是叙述者"我"。(CVV,310)

而作者本人的这段关于小说创作过程中重要的"由谁来叙述"的思考被他移植到了《启示录片段》的叙述者"我"的身上。下面这段对话发生在"我"和女主角列努什卡之间:

　　——"原先的想法是在小说的每一章都有个人物是这个叙述者的身份。至高无上者和莫里阿蒂教授就是这样被放进叙事里的,但是很快我就明白这个计划根本实现不了,并且这种混淆身份的做法重复了已经做过的。"
　　——"被谁做过的?"
　　——"被我自己。还有别人。"(FA,333-334)

这个叙述者"我"此时和真正的作者 GTB 看起来像是同一个人。因为上文提到的叙事手法确实被 GTB 在其他作品中使用过,比如《J. B. 萨迦/赋格》以及《界外》等。

在叙事学理论中,通常的文本交流模式"叙述者—故事—读者"(narrator-story-reader)被德国叙事学家沃尔夫冈·凯泽(Wolfgang Kayser)扩展为"作者—叙述者—故事—虚构读者—真实读者"(author-narrator-story-fictional reader(audience)-actual reader),[①]其中,"作者"和"真实读者"属于文本外部,而其他三项则属于文本内部。这是虚构小说普遍的一种交流模式。在小说的叙事学理论中,"作者"经常被区分为"真实的作者"和"正在写作中的作者",而在很多情况下,后者相当于一个"隐含作者"。无论是"真实作者"还是"隐含作者",他们和叙述者承担两个不同的职能,因此很容易区分。但是元小说作品中却经常故意制造一

---

　　① Christensen, I. *The meaning of metafiction: A critical study of selected novels by Sterne, Nabokov, Barth and Beckett.* Oslo: Universitetsforlaget, 1981: 13.

种作者和叙述者之间的含混，也就是说，作者把自己置于文本之中，以第一人称充当叙述者。这个叙述者"我"虽然从真实作者那里借用了很多特征，但他（她）既不是真实的作者，也不是叙事学中提到的正在写作的"隐含作者"，他（她）是小说虚构世界的组成部分，是一个"虚构的作者"。这个经常以第一人称自称的作者/叙述者"我"同文本之间的关系、他（她）同读者的关系无不触及小说的本质问题。

"艺术家不再满足于在发挥自己创造世界的自由时将自己隐身，如今他要让他的自由为人所见，方法就是将自己推向作品的正面。他在建构自己的虚构世界——或摧毁之，此乃他另一项特权——的过程中使自己显身。"[①]因此，作品中"一个小说家在写小说"这样的情节也成为许多元小说常见的套路。这个"虚构的小说家"形象也被许多元小说理论家比如英格尔-克里斯滕森、帕特里西亚·沃、琳达·哈琴等注意到，并对之做了详细的定义和阐述。而从上文我们引用的作者 GTB 本人和叙述者"我"的话来看，我们发觉现实世界和小说的虚构世界形成了一个 mise en abyme。《启示录片段》中的"我"和现实中的 GTB 以同样的方式构思这部小说的叙述者问题，仿佛叙述者就是作者本人。在接下来的叙事中，叙述者继续对列努什卡说道：

> 我停顿了一会儿，然后看着她。
> ——"其他的就是我用来写这部小说的材料。但前提条件是我不能进入小说中。我变成人物这个身份，正是毁了这部小说的原因所在。"
> ——"那你为什么不从里面出来呢？"
> ——"因为那样我就会失去你。脱离了这部小说，我们只是两个相距遥远，只能通过写信想象对方，感受对方那种我们习惯称之为爱的感情，但那不是爱。我们两个至少在这个问题上意见一致：两个人的身体不互相了解，他们之间就不可能有爱。"

---

① McHale, B. *Postmodernist fiction*. London：Methuen & Co. Ltd, 1987：30.

——"是的,我们是两个幻影。"

——"不只是幻影:我们是语言,语言和语言。"

——"就像哈姆雷特一样,是吗?"

——"但力量比他更弱。我的诗学能力从来没有超过它的限度,尽管我连这个限度可能都还没有达到。"

我们陷入沉默。有那么一会儿我觉得她马上就要消失,而我则变回一个在台灯下写作的男人,而窗外的大街上车来车往。一个抽烟、做梦的男人:冒着心脏受损的危险而抽烟,因为不再有梦而做梦。列努什卡仿佛猜到了我的想法。

——"再等等。你使劲地想我。我还在这里。"

——"你在那里,而我爱你。"

接下来发生的就不宜叙述了。语言!(FA,333-334)

在这段描述中,窗外的汽车声把叙述场景从一个虚构的空间转换到一个作家正在写作的"现实"中,颇似"真实作者"和"隐含作者"的转换。一个正在写作的作者形象和该作品"真正"的作者形象交织在一起。仿佛以"剧中人"身份出现在自己作品中的叙述者"我"从自己虚构的作品中回到现实,"而我则变回到一个在台灯下写作的男人",即恢复了自己的作者身份,和 GTB 本人重合。但事情远不是这么简单。

3. 多个叙述者"我"的游戏——丢失的叙事层 Trompe-l'œil

《启示录片段》的叙述者"我"在作品的中间插入了一段关于列努什卡这个人物来龙去脉的介绍。除了这个目的之外,他认为这段解释也有助于读者搞清楚到底是谁在同他们讲话,也就是"叙述者到底是谁":

我(1)接下来要讲述的事情要早于小说本身,一来为了澄清列努什卡的身份,二来也为了让读者知道同他们说话的这个人是谁。[……]事情的发生是这样的,有一天我突发奇想,想写一部很香艳的爱情传奇,以第一人称叙述,因此那些疑心重的人就会以为小说是根据我个人经验写的遮遮掩掩的内心告白，这种情况经常有助于在社会上取得成功并获得一些让人脸上有光的吹捧。[……]受到这种别人会以为我是小说主角的令人神往的前景的诱惑，也就是我上文提到的，我就写了如下的故事：我(2)曾是一个唐璜，[……]我爱这些女人，她们也爱我，[……]直到有一天一个女人离开了我，我竟然找不到另一个可以接替她的。一开始，这让我很惊诧，但很快我就明白退休的时刻已经来临了。[……]我开始投身于写作，事情就是这样，我不仅仅写我自己的回忆，因为我不认为有人会关注我的回忆录，我写的都是一些通俗故事，这些故事能让我聊以打发漫长的无聊时日和排解我无处发挥的想象力；当时我就处于那样的状态，几部反应寥寥的平庸小说的作者而已，就在那个时候，两三年前吧，[……]我收到一封来自俄国的信，[……]信中一个自称文学教授的女孩向我咨询一些我的个人情况，并向我表达了她的溢美之词。（FA，156-157）

之后两人之间信件来往，逐渐萌生爱意，但是距离和年龄的差别使得两人都认为这是一场不可能实现的爱情。

当我开始着手写这部小说时，我跟她说，"这是个语言构成的整体，我(3)也置身其中，也由语言构成"。[……]之后，我突然收到一封很长的信，[……]信中她请求我，既然别无他法，不如也把她放在小说中；也就是说，把她也变成和我一样的语言系统，这样的话我们两人，就可以在故事中相亲相爱了。（FA，160-161）

最后两人决定在这部计划的小说之外，再专门另外写一部两个人自己的"秘密小说"，其中只有两人独处时发生的事情的细致入微的描写。这种安排让"我"大为满意，一方面跨越了地域和国界的界限，另一方面也不用再担心自己日益年老的事实。而最为重要的是，"也正是当初自己想要在一部色情小说中为自己寻找伴侣的目标引导自己一步步虚构出了列努什卡，如今这目标也有了实现的机会"（FA，161）。

在这场前因后果中,我们发现,有三个叙述者"我",分别对应三个叙事层。我们所看到的这部正在酝酿和编织中的小说只不过是第三叙事层,是另外一部情色小说的"嵌入故事"而已。这个以语言形式出现在自己作品中的"我(3)"只不过是这部香艳的爱情传奇的作者"我(1)"虚构出来的"唐璜式"的主人公"我(2)"所虚构出来的"我"。那么"我(1)"到底是谁?

> 我(1),为了弥补自己现实生活中女人缘的贫瘠,打算写一部以第一人称为叙事视角的香艳小说,好让人误以为主角就是自己。
>
> > 我(2),一个唐璜式的花花公子,年轻时风流成性,年老后只好以写小说打发时光。和俄国女孩列努什卡情书传情,却苦于年龄、国界、身份之别,而无法在现实生活中真实相爱。
> >
> > > 我(3),一个语言的构成,和同为语言构成的列努什卡终于得以相亲相爱。

图1　三个叙述者"我"对应的三个叙事层

如图1所示,在这段叙事中,香艳的言情小说的作者"我(1)"是和这部小说的叙述者"我(2)"完全不同的两个人物:"我(1)"因为自己缺少两性经验,不得不依靠想象为自己的小说虚构了一个"唐璜式"的完全虚假的叙述者"我(2)",这个虚构的叙述者"我(2)"认识了列努什卡,并决定写一部小说,就是我们正在看的这部"关于小说的小说",其中的叙述者正是"我(3)"。在看完整段话之后,读者才知道,原来一开始就以"我"来自称,给我们讲述列努什卡前生今世的叙述者"我",应该是嵌套在两个叙事层之内的"我(3)",但他同时也应该是写出香艳小说的作者"我(1)",因此才能以"初始叙事层"的叙述者身份给我们解释这一切,也就是"我(3)"和"我(1)"身份重合,但从逻辑上来讲,这种情况是不可能的,因为两者之间相差了两个叙事层。这种"从前有座山,山上有座庙,庙里有个老和尚在给小和尚讲故事:从前有座山……"式的逻辑陷阱并没有起到"让读者知道同他们说话的这个人是谁"，也即"叙述者是谁"的作用，反而使问题更加复杂化。这三个"我"，他们的身份都是"作家"，并且都用第一人称"我"来叙事，这种身份重合就使得作者能够在此处混淆视听，造成一种无限循环，无法跳出来的 mise en abyme，产生一种类似观者在观看荷兰画家埃舍尔（Escher）的《画手》这幅画作时的困惑：到底是哪只手画出了哪只手？哪个"我"虚构了哪个"我"？

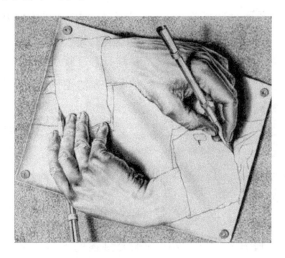

《画手》，埃舍尔，1948

后现代作品中通常会出现故事套故事等中国套盒式的叙事层，普通人一般能区分三重故事层，这主要依赖于我们区分各个不同层面的不同之处的能力。但是正如麦克黑尔所说："后现代主义文本倾向于鼓励 Trompe-l'œil（错视画）的设置，故意误导读者，让他以为被嵌入的第二个空间是第一个空间，也就是叙事空间。"①这种对读者的误导，主要是先吸引读者进入另一个"不真实"的空间，并使他误将套嵌的空间叙述当作"真实"的。这里一个很重要的手法就是"丢失的结局结构"（missing end-frame），即叙事在某个时刻进入植入的空间叙事层，但是在结尾时却没有回到原来的第一叙事层，比如贝克特的《马龙之死》（*Malone Dies*）和阿

① McHale, B. *Postmodernist fiction*. London：Methuen & Co. Ltd, 1987：115.

兰·罗布-格里耶的《纽约的革命计划》(*Projet pour une révolution à New York*)。还有托马斯·品钦的《万有引力之虹》的结局,电影被当作文本本体结构的又一层被置入文中。"屏幕是一张昏暗的页面,展现在我们面前,洁白,沉默。"此时,到底是屏幕变成了页面,还是页面变成了屏幕?

而 GTB 笔下的这段同时出现几个叙述者"我"的这种叙事圈套是如何迷惑读者的? 在这三个"我"中,我们比较确定的应该是位于中间层的"唐璜式"的"我(2)"。当这个"虚构"的唐璜式的"我(2)"在迟暮之年也开始决定写作的时候,作者的叙述者游戏就开始了。"我(2)"的这种类似卡萨诺瓦和萨德侯爵的做法,使得他和他的"造物主"——一个想要写出一部"香艳小说"的叙述者"我(1)"产生了身份重合。而使这个叙述者游戏更加复杂化的是这个"唐璜式"的"我(2)"虚构的作品中的叙述者"我(3)"也是一个正在写作的"作家"形象。

我们在前两小节分析的作者和叙述者之间的种种相似性游戏也使得这场迷惑读者的叙事达到了作者预期的效果。GTB 在这里偷换了诸多彼此相似的叙述者身份,实际发生的正是麦克黑尔所说的"丢失的结局结构"。事实上,这段开头交代"我接下来要讲述的事情要早于小说本身"的"我(1)",已经不是这段话之前,读者从一开始就接触的叙述者"我(3)"。也就是说,读者在此之前看到的所有叙述都理应是这个从一开始就以语言构成身份出现的叙述者"我(3)",但是讲述列努什卡前生今世的"我(1)"已经被作者不动声色地偷换了,而这个"我(1)"正是同样以"我"来叙事的 GTB 本人,正如在《堂吉诃德》中,塞万提斯最终和西德·阿麦特认同一样,只有"我(1)"和作者 GTB 身份认同,所有这一切才说得通。如此一来,我们就得以躲过作者的陷阱,从这个首尾相连、无限循环的叙述者圈子中跳出来。

那么,我们在上一节结尾提出的疑问此时就有了答案:叙述者"我(3)""则变回到一个在台灯下写作的男人",这个男人,不是作者 GTB,而应该是"我(3)"的上一层,迟暮的"唐璜"——"我(2)"。

因此,关于列努什卡身世介绍的这段叙事行为,从逻辑上讲,应该是和叙述者"我（1）"身份认同的作者本人要实现自己在文本之外（如小说的"前言"以及"创作笔记"和"访谈录"）向读者宣称的要展示一部小说创作过程的目的，这其中自然包括"模仿"的对象、"材料"的来源、"灵感"的火花、"人物"的原型等。但是，GTB 在其一贯的"戏仿"态度之下，严格朝着这个目的出发，其终点却和当初的预期完全相反：人物列努什卡的来源并没有交代清楚，反而更加"神秘"。"叙述者到底是谁"的问题被这种游戏态度变得更加复杂化，而这正是作者 GTB 的本意。

在作品中使用不同的叙事视角，这是现代主义作家和后现代主义作家们都乐于使用的一种手法，这无疑是对传统现实主义小说中"无所不知叙述者的权威"的挑战。这种看似抛弃上帝般总揽全局的第三人称视角，把叙事权让给多个不同的第一人称叙述者"我"的做法，至少有一个好处：可以使我们看到旁人无从知晓的每个第一人称叙述者的内心。从这个意义上讲，GTB 的这种叙述者游戏确实是对现实主义作品中"不合常理"的、"无所不知"的叙述者角色的质疑。但是以上述段落为代表的这种叙述者的频繁转换并没有像在现代主义作品中那样用来帮助读者从不同的角度构建更为客观和全面的"真实"，反而是故意混淆真伪并误导读者。而这恰恰体现了一本正经追寻存在本质、唯一真理的现代主义作家与以嬉笑戏谑态度质疑这种存在本质和唯一真理的后现代主义作家之间的区别。

后现代元小说的作者通常不愿意再假装自己所虚构的"像真的一样"，而是公然在作品中暴露舞台布景后面的脚手架，让读者意识到所读非真。他们认为没必要讨好读者，而干脆将没有搭建好或者被拆得七零八落的"幕后装置"无遮无拦地直接呈现给读者。这种略带"挑衅"的态度通常会拒读者于千里之外，其生硬的手法也使得很多元小说作品令人难以卒读，"恶名"远扬，许多"暴露写作套路"的手法也因为变成另一种"套路"而新意全无。GTB 在此处的新意在于，他虽然宣称要把真实的写作过程记录下来，但是依然采取一种"假装真实"的态度，让读者真的以为叙述者要交代虚构小说的"运行机制"，比如某个人物（列努什卡）的灵感来源等，但他所暴露的"幕后装置"是经过精心搭建的，各个零部件牵一发而动全身，运行机制构思巧妙的"模型"，而非真实的工作室中未完工的半成品。这个精巧的装置吸引读者怀着极大的好奇心去阅读,而在发觉被"戏弄"时,读者会不由自主地回想自己是何时、何地、如何掉进了这个圈套,从而对叙述者问题进行思考,并意识到在所有的文本之上,有一个操控一切的作者,而所有的文内叙述者,无论以何种人称叙事,"我"也好,"他"也罢,都是虚构形象,都是文学手段。这种让阅读并思考的行为从不自觉变成自觉,本身就是这场叙述者游戏的成功。

二、谁是列努什卡

在这部小说中,GTB 除了虚构了一个既不是真实作者,也不是隐含作者的宣称对文本拥有主权却遭遇失败的"作者"形象——叙述者"我",还给他设置了一个对应人物,一个既不是隐含读者,也不是真实读者的虚构读者列努什卡,一个兼具受述者和评论者功能的读者。这个人物并不是在很多小说(包括现实主义小说和大部分元小说)中以作者或叙述者口吻指称的文本外的"亲爱的读者"或者"你",也不是作者在写作时假想的一个不存在的"读者形象"即"隐含读者",更不是在文本之外阅读的真实读者。她同这个虚构的作者同处于文本之中,是一个相对于文本内部来说"真实存在"的读者/评论者。

1. 戏仿的读者

"阅读行为"隐喻着一种情爱关系,"文本和读者或者作者和读者之间这种实质上的情爱关系"在元小说中常以一种隐性或显性的方式表现出来。而"我"和"列努什卡"的情爱关系正是体现了两者之间显而易见的"作者和读者"的关系。GTB 在多部作品中都给男性"叙述者/作者"设置了一位女性受述者/读者,比如《J. B. 萨迦/赋格》中的主角何塞·巴斯蒂达和胡丽亚。

在这部《启示录片段》中,叙述者除了利用文本让列努什卡可以和自己相爱,这个以读者形象出现的俄国女孩也为作者提供了"戏仿"读者的机会。在双方"作者—读者"的关系中,列努什卡无疑处在被创造的地位:

如果我不在脑海里想着列努什卡,她就会消失,随她一起消失的是我所有的人物,所有计划中的行动和当初产生所有那些段落的初衷,以及那个由语言建构的世界。(FA,331)

尽管叙述者宣称,为了能够和列努什卡相爱,他宁愿放弃自己的真实世界,化作"语言构成"进入小说,即使这样带来的是小说本身的失败,但是在发觉列努什卡的形象已经被其他入侵者扭曲、变形,甚至面临生命危险时,他不得不以语言的方式使她消失:烧掉表明其存在的文本。"语言可以传递意义,也可以取消之"①,这个小规模的尝试只是整部小说结局的预演。在列努什卡消失后不久,整个维拉圣塔城也在钟声中被摧毁,炸成零碎的语言碎片。

在上文我们分析过的叙述者"我"交代列努什卡这个人物的来历之前,他不无抱怨地说道:

> 我的叙事因为一些不必要的解释需要而不得不被打断,我就姑且把它当作解释性的纯叙事段落,利用这段空间来讲讲这个在开始几页我并没有提到,最近却总是说起的列努什卡到底是谁。我明白直到目前为止我提供的这些线索对于那些需要知道她身份的人来说是不够的;因为有些人总是要求艺术能够提供比生活能够给予他们的更多的东西:尽管他们承认在现实中经常凭空出现一个人,此人毫无缘由地就闯入了你的生活,谁也解释不了为什么;但如果这事儿发生在故事里,这些人就想知道此人从哪儿来,叫什么,为什么在这里。(FA,155-156)

这段话中对读者的调侃和轻微嘲讽是显而易见的。而在这段不得已而为之的对列努什卡这个人物的"解释说明"不久之前,叙述者"我"曾经

---

① Hutcheon,L. *Narcissistic narrative*: *The metafictional paradox*. New York: Routledge,1991:34.

对列努什卡本人讲述过另外一个人物"僧人费列罗"（el Bonzo Ferreiro）的前生今世。列努什卡作为"我"的手稿的读者，在读了"我"的一段叙述后，说道：

> "这里，我发现有些问题你需要给我解释一下，交代清楚了也许对我们的叙事发展有好处。比如，谁是这个僧人费列罗？"这个问题问住了我，为了拖延时间好让我想出个答案来，我让她让我再看看手稿。（FA，121）

就这样，"我"在作为"读者"的列努什卡的要求下，而非出于自愿地临时虚构了这个人物的来龙去脉。这种行为和"我"不得不给读者解释谁是列努什卡的行为如出一辙，因此，列努什卡的身世和僧人费列罗的身世的临时虚构性昭然若揭，正如GTB本人在《谈话录》中所承认的那样：

> 仔细看一下作品的话会发现列努什卡的出现完全是意料之外的；也就是说，在一个特定的时刻我在某一章结束的时候提到了列努什卡，而事实上，我当时正在写这一章，忽然就出现了列努什卡的名字以及她这个人。[……]为了使一个物体存在，只要把它说出来就行了：我用语言创造了列努什卡，当这些语言足够把她的形象建立起来时，我就说："现在我要揭示一下她是谁以及她为什么在这里。"（GC，165）

因此，这个交代列努什卡身份的段落有很多"冠冕堂皇"的目的，除了交代叙述者问题，主要就是满足读者澄清人物的要求。但最终，提出"不合理"要求的读者受到了嘲弄。正是列努什卡这个人物的设置使得这种嘲弄得以实现。首先，她给作者提供了一个戏仿读者的由头（因为要给读者交代的正是她的身世）；其次，通过叙述者和她之间类似的行为（临时虚构僧人费列罗的身份），使这种"戏仿"得以被察觉。

绝大多数元小说中出现的作者和读者之间的交流通常都是叙述者以

作者的口吻直接指向现实生活中的读者，而在这部作品中，这种交流只出现在文本内部。小说的叙述者唯一提到读者的片段是在交代列努什卡身世的时刻，"为了让读者知道同他们说话的这个人是谁"，即使在这里，叙述者也没有直接对文本外的读者说话，是以第三人称而非第二人称指称这个可能出现的"读者"。这一点，是 GTB 和后现代作者，或说元小说作者很显著的不同之处。所有的一切都发生在封闭的虚构世界中，所有的元小说游戏只在虚构的叙事层发生。这和当时流行的"作者之死"的概念完全背道而驰——"读者的诞生当以作者的死亡为代价"，GTB 却并不这么认为。他不给真实读者任何地位，在从"作者—文本"到"读者—文本"的转换中，他坚持自己作为作者的"主权"，坚持对自己作品的诠释。在《启示录片段》中，列努什卡这个戏仿的读者不是居于"作者—文本—读者"的主导地位，而是"被创造者"——无论是在真实世界还是在小说的虚构世界：在小说中，尽管"我"和她都是由语言构成的虚构之物，但是"我"却是她的造物主。而"我"和她则都是真实世界中的 GTB 本人这个"更高力量"的虚构之物："[列努什卡]是我虚构出来的人物，因此，她说出的话都是我想让她说的。"(FA,20)这段话出自《启示录片段》前言，也就是说，说话者"我"正是宣告自己绝对造物主主权的 GTB 本人，而非小说内的被创造之物"我"。

2. 戏仿的评论者

元小说中文学创作和文学评论之间界限的消失，是它的另一个重要特征。"它包括第一个对自身的评论。"①哈琴如此说道。在元小说中常见的 mise en abyme 所起的作用也正是如此。"就好像在博尔赫斯的特隆星球，'一本不含对立面的书籍被认为是不完整的'②。"③

———————————

① Hutcheon，L. *Narcissistic narrative*：*The metafictional paradox*. New York：Routledge，1991：5.

② 博尔赫斯. 博尔赫斯全集：小说卷. 王永年，林之木，等译. 杭州：浙江文艺出版社，1999：82.

③ Hutcheon，L. *Narcissistic narrative*：*The metafictional paradox*. New York：Routledge，1991：55.

而 GTB 如何实现在《启示录片段》内部对自身的评论呢？其关键就在于这个作为博尔赫斯所称的"对立面"出现的人物列努什卡。GTB 的研究者们普遍认为列努什卡除了充当文本的读者,还有一个重要的身份,那就是文学评论家。学者尼尔·桑迪亚涅斯·迪奥[1]认为叙述者和列努什卡是两个互补的人物,正是因为这样,两种不同的文学创作和文学批评观点之间得以对话。但是他认为列努什卡的美学是"现实主义"和"马克思主义"的,因此对她有时候竟然会为一些非常少见的实验主义手法辩护这种行为感到非常奇怪。[2] 而在笔者看来,虽然把列努什卡这个角色设置为俄国人,但是作者在她身上赋予的与其说是"现实主义"和"马克思主义"的标签,不如说,"列努什卡是列宁格勒大学的文学教授"(FA,18)这样的身份设置体现的是一个受过良好的专业训练的文学评论家的素质。她所继承的是法国结构主义的鼻祖普罗普以及对后结构主义互文概念大有启发的什克洛夫斯基、巴赫金等人的观点。在小说中,叙述者"我"给远道而来的列努什卡找到的临时工作就是在大学教授俄国文学和形式主义批评课程。(FA,162)而她对"我"的创作的评论并不像《芟除风信子的岛屿》中"非专业"的阿里阿德涅那样站在习惯于"现实主义作品"的理性读者的地位,而是符合 GTB 本人创作理念并能理解之的理想评论者。列努什卡作为文本内虚构的评论者的角色设置,也使 GTB 想要在文本内部对文本本身进行评论时,不像大多数元小说那样,由同样看似作者的叙述者来承担对自己的文本进行评论的任务,而是造成一种"作者"和"评论者"之间的对话。但是因为整个评论行为发生在小说内部,并没有指向文本外的读者,所以这个评论的过程本身也被"小说化""虚构化",从而使得这部小说跟纪德这样的"包含对自身的评论的法国小说"(CVV,37)划清了界限。

　　叙述者"我"和列努什卡的关系,与其说是一种"理性"和"想象"的对

　　① Nil Santiáñez Tió,西班牙学者和文学评论家。他为西班牙命运出版社 1997 年的《启示录片段》版本作序,为之写了非常详尽的评论,也为笔者的研究提供了必要的参照。

　　② Santiáñez Tió, N. Comentarios a *Fragmentos de apocalipsis*. In Torrente Ballester, G. *Fragmentos de apocalipsis*. Barcelona: Ediciones Destino, 1997: LXIV.

立，不如说是相辅相成，因为文学评论本身就需要理性，而文学创作少不了的就是想象力，也就是说这种对立是文学评论和文学创作之间的辩证关系，而不是两种不同文学创作观念或者文学评论观念之间的对立。GTB 本人在许多关于小说创作的文章中都提到过文学创作中想象力的重要性。而他自己作为文学评论家的身份也使得"理性"成为必不可少的因素。正如作者本人所说：

> 我身上作为评论家的身份，非但不后退、不收声，不被我强大的想象力迷惑并隐藏起来，反而一直现身，殷勤专心，行动积极，对我一时的脑门发热就算不喝止，也经常会泼一瓢剂量刚好的冷水。为了让这种状况得以保持，我采取了一种形象的办法，也就是说，我把我的美学论证客观化，把它作为一种辩护功能，委托给了列努什卡这个形象。（FA，17）

列努什卡的角色设定就是叙述者自己作为评论者的分身。就小说中所体现出来的列努什卡所持的批评理论来说，她和作者 GTB 并不是对立的关系。小说中，叙述者就以不无艳羡的态度对待列努什卡所接受的系统、正规的文学评论教育："如果我受过这样的教育，我早就专职搞评论，而把这种虚构创作的麻烦留给别人了。"（FA，343）这里也显示出 GTB 因为从事文学评论而被人忽视其在文学创作上的成就，在面对这种不公正对待时他的戏谑和自嘲态度。① 而在个别情况下，列努什卡身上还可以投射跟作者本人观点相反的评论，并使得作者有机会在两人的对话中对之予以反驳并为自己辩护，以此实现对真实的评论者的"戏仿"。

可以说，列努什卡这个志同道合、脉脉含情的爱人角色，身上被赋予

---

① Adolfo Sotelo Vázquez 在一篇关于塞拉和 GTB 之关系研究的论文《有关卡米罗·何塞·塞拉和贡萨洛·托伦特·巴列斯特尔》中指出，GTB 作为文学评论家的身份使得他也被同行刻意地忽略其作为创作者的身份。参见：Sotelo Vázquez, A. Acerca de Camilo José Cela y Gonzalo Torrente Ballester. In Becerra Suarez, C. *La tabla redonda: Anuarios de estudios torrentinos*. Vigo: Universidad de Vigo, 2010: 189-205.

的两种功能,即读者和评论者,无一不显示出"作者的权威"。作为"读者",她是"作者"的创造物;作为评论者,她身上体现的是作者本人对自己文本的评论的"拟人化",也宣告着作者对文本解读的权利。

3. 戏仿的人物

　　戏仿的人物指在后现代元小说作品中通常会出现脱离了作者控制,具有独立意识和反抗精神的人物形象。在西班牙国内,这些人物中最著名的莫过于乌纳穆诺笔下的奥古斯都·佩雷斯(Augusto Pérez)①。作为被创造出来的虚构人物,奥古斯都对自己被安排的命运不满,而找到了其作者乌纳穆诺,这也是大部分类似的作品中常常出现的情形:人物拥有了自我意识,察觉到了自己的虚构地位以及一个更高级的力量的存在。GTB 在《启示录片段》中也塑造了一个和"作者"对峙的"虚构人物"——神父阿尔芒索拉(Almanzora)。当然,在小说中,两者的对峙原因和《雾》中完全相反,不是人物去找作者,而是作者去找人物:叙述者"我"发现自己创造的这个"坏人代表"做出许多令人无法忍受的事,于是不顾阻拦擅自闯入了这个神父的房间,引起对方的愤怒:

　　　　"您怎么敢如此放肆?"他冲我嚷道。"因为我有这个能力。""马上给我出去!""您可以推我出去。我向您保证我绝不抵抗。"<u>挑战一个自己正在虚构的人物多容易!</u> 我让他向我走来然后停下。[……]"您是个巫师吗?""也许!"[……]"您到底找我有什么事?""我还没想好是来听听您说什么,还是让您听听我说什么。此处应该有些话要说出来,是您说出来还是我说出来都一样。这话对于您来说能让您更好地了解您自己;而对于我来说则是更好地了解您。""您为什么要了解我?""如果您读过乌纳穆诺那么您就会懂的。"他惊恐地用手指画了个十字,并伸出了胳膊。"Vade retro, Satanás!② 不要在我面

---

① 乌纳穆诺的小说《雾》(*Niebla*)中的主人公。
② 拉丁语,意为"退后,撒旦!",是一句起源于中世纪天主教的驱魔咒语。

前提这个异教徒的名字！""对此我深表遗憾，但我只能这么说。如果让我摊牌直说的话，两种情形确实如一个模子刻出来的，除了一个小小的不同，因此您完全有理由指责我抄袭。但如果我把牌藏起来不让人看到的话，那我只是模仿而已，或者我们换种方式来说，我只是戏仿而已。我就说是戏仿吧：这比模仿要正当，至少也表示出内心想要创新的意愿。""您要让我发疯了，我不懂您在说什么！""如果您读过乌纳穆诺的话您就会明白的……"(FA,342-344)

除了像往常一样宣告"作者"的至高权威，这个叙述者也表达了当一个作家在创作时艰辛地在不可避免的互文当中尽量避免被"模仿"的诟病而试图以"戏仿"当作创新并为自己辩护的努力。在写完这一章之后，叙述者"我"兴致勃勃地将手稿拿给列努什卡看，希望得到她的肯定，因为他本人觉得此段描写"对话生动、流畅"，"人物个性鲜明"，但是列努什卡的回应是这样的：

> 她认为这个场景是由一系列花招堆砌而成的，首先，是对乌纳穆诺的引用；其次，是我虚构了双方的对话。"人物是你虚构出来的，他的回答自然是于你合适，如你所愿。奥古斯都·佩雷斯是独立于他的作者的，而阿尔芒索拉神父则不。当然我承认，奥古斯都·佩雷斯的情形是无法复制的，至少体面的重复是不可能的。你已经尽力了。"(FA,347)

确实，这一段中"人物"和"作者"之间的对抗显而易见地是对乌纳穆诺的戏仿。无论是叙述者还是列努什卡都毫不避讳，非常明确地提到乌纳穆诺。叙述者故意提到乌纳穆诺是为了给自己辩护，认为自己是在"戏仿"，而不是简单地"模仿"甚至"抄袭"，但是评论者列努什卡的看法就没有那么仁慈了：她认为这只不过是对乌纳穆诺的拙劣模仿。GTB让列努什卡说出这段自己所预料到的、《启示录片段》真正的评论者们有可能得出的结论。而在小说的前言中，作者GTB本人专门对这个片段进行了阐释：

列努什卡是我虚构的人物,因此她说的话也是我希望她说的。而她在此处说的话,或者说一个理解力好的人认为她在此处说的话表达了以下几个意思:1. 在虚构奥古斯都·佩雷斯以及他和他的虚构者的关系这种行为里隐藏着一个花招,也就是说,同阿尔芒索拉和我的关系一样,奥古斯都·佩雷斯所做和所说的也正是乌纳穆诺想让他做和说的,**所有虚构人物的言行都是听从他们作者的意愿的**,那些认为人物有独立性的人,那种乌纳穆诺将之作为一个筹码的独立性,如果不是出于纯粹的游戏态度或者试图用形而上的玄学让事情复杂化,这些人就是毫无依据地把显而易见的东西神话化了。[……]我认为在列努什卡的回答中带着非常明显的讽刺语气。(FA,20)

所谓"人物"挑战"作者"的行为都是在"作者"的允许之下才能发生的,"人物"看起来再有自我意识,也都是"作者"使他具有的自我意识。GTB让作为"作者"的叙述者去找他笔下的人物,并在两人的对峙中展现自己至高无上的权威,而不是通常在这种情况下发生的那种让"人物"产生自我意识,去挑战"作者"的权威。这种安排完全起到了相反的作用,即时刻宣扬作者对自己文本的主导,而不是"作者之死"。尽管文本中的叙述者"我"很容易就能抓住列努什卡这段评论(也是现实生活中持此类批评理念的批评家和理论家的观点)中的漏洞,但GTB并没有安排他反驳列努什卡的话,而是让他表现出一种不合情理的作为"作者"的无能为力感,这同样也成为GTB对现实生活中假装"让自己退出文本"的真实的作者的戏讽。

可以说,在《启示录片段》中,GTB通过叙述者和他的另一半列努什卡这两个人物的设置,使得这部作品具有了显著的元小说特征,同时也正是这两个人物之间的关系互动,使作者对元小说本身的"戏仿"成为可能。

三、谁是作者

1. 作者的"存在"和"死亡"问题

在挑战传统现实主义的无所不知叙述者的权威的同时，现实主义作家以及超现实主义等先锋派所自认的"崇高艺术家"的神圣性也受到质疑。在当时盛行的把"作者—文本"的关系让位于"文本—读者"的关系的潮流之下，表达的是对读者在文本交流中的重要性地位的诉求。

罗兰·巴特认为，"给文本一个作者，是对文本横加限制，是给文本以最后的所指，是封闭了写作"①。也就是说，作者的存在禁锢了文本的意义，而想要实现文本的开放性和写作的动态性，只有"把写作的神话翻倒过来：读者的诞生应以作者的死亡为代价"②。这句话从逻辑上来说，反而证明了"作者"的存在，因为没有"存在"哪有"死亡"呢？因此关于"何为作者"的问题，巴特这样解释："从语言学上说，作者只是写作这行为。"③说话人与语言是一体的，他存在于语言系统之中，因而语言之外的说话人是不存在的。这就把真实的作者的存在抹杀了。而福柯的"作者—功能体"概念，则存在于"同时产生几个自我，同时产生一系列任何种类的个人都可以占领的主观地位的范围内"，在此范围内，这个"作者—功能体"并"不纯粹而简单地指一个实在的个人"④。这个概念和巴特认为的只是一种"写作行为"的作者似乎都否定了真实作者的实体地位。而《启示录片段》中以"作者"身份出现的叙述者就多次宣称自己"纯粹语言构成"的身份。这个在许多方面借用了作者本人"自传"——无论是文学性质还是生物学性质的——的"语言作者"（这里，"语言"和"作者"不是主体和工具的关系，而是主体和其构成物的关系，即一个由语言构成的作者，而非用语

---

① 赵毅衡.符号学文学论文集.天津：百花文艺出版社，2004：511.
② 赵毅衡.符号学文学论文集.天津：百花文艺出版社，2004：45.
③ 赵毅衡.符号学文学论文集.天津：百花文艺出版社，2004：509.
④ 赵毅衡.符号学文学论文集.天津：百花文艺出版社，2004：522.

言写作的作者)似乎和巴特的"只是一种写作行为"的作者的概念相符。

巴特后来又提出"作者"和"作家"的概念,用"及物"与"不及物"对两者进行区分,他认为作者的写作是"及物的",因为他们把语言视为工具和手段,而作家的写作是"不及物"的,是直接引向写作活动本身的。对于后者来说,语言不再是工具和媒介,而是素材和目的,因而可以被称作一种"纸质作者"(paper-author)。在这组概念中,似乎"作者"指代真实的"写作者",而"作家"则是出现在文本中的"代言者",在某些情况下,可能会和"叙述者"身份重合。在巴特看来,两者似乎可以打破各自的本体层,也即真实世界和虚构世界的界限,而出现身份的转换:

> 并不是说**作者**不能再"回到"**文本**,他自己的文本,但他是以"客人"的身份回归的。如果他是个小说家,那他就是像自己的一个人物一样被写进了小说,作为图饰被编织在地毯中;他不再拥有特权,不再拥有父权,不再绝对正确,被当作一个玩笑写进小说。他由此变成了一个纸质作者:他的存在不再是他的虚构的起源,而变成一个给他的编织物添针加线的虚构之物。[······]这个写出了文本的**我**,它同样也只不过是一个**纸质的我**。①

在巴特看来,这个"纸质作者"虽然看起来"像一个人物一样"(like one of his characters),但他依然"不是一个人物"(is not one of his characters),他拥有的"纸质作者"身份,仍然没有对文本的主权,而只是一个"客人",因此这个"纸质作者"的存在依然没有改变"作者之死"的初衷。在《启示录片段》中,GTB也故意混淆这个叙述者"我"和他自己的身份,使这个叙述者看起来同样非常像罗兰·巴特所谓的"纸质作者"。

巴特认为文本的多重性最后统一于其终点,即读者,而不是其起源,即作者。但不容忽视的是,文本就算有不确定性,也是作者刻意为之的。

---

① Barthes, R. From work to text. In McHale, B. *Postmodernist fiction*. London: Methuen & Co. Ltd, 1987: 205.

在巴赫金的复调理论中，文本确实通过对话才能显示出其意义，但在这个对话中，无论是在和他所模仿或说戏仿的前人的文本的对话中，还是和假想的"听话者"的反应所做的开放式的互动中，作者无疑都占据着主导地位。而这种把文本变成能指的游戏和误读的狂欢正是作者本人所做的语言游戏。元小说理论家琳达·哈琴后来也承认当初读者作用被夸大了，在《自恋型叙事体：元小说悖论》(1983)的前言中，她如此说道："如果说在《自恋型叙事体》中，我表现出一种过于强调读者的力量和自由度的倾向，那是一种 70 年代所有形形色色的读者反应理论对我所产生的影响的反映。然而，如今，同样也很难不意识到力量的平衡也该得到恢复了。"①

在《启示录片段》中，GTB 让拥有叙述者、人物、作者多重身份的这个"我"由纯语言构成，并显示出是"作者本人"的样子。这个"纯语言构成"的作者尽管从概念上看和巴特的"纸质作者"很相似，但是 GTB 自己并没有放弃对文本的"阐释权"。作为意义的生产者和来源，作者可能在读者接受美学盛行的年代地位下降，但无数读者阐释的哈姆雷特背后，总有一些意义的重合，这就暗示着作者对"文本意义"所拥有的主权。而且在福柯所说的"作者—功能体"概念中，作者的功能"产生并存在于作者和叙述者之间的裂缝当中，是在两者的距离之间的运作"②。那么在这个裂缝中所发生的行为，起主导作用的无疑依然是作者本人。

GTB 经常刻意地不无嘲讽地宣示自己对自己作品的"阐释权"。作为一个文学评论家，他也写下了大量关于自己作品的阐释和评论，这些作者本人对文本的阐释，无疑跟巴特的"作者之死"背道而驰。比如在本书第二章我们所分析的《唐璜》中，GTB 就刻意地把读者的关注点从"唐璜的故事"本身引向《唐璜》作为小说的结构本身。在《作为游戏的〈吉诃德〉》中，尽管 GTB 也是作为读者在解读《堂吉诃德》，但是他认为："我承认每个读者都可以按照自己愿意的方式阅读作品，但是任何正确的阅读都应该不违背客观的材料。"(QUI，72)

---

① Hutcheon，L. *Narcissistic narrative：The metafictional paradox*. New York：Routledge，1991：XV.

② 陆扬. 后现代文化景观. 北京：新星出版社，2014：61.

在《启示录片段》的前言中，GTB 对一些针对自己文本的解读（或误读）做了阐释、导向和纠正：

> 《启示录片段》里有一些讽刺的因素，这种讽刺不是某些人想要看到的那种道德和社会意义上的，而恰恰是文学意义上的。[……]我现在不把它们指出来，作品就摆在这里，用清晰明了的卡斯蒂利亚语写得明明白白，以供那些愿意去理解它的人阅读，但我确实也要澄清某些被误解了的细节。(FA,19)
>
> ………………
>
> 我上述的引用说明以及整个前言，唯一的目的，正如我说过的，正是指引非专业的读者，[……]提醒他他读的不是一部习惯意义上的小说，甚至称不上是小说，而是一个作家本来抱着一腔希望开始创作结果却以失败告终的过程的真实记录；同时也提醒他如果有一天他很好奇一个作家的脑子到底是如何运转的，那么在这本书里就可以看到，或者也许只能以此推测到，但是，总而言之，还是可以得到一个比较确切的概念。(FA,26)

无论 GTB 是不是如他本人所宣称的那样，想让读者看到写作过程的"真实记录"，他的这种在文本外的行为无疑昭示作者在文本外的存在。当然，他也将这种对自身存在问题的关注和对自己文本权威的诉求赋予了他笔下的叙述者"我"。

2. 丢了叙事主权的"作者"——"我"

事实上，GTB 的叙述者/作者游戏比我们在本章第一节所讲述的更为复杂：除了我们所分析过的几个身处不同叙事层的"我(1)""我(2)"和"我(3)"，这个"我(3)"在和他平行的叙事空间里还有几个"同行"，即另外几个也声称是某个文本的"作者"，这些人都在各自的文本中使用第一人称"我"，尽管我们知道，他们并不是同一个人。他们分别是："我"所创造的"人物"堂胡斯多·萨马涅戈、"我"的分身"至高无上者"(el Supremo)

142

以及"踪迹分岔的大师"（el Maestro de las Pistas que se Bifurcan，对博尔赫斯《小径分岔的花园》的戏仿）。尽管这个"我"在作品中试图用各种方法保有自己对文本的"主权"，但他的文本却经常被上述的几位也以"我"来叙事的"作者"入侵。可以说，GTB 主要想通过这些都具有"作者身份"的叙述者，来探讨作者能够在多大程度上拥有对自己文本的主权，同时也是对当时的"作者之死"理论的戏仿。

在小说中，叙述者/作者"我"有一天发现自己的"叙述"里有一段不是自己写的，可是这段"伪造的叙述"又确实出自自己之手。为了弄明白到底谁是这个文本真正的作者，他建议列努什卡进入他的意识里寻找，结果两人在这个意识里发现一个正在等自己同伴的叫作列娜的俄国女孩，并邀请她一起去喝杯咖啡：

> 我建议我们到一个能看见约会地点的咖啡馆去坐坐。这么做的时候，我发现那些邀请的话和邀请的意图都不是出自我的意愿，而是<u>有人指示我这么做的</u>，当我们朝着咖啡馆走去的时候，我明白，就在几分钟前，<u>我正在被一个不是我的人想着</u>。（FA，234）

这时他才发现自己的文本被"至高无上者"入侵，并确信这个人物并不是他虚构出来的，且产生一种"有可能是他虚构的我的恐惧感，因为那种我正被别人想着的感觉一直没有消失"（FA，243）。最后，两人狭路相逢，发生了一场"你死我活"的文本主权争夺战，"我"质问这个冒牌货：

> 我是您的想象之物？连那些我认为是我一直在写着的这部小说里的所有人物和事件也都是？您不知道通过什么手腕知道了我的小说内容，再加上您最近这次加入这部小说的创作中，让您得以断言我的主权的缺失，我的低一级的身份，我的可怜的主体地位。我不妨暂时接受这种身份和主体地位；我接受它们，只将此作为一种假设。那么好，我现在不去就此发表意见，只从这个假设出发，我问您一个问题：就在不到半个小时之前，当我们的女朋友在用俄语聊私房话

143

时，我当时闲来无聊脑子里虚构的东西属于哪段故事？过程又是怎样的？如果您回答得出来，我只好承认，不是公开的，而是内心里真的承认，我是您做的一个梦，或者您脑子里的一段思绪，或者两者都是。(FA，253)

最后两个人势均力敌，难分胜负，他们承认所发生的事件是一场类似电波干扰的两个叙事之间的入侵，并达成协议，以后要各走各路，各叙述各的，互不侵犯。

这个被称为"至高无上者"的，其身份也是一个作者，因此才会出现这种两个叙事之间的干扰。此人要躲避追杀，便和曾经追杀过自己、如今变成自己爱人的列娜躲在自己的作品中，因为他觉得藏在这里非常安全："就在走投无路的时候，我想起了小说。我曾经写过一些，我可以再写一部容得下我们两个的。"(FA，251)然而这个"至高无上者"并没有履行承诺，依然逐渐蚕食"我"的文本。有一天，"我"有事要找自己笔下的无政府主义团体中的主要人物帕布罗和他的女友胡安娜，想起他们上一次在自己的笔下出现时是在小酒馆里。但是"当我走进酒馆时发现他们不在那里，我就想这怎么可能，因为这段时间以来我压根都没想过他们。[……]出门时，我意识到问题的严重性：这是另一场干扰！列努什卡说过'至高无上者'心狠手辣。然而，在那个时候我想到的比这还要糟：两人肯定已经睡在一起了，这下就把我对人物的规划全毁了"(FA，294)。

用同样方式和"我"争夺文本主权的还有"我"的另一个竞争对手——一个外号"踪迹分岔的大师"的特务，此人也是为了躲避追杀而变成"纯语言的构成"，"像一只虫子躲在自己编织的茧里"(FA，64)那样躲在了小说中。

而另一个和"我"争夺叙述主权的是"我"自己创造出来的人物堂胡斯多·萨马涅戈，也就是小说"预言系列"部分的"作者"。但是这个"人物"却抢走了创造出他的"作者"笔下的许多人物，并改变了人物的特征以及故事的发展方向：比如他让列努什卡变成一个有同性恋倾向的女人，让叙述者"我"抱有极大好感的无政府主义团体成员被维京人抓走。

面对逐渐丢失的领地，绝望的"我"对自己这被剥夺文本主权的作者地位感到心痛又无可奈何：

> 我是一个为了写一部小说而不断搜集材料的作家，而我虚构的人物之一负责我们可称为平行叙述的这部分的叙事。［……］但是我虚构的人物却抢走我的材料，并以他自己的方式和需要去使用它们，［……］他抢走我的人物，改变了他们的命运，而这才是最最严重的问题。（FA，406）

这个叙述者将错归于自己，自己作为作者，赋予了人物太大的自由，才会发生这样的情形，因此极有可能是自己搬起石头砸了自己的脚。甚至到最后，叙述者"我"不得不承认，堂胡斯多·萨马涅戈的叙述更吸引人，由此主动放弃了自己对"叙述"的主权。

3. 无处不在的作者——"我""至高无上者"和"踪迹分岔的大师"

叙述者"我"，是他所处的虚构世界的"纸质作者"，而"真实的作者已死"，他只能以"纸质作者"的身份进入自己的文本，这个一再要求自己的叙事主权却又无能为力的"作者"形象不再拥有特权，不再拥有父权，不再绝对正确。在文本中，这个"作者"和人物处于同等的地位，甚至怀疑自己是不是别人创造出来的，而自己也失去了对文本的控制。

麦克黑尔认为，很多后现代小说中常常出现的这种"真实作者"进入虚构文本中变成"纸质作者"，能够和虚构的人物自由对话，但同时也因为人物的入侵而失去文本主权的"本体层的错乱"现象其实并不会真的发生，所谓的"纸质作者"并不是"隐含作者"，而只是属于文本内部的"看起来像作者"的"虚构人物"，只是文本外的真实作者（或正在创作某部作品的隐含作者形象）创造的另一个"虚构人物"而已。

正如罗纳德·苏克尼克所说："在类似斯蒂夫·凯兹的《彼得普林斯的夸张》以及我本人的《向上》中的自我的运用，和自我表现的宗旨完全不同。我们不是在写自传或忏悔录——我们只是利用这种形式以便将自己的个人经验当作一种和其他材料一样的东西写进小说。"①

这无疑符合《启示录片段》的情形，而 GTB 对此也心知肚明。在《启示录片段》中，这个看起来像是作者的叙述者"我"是一个虚构的人物，并不是作者本人进入了文本，他甚至和真正的作者之间相隔了好几个叙事层。这么一来就不存在被侵蚀的作者主权，也就是说，不存在所谓的文本主权的混乱和丢失，因为在所有这些错层、混乱、侵入之后，都是作者 GTB 本人有意为之，他作为作者的主权地位不容动摇。但是 GTB 无疑故意制造了这种"叙述者"和"作者"之间的等号：这个"我"不仅和作者本人的某些特殊经历相似，其行为也直指"所有的作者"——因为他要做的正是展示作家的创作过程。

除此之外，《启示录片段》中所有以"我"出现的叙述者同时都是某个文本的作者。像巴特所说的那样，在虚构世界中的这个"作者"在"现实世界"的消失是为了以语言形式进入文本，带来"读者"列努什卡的诞生。这种看似以某种理论为依据进行文学创作的行为实则是将这个"理论"作为"模仿"的对象，而在 GTB 看来，只要不是甘于平庸的作家，都不会满足于简单的"模仿"。以我们分析的这部《启示录片段》的基调来看，GTB 则是把对结构主义关于作者理论的"模仿"变成了"戏仿"。尽管"戏仿"不一定必然隐含着"反对"戏仿对象的含义，但至少对戏仿对象有自己特别的看法。

文中侵蚀了所谓"作者主权"的"至高无上者"，只不过是"作者本人"的分身而已——作为"我"的"异名者"和"同位素"，他也有一个和列努什卡形象相似的爱人——另一个俄国女孩列娜②，而他写作的原因也和

---

① Sukenick, R. Thirteen digressions. In McHale, B. *Postmodernist fiction*. London: Methuen & Co. Ltd, 1987: 203.

② 在俄语中，"列努什卡"(Lenushka)、"列娜"(Lena)都是"叶列娜"(Elena)的指小表爱形式，是一种昵称。在这部小说中的"Lénutchka"可能是作者在将拉丁化的俄语名字 Lenushka 西班牙语化时的变体。

"我"相似，那就是把文本作为一个"躲避追杀的藏身之处"或者"可以相爱的世外桃源"。而另一个偷取"作者"本人叙事中的人物并擅自篡改的堂胡斯多·萨马涅戈，只不过是"作者"笔下的人物之一，他之所以能写出"预言系列"，是因为"作者"对他的角色设定是一个图书馆学究、中世纪手稿研究的专家，尤其是有关斯堪的纳维亚半岛方面的文本，他的叙事并没有超出他本人所被赋予的能力范围。而文中多处痕迹显示，这个"预言系列"是叙述者"我"在"叙述"之外根据同样的素材创作的另外一个版本（FA，120，416），只不过这个版本中以"我"自称的是堂胡斯多·萨马涅戈这个虚构人物而已，因此所谓的"偷窃人物"的行为只不过是作者"我"（而非作者 GTB）耍的一个"把戏"而已，"我"最后不得不承认这位先生的创作更胜一筹的说法，也只不过是他对自己创作的两个版本的变相"选择"而已。堂胡斯多·萨马涅戈虽然以"我"自称，但他并不是他的造物主——另一个以"我"自称的叙述者"我（3）"，他只是我们上文分析过的属于不同叙事层的三个"我"之外的第四个"我"，而且是地位最低，最没有主动性的"我"。这场"叙述者/作者"的游戏，都是作者 GTB 本人一手创造的。也许 GTB 对"作者之死"的戏仿，从他给虚构的这个作者"我"的"同位素们"所起的名字就已经有所体现——"至高无上者"和"踪迹分岔的大师"，"作者"无论变成谁，变成什么，他依然以某种"至高无上"的形式存在并留下交错的"踪迹"，时刻显示着自己的权威。

第四节　虚构的"阿喀琉斯的甲胄"——对元小说的戏仿

我们在上文已经说过，《启示录片段》被许多评论者认为是一部"当之无愧的元小说"①。关注西班牙文学中元小说创作的学者们一致把 GTB

---

① Roca Mussons，M. Sobre algunas cervantinas de Gonzalo Torrente Ballester en Fragmentos de apocalipsis. In Becerra Suarez，C. *La tabla redonda：Anuario de estudios torrentinos*. Vigo：Universidad de Vigo，2004：32.

的这部《启示录片段》列在各自的著作中,比如大卫·赫斯伯格(David Herzberger)分析了 GTB 和路易斯·戈伊蒂索洛(Luis Goytisolo)、何塞·玛利亚·梅里诺(José María Merino)、瓦兹·德·索托(Vaz de Soto)的元小说创作;理论家罗伯特·斯皮尔斯(Robert Spires)在《超越元小说模式:西班牙当代小说走向》(*Beyond the metafictional mode: Directions in the modern Spanish novel*)中也提到 GTB;另外,安娜·玛利亚·多特拉斯(Ana M. Dotras)在《西班牙元小说》(*La novela española de metaficción*)中分析了《堂吉诃德》《雾》以及 GTB 的部分作品;吉尔·贡萨雷斯(Gil González)的《西班牙当代小说中的元小说理论与批评》则以 GTB 和同为加利西亚作家的阿尔瓦罗·贡盖依罗(Álvaro Cunqueiro)为例;贡萨洛·索贝哈诺(Gonzalo Sobejano)在《西班牙的小说和元小说》(*Novela y metanovela en España*)中也专门分析了 GTB 的作品;而安吉尔·娄瑞罗(Ángel Loureiro)的《谎言与诱惑:托伦特·巴列斯特尔的"幻想三部曲"》(*Mentira y seducción: La trilogía fantástica de Torrente Ballester*)则将重心放在 GTB"幻想三部曲"中的元小说特征上。

在梳理西班牙的元小说历史时,通常的做法是像大部分元小说理论家所做的那样从《堂吉诃德》开始。这部不朽巨著中所出现的元小说手法,除了前文我们分析过的"谁是叙述者"的问题,堂吉诃德成为《堂吉诃德》的读者等,塞万提斯还在第二部中让阿维亚内达[①]伪造的第二部中的人物堂阿尔瓦罗·塔尔菲(don Álvaro Tarfe)出来承认阿维亚内达的堂吉诃德的"伪造身份"[②]。而实际上,在此之前,《古斯曼·德·阿尔法拉切》[③]的真正作者马特奥·阿莱曼已经在第二部中把伪造的第二部的作者马特奥·德·萨亚维德拉(Mateo de Sayavedra)写进小说,并让他在轮

---

① 阿隆索·费尔南德斯·德·阿维亚内达(Alonso Fernández de Avellaned),是伪造的《堂吉诃德》第二部《阿维亚内达的堂吉诃德》的假托作者,真实作者身份不详。

② "不过事情实在蹊跷,怎么会同时出现两个堂吉诃德和两个桑丘,姓名一模一样,可行为举止大相径庭!为明白无误起见,我再说一遍:以前我见到的都不算数,我的种种经历也均属虚幻。"参见:塞万提斯. 堂吉诃德. 董燕生,译. 武汉:长江文艺出版社,2013:831.

③ 《古斯曼·德·阿尔法拉切》(*Guzmán de Alfarache*),西班牙流浪汉小说,作者为马特奥·阿莱曼(Mateo Alemán),第一部和第二部分别于 1599 年和 1604 年出版。

船上跳海自杀。而在弗兰西斯科·德利卡多(Francisco Delicado, 1480? —1534?)的《安达卢西亚女人罗萨娜肖像》(*El Retrato de la Lozana andaluza*)①中,主人公罗萨娜就和她的作者进行了一次奇特的会面。

　　"98一代"的领军人物乌纳穆诺的《雾》无疑也是西班牙元小说的典范。当然,不得不提的是,在20世纪六七十年代的西班牙文坛,有一股对20世纪四五十年代流行的现实主义小说和社会小说的反拨。从马丁·桑托斯的《沉默年代》(1962)开始,胡安·戈伊蒂索洛的三部曲②到米盖尔·德利贝斯的《海难者的寓言故事》(*Parábola del náufrago*, 1969),塞拉的《1936年的圣卡米罗》(*San Camilo 1936*, 1969),胡安·马尔塞的《如果你听说我坠落》(*Si te dicen que caí*, 1973)等都有明显的元小说痕迹,而GTB的《启示录片段》无疑是其中最大胆、最前卫的一部。用批评家伊萨贝尔·克里亚多·米盖尔的话来说,"GTB在西班牙小说史上第一次以一种系统的方式,使一部小说运作的规范清晰明了,并给予小说以'形式'"③。尼尔·桑迪亚涅斯·迪奥也强调了"在托伦特的小说创作中或多或少反复出现的戏仿以及元小说手段,在这部《启示录片段》中达到顶峰,是作者身上实验主义的集中表现"④。两位研究者明确指出了这部作品中的元小说特征,但这部小说是不是一部"实验主义小说",是否目的在于"使一部小说运作的规范清晰明了"则有待商榷,我们将在后文中详细阐述。

---

　　① 西班牙女流浪汉小说。1528年在威尼斯出版,作者弗朗西斯科·德利卡多是一个教士。该书为对话体小说,主人公罗萨娜是一个身兼妓女、拉纤婆、江湖医生的半巫婆式的女人。

　　② 三部曲包括:《身份证明》(*Señas de identidad*, 1966);《堂胡里安伯爵的复辟》(*Reivindicación del conde don Julián*, 1970);《无土的胡安》(*Juan sin tierra*, 1975)。

　　③ Criado Miguel, I. *De cómo se hace una novela o Fragmentos de apocalipsis de Gonzalo Torrente Ballester*, *Homenaje a Gonzalo Torrente Balleste*. Salamanca: Biblioteca de la Caja de Ahorros y M. de P. de Salamanca, 1981: 70.

　　④ Santiáñez Tió, N. Comentarios a *Fragmentos de apocalipsis*. In Torrente Ballester, G. *Fragmentos de apocalipsis*. Barcelona: Ediciones Destino, 1997: XVII.

一、《启示录片段》,公认的元小说

1. 徘徊:结构主义还是形式主义

元小说是对旧的游戏规则的厌弃,对这种游戏规则的破旧立新则使得游戏恢复其"自由"的本性。这或许可以解释为一种想要"持续陌生化"的意图。《启示录片段》如何从最初的"现实主义作品"的框架变成一部宣称"展示小说创作过程"的元小说,其真实的创作演变过程并没有真正体现在这部小说中,而在作者本人的创作笔记《一个流浪诗人的日志》中。在 GTB 创作《J. B. 萨迦/赋格》的时期,他意识到自己不可避免地受到当时"流行的潮流"影响,这种影响给他带来的困扰都反映在这部创作笔记中。在 1969 年 3 月 2 日的日记中,作者写道:

> 我得承认我是在浪费时间,尤其是我一直以来虚构的这些复杂枝蔓在美学上的无用性,它们根本不是素材的特性所要求必须有的东西,它们使我陷入泥沼。所有这些都是我对外界刺激和影响的回应。我可悲地不能坦然接受自己同所有这些自己往往通过一种概念性、任意性的方式接触到的流派之间的根本分歧,尽管事实上我根本不在意这些东西,但内心里我对自己的想法并不自信,因而过于严肃地对待它们。(CVV,153)

而两周之后的 3 月 18 日:

> 我已经浪费了许多时日正经严肃地对待这些新事物,并试图去认真消化吸收它们,但是却消化吸收不了,我想可能是由于它们和我内心的爱好并不相符,并且知道十年后就不会有人再提它们。(CVV,159)

作者提到的这种"外界刺激""接触到的流派""新事物"，指的应该就是当时在美国引起轰动的法国结构主义。1966 年，结构主义理论家的主要著作，比如罗兰·巴特的《批评与真理》、拉康的《文集》以及福柯的《词与物》出版。同年，列维-斯特劳斯的《野蛮的心灵》英译本出版。而法国结构主义理论进入美国的标志性事件即 1966 年在约翰·霍普金斯大学召开的题为"批评语言与人的科学"的研讨会。在这场有着百余人规模的会议上，出席的有罗兰·巴特、拉康、德里达、托多洛夫等重要人物，而当时在纽约州立大学奥尔巴尼分校教书的 GTB 也出席了这次重要的会议。GTB 无疑对研讨会上巴特和德里达发表的著名演讲"写作：一个不及物动词？"和"人文科学话语中的结构、符号与游戏"印象深刻。这之后，大量有关结构主义的作品在美国出版发行，"结构主义"一时间也成为一个时髦的名词。在 GTB 的这部创作笔记中我们也看出他阅读了大量结构主义文学批评的作品，其中点名提到的包括罗兰·巴特、列维-斯特劳斯、克里斯蒂娃等。（CVV，294，301，302，318）

　　1969 年 6 月 21 日，也就是在经过上文所提到的创作困惑三个月之后，作家写道："这些结构主义的东西越来越让我失望了，我认为这是一条没有出路的死胡同。"（CVV，182）在此之后《J. B. 萨迦/赋格》的创作中，作家也以自己惯有的手法对当时自己过分"严肃对待"的潮流进行了"戏仿"。而对有些评论者把这部使当时已年过花甲的 GTB 一举成名的作品冠以"结构主义"名头的做法，GTB 本人并不赞同："索贝哈诺先生[①]说这是一部结构小说，他完全有这个权力给他面前的作品以任何他觉得合适的名字……；但是他也完全有搞错概念的权力……"（GC，210）

　　如果说结构主义兴起之初所提出的一些理念确实给 GTB 带来了冲击，并给了他某些写作的灵感和新的方向的话，在《J. B. 萨迦/赋格》被错误地列入"结构主义"的行列之后，GTB 显然感受到了这部作品所受到的误解。因此在这之后的《启示录片段》的创作期间，我们从作家的创作笔记中可以看出他有意对结构主义的排斥：

----

① 指西班牙著名文学评论家贡萨洛·索贝哈诺（Gonzalo Sobejano）。

这些文章,无论是结构主义的,还是转换生成主义的,都使我恼怒,我不是指这些文章本身,也不是指它们试图让文学变成科学的意图所在,这些我觉得都挺好,大家都是这么做的。我指的是这些文章的大部分都让人察觉到里面隐含着一种不屑一顾的态度,那种藐视态度来自像茱莉亚·克里斯蒂娃的这样的话:"对于符号学来说,文学并不存在。"(CVV,257)

∙∙∙∙∙∙∙∙∙∙∙

　　对待文学的科学态度就像对待西红柿的科学态度:植物学家以同样的态度对待所有的西红柿,就算是那些不能吃的也一样。(CVV,294)

对待文学要不要用像结构主义那样的"科学态度"? 这种科学态度是否会遮蔽文本的文学性? 毕竟文学性而不是科学性才是文学的主要方面。仅从"科学方法"出发分解文学文本,则会因对不同"级别"的文学作品一视同仁而忽略其美学。"诗歌的问题在于神秘,而才智的问题在于真相。"(EC,299)这一点,GTB 和他敬佩的作家前辈皮兰德娄和佩索阿是一致的:"批评会通过分析破坏所有文学作品的和谐,[……]能在这种被破坏了的和谐中发现一种科学,一套艺术家在他自发的行为中集中起来的复杂法则"①,"艺术和科学的不同之处,不像现代人所认为的那样,在于艺术是主观的而科学是客观的,而在于科学寻求'解释'而艺术则意在'创造'"②。

　　对某些能够发出不同声音,尤其是没有被"结构主义"的大潮裹挟而坚持自己看法的"持不同意见者",GTB 表现出一种惺惺相惜之情。比如1972 年 9 月 13 日,作者提到一本叫作《变化》(*Change*)的杂志:

　　杂志体现出一种乔姆斯基思想和反结构主义的倾向。我想可能

---

① Pirandello, L. *Arte y Cienca*, *en Obras escogidas*; vol. II. Madrid: Aguilar, 1965: 321-344.
② Pessoa, F. *Sobre literatura y arte*. Madrid: Alianza tres, 1985: 284.

来自一个持不同意见者的团体,因为在某些部分透露出一种对结构主义的藐视,认为其已经被超越了。[……]我读到的那些文章中有一些让我产生一种想要写这部小说(指后来的《启示录片段》)的愿望,而且,使我产生一系列的新想法。因此有很长一段时间我脑子里想的全都是这部小说,它以一种与我迄今为止一直计划要写的方式完全不同的方式出现在我脑海;这种变化主要是表达风格的转变。(CVV,273)

同年 10 月 31 日,GTB 提到自己在纽约购买的法国诗人保罗·瓦莱里(Paul Valéry)的全集:

奇怪的是,我对瓦莱里的诗歌一直不太感兴趣,现在也一样。但是他的杂文我觉得很好。我读了一篇有关波德莱尔的,也读了另一篇关于诗学的评注;这些文章明确表达出一种观点,那就是:科学与诗歌无关,这无疑是一种反结构主义的论点,这一点令人非常好奇。(CVV,309)

其实,结构主义中令 GTB 反感的做法除了他们对"作者"的排斥,试图用"科学手法"一视同仁地对待"艺术作品"而忽视其艺术性之外,还有某些结构主义者喜欢用生涩的语言表达浅显的道理的做法。在 1972 年11 月 29 日的笔记中,GTB 提到在《医学杂志》(*Revista Médica*)发表了一篇关于《J. B. 萨迦/赋格》评论的某个评论家,认为此人让人觉得很奇怪,因为他"开始用一种极度专业、极度文雅的语言讲话,我不知道什么原因,可能是被传染了。讲的都是挺简单平易的东西,本可以用一种更通俗的语言表达的"(CVV,324)。

这种对结构主义的排斥带来的就是对另外一个流派,也即俄国形式主义的亲近。在《启示录片段》创作期间,GTB 阅读了大量形式主义文论,并从中找到了认同感。1970 年 4 月 13 日(CVV,206)的笔记中,GTB 提到自己迫切地想要买到雅各布森的书,哪怕是影印版也行,同时提到的还有法国美学家苏里欧(Souriau)。1972 年 11 月 15 日,GTB 终于买到了 5 年来一直求而未得的苏里欧的《戏剧情景 20 万例》(*Les deux cent mille situations dramatiques*,1950)(CVV,318),这是一部借用普罗普在《民间故事形态》(1928)中所使用的形式主义批评方式对戏剧进行的功能和主题的分类。

荷兰乌特勒支大学教授佛克马在其参与编写的《二十世纪文学理论》中,曾经这样指出:"欧洲各种新流派的文学理论中,几乎每个流派都从这一'形式主义'传统中得到启示,都在强调俄国形式主义中的不同趋向,并竭力把自己对它的解释说成是唯一正确的。"①而在《启示录片段》前言中,GTB 就强调"我一直是个形式主义者,如今依然是"(FA,23)。

在《J. B. 萨迦/赋格》中,我们就可以看到 GTB 所受到的巴赫金"复调小说"理论的影响。当然,很多现代作家比如乔伊斯、福克纳、艾略特、昆德拉等,也将复调音乐的创作技巧引入到了各自的小说创作中。比如福楼拜在《包法利夫人》中对位法的试验以及乔伊斯在《尤利西斯》第十一章中对复调音乐中赋格曲式的模仿。而巴赫金理论中的对话、狂欢化以及什克洛夫斯基的"陌生化"及其戏仿理论,无疑都给当时有着相似创作理念的 GTB 以理论支持,更为重要的是,形式主义批评家们普遍都不排斥作者的主动性,这一点尤为重要。尤其是关于"戏仿"的理论,在形式主义批评那里,"戏仿"手法显示的是小说家在面对被前人谈论过多次的领域时,可以通过话语中的对话和"双声"发出自己的声音,并且能使已经程式化的方式重新变得新奇。因此,GTB 将自己的这种偏好体现在了《启示录片段》女主角列努什卡身上,将这个兼职评论家设定为在俄国接受过系统文学评论教育的文学教授。

2. 一部"关于小说的小说"

《启示录片段》的创作从 1972 年 6 月就已经开始着手,直到 1977 年

---

① 佛克马,易布思. 二十世纪文学理论. 林书武,陈圣生,施燕,等译. 北京:生活·读书·新知三联书店,1988:13-14.

年底最终出版，其间，作品的内容、形式以及风格可以说是经过了无数次的改变①，原定的评论家兼研究者赫苏阿尔多·本达尼亚（Jesualdo Bendaña，这个人名字缩写和《J. B. 萨迦/赋格》的主角何塞·巴斯蒂达一样也是 J. B.）被列努什卡代替，共和派被无政府主义团体代替，内战换成了维京人的入侵，刘易斯·卡罗尔式的猫变成一条善良的七头丑龙，有一些甚至是朝着两个完全不同方向的 180 度大转弯。这部小说的创作从 1972 年 7 月 12 日作者所说的"当初那部计划里的现实主义小说已经像卡斯特罗福尔特·德尔·巴拉亚这座漂浮城市一样飞到了空中，余下一些残留物"（CVV，259-260），到 1976 年 5 月 12 日"我现在的想法［……］就是写一个关于如何写这部小说的故事"（CVV，366），这其中体现的正是作者对小说创作手法的取舍——现实主义、结构主义、形式主义、元小说，直到对元小说的戏仿。

在构思《启示录片段》时，作者想到了用荷马的"阿喀琉斯的甲胄"这个绝好的形象来比喻这种想要在小说中展现小说"创世纪"过程的行为：

> 荷马并没有直接展现已经锻造好的阿喀琉斯的甲胄，而是描述了它的锻造过程，于是我们看到赫淮斯托斯如何一个零件一个零件地将它加工完成，而维吉尔则给我们描述打造好的铠甲。那么，我正好可以效仿荷马的例子，不展现已经做好的东西，而是展现它们的制作过程。（CVV，365）

这种正在锻造中和已经锻造好的"阿喀琉斯的甲胄"的说法同哈琴所说的"讲出来的故事"（story told）和"讲故事的过程"（storytelling）有异曲同工之妙，而且哈琴也曾经用到荷马在《奥德赛》中让埃涅阿斯本人讲述自己的故事的说法来比喻元小说的手法。GTB 的这种说法兼具了哈琴的这两种说法，既不会直接出现"故事"这个词，也不像"埃涅阿斯讲自己

---

① 参见：Torrente Ballester, G. *Los cuadernos de un Vate Vago*. Barcelona：Plaza & Janes S. A.，1982：295，305，310，322，336-338，342-343，349，357，365。

的故事"的说法那样隐晦,需要冗长的脚注说明荷马在创作《奥德赛》时的手法。作为一个理论概念来说,"阿喀琉斯的甲胄"可说确实如作者本人所自诩的那样,是对元小说手法一个非常"恰当、有效"的比喻。但是GTB也敏锐地意识到,"元小说"作为当时刚刚"初露头角"的新事物,在排除了来自"现实主义阵营"的障碍之后,逐渐成为一种流行和新潮的手法,这必将导致其和当初"现实主义"的程式化所带来的同样的创作手法的失效和僵死。可以说,在这种手法出现的初期,还处于"有争论"的时刻,GTB已经预见到它成为另一种程式化的未来。而事实确实如此,在《启示录片段》之后,西班牙的元小说创作可说是层出不穷。① 而GTB在《启示录片段》这部"显性"的元小说之后,又写了许多典型体裁的"隐性"元小说作品(如侦探小说、幻想小说、游戏结构的小说以及色情小说②),比如《达芙妮与梦幻》(*Dafne y ensueños*,1982)、《风之玫瑰》(*La rosa de los vientos*,1985)、《系主任之死》(*La muerte del decano*,1992)等。元小说作家卡洛斯·卡涅盖在其名为《谁》的小说中这样说道:"现在流行起这种所谓元文学了,这些让主人公在小说中写另一部小说的让人厌烦的作品……全是故作高雅的烦人玩意儿……"③GTB本人在《风之玫瑰》的前

---

① 这一时期西班牙的元小说创作主要有:胡安·马尔塞(Juan Marsé)的《穿着金色短裤的女孩》(*La muchacha de las bragas de oro*,1978)以及《上海迷情》(*El embrujo de Shanghai*,1993);安东尼奥·穆尼奥斯·莫利纳(Antonio Muñoz Molina)的《那喜悦之人》(*Beatus Ille*,1986)以及《波兰骑兵》(*El jinete polaco*,1991);罗莎·罗莫哈洛(Rosa Romojaro)的《黄页》(*Páginas amarillas*,1992);豪尔赫·塞姆普伦(Jorge Semprún)的《费德里科桑切斯的自传》(*Autobiografía de Federico Sánchez*,1977)和《写作或生活》(*La escritura o la vida*,1995);何塞·玛利亚·梅里诺(José María Merino)的《黑暗的岸边》(*La orilla oscura*,1985);胡安·何塞·米亚斯(Juan José Millás)的《你名字的混乱》(*El desorden de tu nombre*,1988)和《浸湿的纸张》(*Papel mojado*,1983);胡安·戈伊蒂索洛(Juan Goytisolo)的《远去的火光》(*Estela del fuego que se aleja*,1988);哈维尔·托梅奥(Javier Tomeo)的《虎皮鸟》(*El gallitigre*,1990)和《普洛塞耳皮娜的弥留之际》(*La agonía de Proserpina*,1993);马努埃尔·巴斯盖斯·蒙塔尔邦(Manuel Vázquez Montalbán)的《奖》(*El premio*,1996);罗莎·蒙特罗(Rosa Montero)的《梦之巢》(*El nido de los sueños*,1991);路易斯·朗德罗(Luis Landero)的《老年游戏》(*Juegos de la edad tardía*,1989);卡洛斯·卡涅盖(Luis Landero)的《谁》(*Quien*,1997)等。

② 参见:Hutcheon, L. *Narcissistic narrative: The metafictional paradox*. New York: Routledge, 1991: 31-33.

③ Landero, L. Quien. In Gil Gonzaález, A. *Teoría y crítica de la metaficción en la novela española contemporánea: A propósito de Álvaro Cunqueiro y Gonzalo Torrente Ballester*. Salamanca: Ediciones Universidad de Salamanca, 2001: 317.

言中也曾经不无嘲弄地说："我不知道一年之内出版了两部找到的手稿的行为是否会得到原谅。"(RV,9)

因此，在 20 世纪 70 年代写出《启示录片段》这部"惊世骇俗之作"的GTB，可谓是同时站在过去、现在和未来，回到塞万提斯的同时又不可避免地无法抹去自己所受到的比塞万提斯多四百年的文学传统的影响以及各种文学理论的熏陶；在已知已经存在著名作家的著名元小说，并预料到所谓"新手法"也将成为"滥觞"的未来的情况下，依然要用这手法去破除已经失去其产生初期以自由和愉悦为基础的、旧的游戏规则。而在作品中时刻保持"戏仿"的态度和手法，使自己的作品成为"元小说"的同位素并具有与众不同的特质，可以说是作者 GTB 在无数文本的包围中进行自我保护并保持自我的有效方法。

二、《启示录片段》，虚构的元小说

《启示录片段》这部宣称要展现小说创作过程的小说并没有止步于乌纳穆诺、皮兰德娄的模式，也不是对塞万提斯的复制，而是比他们更激进：

> 我们得讲清楚，这里没有乌纳穆诺式的或乌纳穆诺的，也没有皮兰德娄的东西，不是如何写一部小说，而是一幅如何一步一步写出小说来的景象。[……]但这景象不是真实的，也就是说，我要做的是虚构。这个阿喀琉斯的甲胄，我会描述它的一个个零件，展示它的锻造过程，但是这个铠甲没必要是真实的，它也可以是虚构的，可以像往常一样是真实和虚构的混合物。(CVV,367)

可以说，GTB 就是锻造了"阿喀琉斯的甲胄"的赫淮斯托斯，而英雄的这副铠甲将在战场上碰到曾经是他本人的、如今穿在赫克托耳身上的另一副黄金铠甲。荷马的"一个锻造过程、两副铠甲"的构造也被 GTB 所借用：在《启示录片段》中同样不仅仅展示了锻造过程（"日记"部分）和它的结果（"叙述"部分），还展示了另一副铠甲，那就是以人物堂胡斯多·萨

马涅戈为第一人称叙述者的"预言系列"。而充当评论家的列努什卡的观点正体现了作者本人想要借用此构造的企图:

> 她觉得只写其中的一个是错误的,因为它们中的任何一个提供的都是关于宇宙的片面景象,并认为最好是两个都写,把它们放在同一本书中分成三栏出版……(FA,120)

而这也正是我们上文提到的使尼尔·桑迪亚涅斯·迪奥迷惑不解的情节安排:作为"马克思主义者"的俄国女孩列努什卡竟然会提出这种大胆的"实验主义手法"。而正如我们在本章第三节分析过的那样,列努什卡作为评论家的时候,大部分情况下反映的还是作者本人的文学创作和批评观点。因此,我们才会看到整部《启示录片段》刚好由列努什卡所说的"三栏"组成:

叙事过程("日记"部分)+失败的结果("叙事"部分)+失败的结果的同位素("预言系列"部分)。

评论家安吉尔·娄瑞罗承认《启示录片段》是一部"完全的和鲜明的元小说",但是却认为它同时也是一部失败的"元小说",理由是"小说不可能自我解释,因为就算小说家试图这么做,他不可避免地也在写小说。就算《启示录片段》更像是公开展现一部小说构建过程的尝试,更像是对小说的内部构造的揭露,对有可能完成的这部小说构成的外皮掩盖下的这副骨架的展现,而不像是一部小说,都没有关系。它依然是对这个骨架、这个脚手架的虚构:虚构的力量是超级强大的,因此就算想要将其置于自己的掌控之下,这种力量也会露头,也会战胜这种试图穿透它、阐释它、想要把它变作实验室温顺的小动物的探究"[1]。在安吉尔·娄瑞罗看来,元小说在"自我说明"的过程中已经不得不加入了"虚构"。这种"虚构的力量"正是语言的不受控的强大虚构力量,它使得任何元小说的意图落空,

---

① Loureiro, A. G. *Mentira y seducción: La trilogía fantástica de Torrente Ballester*. Madrid: Editorial Castalia S. A., 1990: 262.

并被虚构化。因此,他认为《启示录片段》不可避免地也落入"虚构",而"虚构的力量"之强大又完全不受作者本人的控制,因此这部小说是一次"失败的尝试"。

而事实上,GTB根本没有打算写一部"真实反映小说创作过程"的元小说。尽管在前言中他曾多次向读者宣称这种目的,但是以作者一贯的风格,在这场在大部分情况下会发生在"元小说内部"的作者跟读者的对话中,我们似乎应该听取巴赫金的建议,"感觉不到这第二个表达意向情调的作者层次,就意味着没有理解作品"①,尤其是在以"戏仿"为乐的GTB身上。也许在更为严肃和真实的场合,比如《谈话录》和真实的创作笔记中,我们更容易看清作者的意图:"根据我本人的观点以及当初的打算来看,这部小说正是表明了写一部小说的过程本身就是小说。"(GC,210)但为了使这个过程看起来像真的,作家决定采用第一人称手法,因为"如果在小说中有个自称是'我'的人,无疑会为之增添真实感"(GC,218),但同时,这个"我"也起到增加作品的模棱两可性的作用。在《一个流浪诗人的日志》中,作家进一步解释道:

> 阿喀琉斯的甲胄的说法一方面可以让我把所有我认为对叙事过程有用的手法都加到叙事中来,另一方面也让我可以虚构另外一些我认为有用,但却并不是真实的手法,也就是说,[……]这已经进入虚构的范畴了,而并不是真的要展现一个创作虚构的过程。(CVV,366-367)

娄瑞罗认为,正是这种"语言的不受控的强大虚构力量"超出作者的控制,使得本来想要"公开展现一部小说构建过程"的目的落空,使这部作品依然摆脱不了"虚构"的本质。而实际上正好相反,GTB本来就打算写一部虚构的小说,并使它看起来像是真的在"公开展现一部小说构建过程"。也就是说,一切都在被称为"语言大师"的GTB的预料之中,而"强大

---

① 巴赫金.小说理论.白春仁,晓河,译.石家庄:河北教育出版社,1998:98.

虚构力量"正是作者利用的工具。换言之,小说的本质不是通过"元小说"的揭露体现出来的,而恰恰是通过虚构和想象力的强大力量体现出来的。

三、《启示录片段》是戏仿的元小说

瓦莱里认为,"任何好的艺术家都不会把他的创作机制公布于众"①。GTB 对此表示认同,最初他也曾打算把此句当作《作为游戏的〈吉诃德〉》的卷首引语,以对应《堂吉诃德》中隐藏的游戏机制。而实际上,通过上文的分析,我们发现,在《启示录片段》这场貌似和读者玩"亮牌"的纸牌游戏中,叙述者"我"虽然向我们展示了他本人的小说创作过程,但是得到的结果却完全符合瓦莱里的理论,这个创世的过程反而显得更像神秘的迷宫。即使真实的创作过程真的如迷宫般不可捉摸,或说只有掌握了密码才能进入,那么这条忒修斯之绳也是故意被 GTB 延长、弯曲和打结了。

《启示录片段》的叙述者"我"在建造维拉圣塔这个纯粹由语言构成的城市时,最先虚构的就是故事的三个叙事部分的主要发生地点大教堂及其地下的迷宫。这个迷宫隐藏的正是有关维拉圣塔城"历史真相"的秘密,而想要进入迷宫,则必须要知道密码——由迷宫组成的首尾相连的一句话:"*Hic illa quam amavit aepiscopus Sisnandus puella Esclaramunda iacet.*"(FA,299)这句话的意思为:"这里长眠着被大主教西斯南多如此深爱着的少女艾斯克拉拉慕达。"这是一句意义重大的、揭示整个维拉圣塔"真实历史"的密码。尼尔・桑迪亚涅斯・迪奥认为,要理解这部小说,"密码就在于要把整部小说当作一个迷宫来阅读"②。也就是说,要像进入一大迷宫那样阅读和享受这部小说。GTB 正是利用这种"迷宫"的特质,把文本构建为一个只有掌握了密码才能理解的迷宫,邀请读者参与解码过程,并由此得到"发现真相"的阅读快感。

---

① Citado por GTB en Torrente Ballester, G. *Los cuadernos de un Vate Vago*. Barcelona: Plaza & Janes S. A., 1982: 309.

② Santiáñez Tió, N. Comentarios a *Fragmentos de apocalipsis*. In Torrente Ballester, G. *Fragmentos de apocalipsis*. Barcelona: Ediciones Destino, 1997: XLVII.

依据哈琴的看法，"自恋式叙事向读者炫耀自己的虚构和语言系统并暴露之的行为，是要把创作的过程，*poiesis* 的过程，变成一种可分享的阅读快感"[①]。而在美国小说家约翰·加德纳（John Gardner）看来，这种行为"也适应了一种更高品质的当代生活：我们在发现事情是如何运作时的快乐，我们陶醉于事物的色彩和纹理，看到它们本来的样子时的愉悦"[②]。

这种认为读者从对写作手法的揭露过程中得到和作者一样的愉悦的说法，确实是一个值得商榷的论述：对于作者来说，故事题材和内容固然重要，但采取什么样的方式去讲故事则是作者在创作时更应该关注的，这其中，假装自己在揭露创作过程也是一种讲故事的方式。而对于读者来说，其过程则完全相反，我们读一部小说不是为了发现自己所读的故事是以何种方式虚构出来的，而是这部小说讲述了什么。也就是说，重点不是形式，而是小说内容本身。因此，"揭露小说构造"不会是一种读者可以和作者分享的快乐。读者的快乐，也许不一定总是与简单轻松的文本挂钩，他们也能够以解开迷宫般的文本的密码为乐，但这里的重点也是最后展现出来的内容，而非形式。也就是说，作者的愉悦在于"话语"，而读者的愉悦在于"故事"。这么一来，我们就可以解释，何以在《启示录片段》中会出现这种"揭示"（元小说）和"隐藏"（迷宫）的对立。因此，与其说《启示录片段》是一部揭示创作过程的元小说，不如说它是一部以假装揭示创作过程的元小说形式来讲故事的小说。因为讲好一个故事，好的手段并不多。正如 GTB 所说：

　　严格地说，新的手法并不存在，因为没有一部小说不能用另一种传统来解释；但是，同样严格地说，也不存在重复的手法，除了某些没有天分的拙劣模仿者。而鉴于所有的作家都有一些天分，因此尽管他使用的是一种传统的手法，他也会做一些必要的改变以使它看起

　　① Hutcheon，L. *Narcissistic narrative：The metafictional paradox*. New York：Routledge，1991：20.
　　② Hutcheon，L. *Narcissistic narrative：The metafictional paradox*. New York：Routledge，1991：20.

来像新的。[……]我们得承认已经是文学评论流派戒律的这种说法：书自书而来。（EC，133）

因此，无论是古希腊的模仿说、巴赫金的双声语、哈罗德·布鲁姆的"影响的焦虑"中有意识或无意识的"误读"、克里斯蒂娃的互文理论、希利斯·米勒的"小说与重复"理论，这些模仿、重复、互文、双声、"合法的剽窃"、影响、误读都是诗人或作家在面对文学遗产时所采取的试图在传统中树立自己形象的努力。当然，如果以希利斯·米勒的分类来说，对前人任何形式的"重复"都可以分为以下两类：柏拉图式的以固定原型为基础的重复、尼采式的以差异为基础的重复。否认柏拉图的差异的基础是相似和一致的看法，而推崇尼采的相似性以差异为基础的重复理论，无疑更符合现代作家们试图拥有自己"独特风格"的理念。后现代小说正是通过经常的反讽和戏仿表明这种寓于相似性核心的差异。

尼采的哲学对 GTB 影响很大，其重复理论也在很大程度上影响了 GTB 对于"戏仿"的看法。GTB 的"戏仿"中严肃和轻松同在，庄重和滑稽共存。尼采在《快乐的科学》中呼唤的也正是一种快乐的"诗的艺术"：

> 倘若我们康复者还需要艺术，那么这必定是另一类艺术——嘲讽、轻松、空灵、神圣而不受干扰、绝妙非凡的艺术，它像一团明亮的火直冲万里碧空！[……]它的第一要务是给人带来轻松愉快。[1]

GTB 也感慨："欧洲的思想灵魂，在浪漫主义之后，就不再轻松了，因为现代灵魂已经将之失去了。"（EC，312）在《启示录片段》的创作接近尾声时，GTB 在《一个流浪诗人的日志》中写道：

> 尼采在什么地方提到过"轻松"。[……]这种把"轻松"当作最高的美学价值，同时也是一个无法企及的目标，至少是以一种持续、完

---

[1] 尼采. 快乐的科学. 黄明嘉，译. 桂林：漓江出版社，2000：5.

全的方式，就好像在《魔笛》中发生的那样，是对沉重的否定，对深远意义的否定，是纯粹的游戏。[……]而我也很想写这么一部作品，轻松的作品，将一切去其深远意义：爱情，历史，那些伟大的关于权力和荣誉的神话，并用所有这些材料谱写一首**嬉游曲**。[……]只有极高的成熟度才能跳出这样的舞步，双脚不着地，毫无讥笑和讽刺，只是完全、纯粹的舞者的嘲弄。（CVV，377-378）

而在这部《启示录片段》中，GTB 以他惯有的戏谑态度，借"元小说"之名，行"讲故事"之实，在文本之网的包围之中，以一种独特的方式向我们展示了一座城市的历史和神话的建构过程，以及它最后的毁灭。

第三章
《芟除风信子的岛屿》，靠拢触碰的岛屿

《芟除风信子的岛屿》1980 年出版，并获得了西班牙"国家文学奖"（el Premio Nacional de Literatura）。当时的 GTB 已经是 70 岁高龄，他在前言中以一贯的嘲讽语气谈到写这部小说的初衷：

> 那是 1979 年的一个 4 月的下午，在一次那种总是把不适合待在一间屋子的数量过多的文人聚在一起的聚会上，我非常喜欢和欣赏的一位年轻同事的妻子走到我面前。在自我介绍后，她说想过来跟我打个招呼，并且开玩笑地提醒我说，如果我一直像最近做的那样坚持在自己的作品中保持这种毫无节制的青春焕发，我的读者们必得要求我出版一部所有人或几乎所有人，在 20 岁时都会捣鼓出来的那种爱情诗集，而我呢，却纯粹出于害羞或至少是年轻那会儿很害羞，以至于没能写出这么一部来。我回答她说，尽管爱情从来没让我觉得恶心，但诗歌并不是我的专长，而如果有一天我突发奇想想要虚构出这么一部从某种意义上来说多情善感的小说来，那也不是没有可能。（IJC，11）

这部副标题为"有奇幻插曲的情书"（Carta de amor con interpolaciones mágicas）的小说初看时确实符合作者在前言的说法，是一部"爱情小说"，由叙述者（一位在纽约某大学教文学的西班牙教授）给自己心仪的对象阿里阿德涅的信件（或说独白）构成。

美国某大学的历史教授阿兰·西德尼（Alain Sidney）出版了一本书，认为拿破仑·波拿巴是个被虚构出来的人物，有关他的史学作品都是杜

撰的,而在克莱门斯·文策尔·冯·梅特涅(Klemens Wenzel von Metternich,1773—1859)和夏多布里昂(Chateaubriand,1768—1848)的作品中引用的有关拿破仑的史实也都是虚构的。这个耸人听闻的论断在历史学界掀起了轩然大波,也断送了阿兰·西德尼的职业生涯。他的学生,一个叫作阿里阿德涅的希腊女孩疯狂地爱上了他。在她试图挽救因事业受挫而颓废的老师兼情人时,西德尼教授的朋友,一个文学教授,也即叙述者"我",因为怀着对阿里阿德涅的隐秘的爱,也试图用自己的方式给予支持,那就是用文学的方式写一部关于"拿破仑并不是真实存在"的作品,一个发生在17世纪初一个叫作戈尔戈纳的小岛上的故事。这个关于"拿破仑神话"的作品(或说故事)的创作(或说讲述)过程被穿插在叙述者对阿里阿德涅的"情感表白书"中。

作者GTB在小说的前言中,看似不经意地扯出一段"毫不相干"的题外话:对"abarloado"①(靠拢触碰)这个单词的偏执(而非像《启示录片段》中那样是小说的叙述者对"同位素"这个单词的着迷):

> 我现在想着也许可以在这里,作为一种补偿,讲述一下我和"abarloado"这个词之间不幸的关系:这是一个用于船舶航行的很普通的词汇,意思大概是说,两艘船末端靠拢,船侧凸起的部分互相挨着。这是一个我很喜欢的词,"abarloado",听起来非常悦耳动听,在形态上却是一种无法挽回、让人恼火的分词形式,这就使得它无法成为一首十四行诗的可爱韵脚②;但除此之外,我觉得它充满诱惑,几乎使人为之着迷(当然,像其他许多词一样)。因此,我就想着等时机一到,就赶紧用上它。(IJC,13)

---

① 指船只的边缘相互触碰、靠拢。鉴于这个单词"动作"和"状态"结合的特性,在本书中,我们将它翻译为"靠拢触碰",一方面用以对应叙述者"我"和阿里阿德涅之间亲而不亵、近而不狎的关系,另一方面也用来形容在这部作品中成对出现、互相之间既对立又紧密联系的人物、事件等。

② 西班牙语中以"-ar"结尾的动词的分词形式一般词尾都是"-ado",因此通常情况下不会用来作为诗歌的韵脚。

紧接着，作者用他一贯的幽默语调，说明在写作的过程中如何出现了许多可以用到该词的场景，而他又是如何受着自己"动脉硬化"症状的影响而白白错失了这些机会。就这样，直到小说结束，他也没有用上这个让他如此心仪的单词。有一天，当作者在阅读被翻译成加利西亚语的里尔克的《致奥菲欧的十四行诗》（*Sonetos a Orfeo*）时，看到"耳中的睡床"（lecho en el oído）这个意象①，作者由此产生灵感，觉得对此句稍加改动，变成"遗忘中的睡床"（lecho en el olvido）似乎很合乎自己这部既没有"睡床"也没有"遗忘"的"爱情小说"的意境。最后这个句子几经修改，从"在遗忘中靠拢触碰"（Abarloados en el olvido）变成"在我的遗忘中活着并睡去吧"（Acuéstate en mi olvido y vive allí）、"向我的遗忘靠拢而来，并在这里生活吧，阿里阿德涅"（Abarlóate, Ariadna, en mi olvido, y vive），直到"在遗忘之中，我们靠拢触碰，阿里阿德涅，我们将携手同行"（Abarloados en el olvido, Ariadna, viviremos），这一句终于用上了"abarloado"，也是让作者非常满意的、本来可以作为小说结尾却出于种种原因最终被弃之不用的"情话"。这个由开始时似乎毫不相干的里尔克的诗句出发，直到终于"合理安置"了"abarloado"的过程，使作者感慨道：

　　　　正如有时候会发生的那样，两个看起来毫不相关的见解、主题或事件，像两颗迥然不同的星球那样遥远，在想象中却互相靠近（也许是"靠拢触碰"？），在摩擦和碰撞中产生新的见解、意想不到的意象、有用或完全无用的比喻。（IJC,14）

　　这场由一个单词而引发的叙述总共四页，占据了整个前言的二分之一篇幅。那么，对这个词的着迷、偏爱果真只是作者自己毫无道理的"偏执"吗？在如此关键的"前言"扯的都是无用的题外话吗？也许我们可以从上文作者的感慨中看出其意图：几颗相距几万光年的毫不相干的星球，

---

　　① 奥地利诗人里尔克（Rainer Maria Rilke,1875—1926）的十四行诗 *The sonnets to Orpheus*，原句为"inside my ear a bed she laid. //And there she slept. Her dream was my domain"。

却能在我们的想象中发生联系,组成各种星座,比如大熊星座、小熊星座,看似不相干的东西却发生了摩擦和碰撞。在这段话中,关键词无疑是和"abarloado"意义相关的"摩擦"和"碰撞"。我们不妨可以说,在这部以"爱情小说"的面目出现的《岛屿》中,喜欢"二分法"的GTB使两个时空、两个叙事层、两种方法、两种风格、两种学科等等这些成组出现的不同概念之间产生一种亲密的"靠拢触碰"关系,从而创造出了新的、奇异的"概念""形象"和"比喻"。

第一节　两个时空的靠拢触碰

《岛屿》的故事发生在两个时空,它们分别是:叙述者"我"和阿里阿德涅所在的"时空",以及"我"为了吸引阿里阿德涅而虚构的另一个"时空"。但是与在《唐璜》中将发生在 17 世纪塞维利亚的"唐璜故事"单独列章的做法不同,GTB 在《岛屿》中让两个时空在叙事上相互穿插,可能前一句还在"真实世界",后一句就已经在叙述"虚构世界"的故事了。除此之外,位于两个不同时空的岛屿之间的界限也经常被打破:叙述者有时候会邀请阿里阿德涅通过木屋中壁炉的"火苗"来一次戈尔戈纳岛之旅,比如两人就亲眼看到了拿破仑是如何在一场由政治人物参加的晚宴中,在众人的玩笑中被虚构出来,变成一个真实的历史神话;而由叙述者"我"虚构的戈尔戈纳岛上的人物,比如三个女巫,则会化作大鸟,盘旋在"现实"中"芟除风信子的岛屿"夜空,给"真实"的世界也披上一层神秘色彩。

一、两个岛屿

故事的"现在",也即第一叙事层的"现实故事"发生在某一年秋天。第一人称叙述者"我"接受阿里阿德涅的建议,和她一起租住在一个叫作"芟除风信子的岛屿"上的一间木屋里,并在这个与世隔绝的环境中写下了给阿里阿德涅的"有奇幻插曲的情书"。尽管文中并没有明确交代这个小岛的地址,但是根据其描述,应该是美国纽约州阿迪朗达克国家公园里印第安湖(Indian Lake)上的一个小岛。

故事的"过去",即关于"拿破仑是在何时、何地被何人虚构出来的"的"虚构故事"发生在 18 世纪末,也即法国大革命刚刚发生之后的 1800 年左右(从戈尔戈纳岛统治者阿斯卡尼奥·阿尔多布朗蒂尼上台到本地居民和拿破仑舰队之间的海战结束)。故事的发生地是一个名为"戈尔戈纳"的岛屿(isla de Gorgona)。而在现实世界里确实存在两个同名岛屿,其中一个位于太平洋,隶属于哥伦比亚;另一个则是由七个岛屿组成的托斯卡纳群岛(archipiélago Toscano)中的一个,位于地中海北部,希腊和意大利之间的利古里亚海和提雷尼亚海(mar Tirreno)之间。这七个岛屿中就包括历史上真实的拿破仑曾在流放期间居住过一年时间的厄尔巴岛(Elba)。GTB 在书中把戈尔戈纳岛描述为一个真实存在的小岛,"出现在地中海中部航线上的某块闪着光的毛石"(IJC,48),显然是借用了后者的地理位置。除此之外,这个虚构岛屿中发生的一切跟现实中面积只有三平方公里的戈尔戈纳岛并没有多大联系。

GTB 在这部虚构作品的"剧中剧"中,并没有选择拿破仑真正居住过的厄尔巴岛,而是选择"戈尔戈纳岛"作为小说第二叙事层的地点,主要还是由于其名字与希腊神话中的三个蛇发女妖戈耳工(Gorgon)名字相近,给这个叙事层增添了些许神话和虚幻色彩。同时在这个叙事层,他还创造了三个具有魔幻色彩的巫婆式人物:小岛的实际领导人阿斯卡尼奥的三个姨妈。她们每到夜晚就变作大鸟在城市上空监视居民是否有男欢女爱等"罪孽"。除了对应三个女妖戈耳工,作者也用这三个形象戏仿了复仇三女神(las Furias)所代表的所谓"宗教裁判所判决",她们的阴沉形象也让人联想到戈雅(Francisco do Goya)的名画《命运三女神》(*las Parcas*)。

第一叙事层的"我"每晚假借壁炉里的火苗作为第二叙事层的故事上演的舞台,像巫师对着他的水晶球那样,虚构出另一个时空的故事。整部作品由叙述者"我"给阿里阿德涅的信组成,共 30 小节,分成六章。小说

《命运三女神》，戈雅，1820—1821

的副标题——"有奇幻插曲的情书"——很明确地说明了小说的叙事结构："情书"即小说的第一叙事层，而"奇幻插曲"则是第二叙事层，在"我"对阿里阿德涅的"爱情表白"中穿插着"我"为了安慰她而虚构出来的关于"拿破仑并不存在"的奇幻故事。

历史教授阿兰·西德尼（朋友们都叫他克莱尔）的曾祖罗纳德·西德尼爵士[①]是拿破仑时期一个著名诗人，他同某个叫作阿格奈斯（Agnés）或者阿格尼斯（Agnesse）的女人保持着情人关系，并为之写下了大量的诗歌。而克莱尔正是通过研究阿格尼斯的信件、手稿后发现，这个神秘的女人知道并隐瞒了一个惊天秘密。出于职业研究的考虑，他打算利用女友阿里阿德涅，让她和具有"灵媒"能力的阿格尼斯取得联系，使得自己能够调查清楚学者们在研究阿格尼斯生平时留下的这段空白，即发现拿破仑是在何时、何地在何种情形之下被何人虚构出来的。克莱尔的这种利用"招魂"来进行调查研究的方式，并不像它看起来的那般"荒诞"，因为：

"招魂说"是想要把科学应用于本质上跟科学没有可比性的事物
之上的理性主义头脑的产物……利用一种秘密的"失误"，一个像克

[①]　Sir Ronald Sidney，据作者本人说，这是一个拜伦和雪莱的混合体，参见：Becerra Suarez, C. *Guardo la voz, cedo la palabra—Conversaciones con Gonzalo Torrente Ballester*. Barcelona: Anthropos, 1990:166.

莱尔那样无可指摘的研究者,就可以利用他作为一个科学家的尊严无法被授权使用的一些方法,嗅到确切的方向,通过被遮蔽的道路直达事件的本质。即使这种通过一种非理性的方式调查出来的结果如事先预测的那样,无法公布于世,至少能够因发现真相而产生一种满足感。(IJC,68-70)

而作为文学教授的"我"则使用了另外一种虚构和想象的方式来为"虚构拿破仑事件"编织一个合情合理的场景。这个故事的发生地就是戈尔戈纳岛。该岛由一个执政官——海军准将里西(Risi)执政。岛内居民则由敌对的希腊人和拉丁人组成。在一次由法国大革命的保守派发动的革命中,里西被赶下台,戈尔戈纳岛从此被一个谁都没见过的神秘将军拉波尔塔的卡尔瓦诺(Galvano della Porta)所统治,而实际操控着政权的则是他的代理人阿斯卡尼奥·阿尔多布朗蒂尼(Ascanio Aldobrandini)。在阿斯卡尼奥的授权下,据说患有麻风病的卡尔瓦诺将军的传奇经历由外号为"美男子"的诗人尼古拉斯编造出来并在民间传唱。除了阿斯卡尼奥之外,没有人真正见过这个领袖,他常年幽居在自己的官邸,其所有的政令都通过阿斯卡尼奥之口发布。每天清晨,太阳初升的时刻,这个穿着海军准将军服的"神秘领袖"都会背对阳光,远远地站在高高的塔顶,向臣民挥手致意,他的"监护者的阴影"笼罩着整个戈尔戈纳岛上的居民,使得他们对其敬畏有加,并对身处这个"伟大领袖"的保护之下而心存感激。

而从叙述中我们可以推断出,这个卡尔瓦诺将军似乎只是阿斯卡尼奥虚构出来的人物,或者干脆就是由他自己扮演的(卡尔瓦诺只是远远地出现,除了阿斯卡尼奥,谁也看不清他的真面目。他的标志就是那身将军服,其略微有些跛足的背影很难让读者不把他和同样跛足的阿斯卡尼奥联系起来。作者在文中浓墨重彩地描写了总理阿斯卡尼奥的这个生理缺陷,因此两者之间的这种没有明说的隐讳联系是作者刻意揭露,而不是隐藏的)。但是岛上的居民们却对这个具有"神话"特征的虚构领袖深信不疑,且崇拜有加,并对官方的这个"神话化"的领袖形象进行了民间的"人格化":人们猜测,这个因为麻风病而总是避不见人的首领也会感到孤独,有爱情和性的需要，因此岛上过一段时间就会神秘消失的某个女性就是被送进了领袖的密室，成为牺牲品。

正是受到这种情形的启发，一群阴差阳错来到戈尔戈纳岛的历史名人在一次晚宴中决定虚构出一个人物，"为法兰西（第一）共和国发生的这些无主的骚乱寻找一个发行人，一个皇帝或国王……"（IJC，330）。他们是海军上将纳尔逊（Horatio Nelson，1758—1805）、汉密尔顿夫人（Lady Emma Hamilton，1761—1815）、列文王妃（Princess Dorothea von Lieven，1785—1857）、奥地利外交家梅特涅、作家夏多布里昂子爵等。法国大革命所宣扬的"自由、平等、博爱"等民主思想无疑使这些人感到恐慌，他们代表的正是英国、法国、奥地利等相关国家中感受到来自法兰西第一共和国威胁的势力和集团代表。这些人物希望能虚构一个像戈尔戈纳岛的卡尔瓦诺将军那样的无形领袖，以操控法国政治，并以这个"领袖人物"马首是瞻，联合各方势力对抗法国大革命的蔓延，从而使这个人物成为那个年代一些自身利益因法兰西（第一）共和国而受损的一小撮显要人物手里的一个政治工具。这个幽灵皇帝的"神话建立"过程，和文学中虚构的人物一样，从一个名字开始：晚宴中的一个意大利佣人的名字"拿波里奥尼·波拿巴"（Napollione Buonaparte）提供了灵感，于是拿破仑·波拿巴（Napoléon Bonaparte）的名字由此诞生。

对拿破仑形象和性格的勾勒则以戈尔戈纳岛的这个傀偶将军为蓝本。而这之后的工作，就是要像岛上的诗人"美男子"尼古拉斯所做的那样，虚构出拿破仑的经历（从上台直到被英国人挫败）。这个任务自然而然地落在了作家夏多布里昂身上。他决定写一部以拿破仑为真正主角的"回忆录"。另外，列文王妃承诺虚构拿破仑和他妻子之间的通信，在其优秀得近乎神话的"政治领袖"形象之外，将其表现为一个完美的丈夫。而为了使这个形象不至于完美到"不真实"，其"性格"上的不完美以及作为男人的"生理特征"方面的缺陷，则由当时在场的女性，比如汉密尔顿夫人、关键人物阿格尼斯等参照各自的情人和丈夫进行虚构，因为"如果除了把他塑造成一个战场上的征服者，我们还让他成为床上的胜利者，那么他的魅力就没人抵抗得了了，同样也就没人会相信了。真正的人性在于不平衡"(IJC,337)。

而通过叙述者的这种颠覆和演绎,历史上看似真实的有关拿破仑的文本被合情合理地假设成虚构,因为文本的虚构性是合法的,但是一旦这些文本被用来佐证历史,比如拿来当作书写拿破仑历史时的"参照物"(IJC,264,331),后者的真实性就遭到了怀疑和解构。叙述者正是借助两个时空的交错,将真实的历史人物和虚构的人物编织在一起,利用文本和历史之间这种可疑的关系,完成了自己对阿里阿德涅的承诺。

二、两个叙事层

小说中,叙述者"我"给阿里阿德涅写情书的过程和他讲的这个故事交织在一起。读者随着一封封情书见证了第一叙事层的三角爱情关系是如何发展的,也感受到这种感情的变化是如何影响了第二叙事层这个"剧中剧"的架构过程。

热奈特结合约翰·巴斯的分类,把第二叙事层对于第一叙事层①的作用概括为六类:解释功能,预言功能,纯主题功能,说服功能,消遣功能,阻塞功能。而实际上,两项合并之后,还是他之前所说的三种基本类型的分类标准,即:"第二叙事追述它干预的故事情境产生的原因或前事,完成解释的功能〔……〕;第二叙事讲述故事,通过**纯主题**、**对照**或者类似关系把它与故事天地(diégése)中的故事联系起来〔……〕;第二叙事与主题无直接关联,仅以叙述行为本身的效力在故事中起作用。"②

而在《岛屿》中,两个叙事层之间的关系是错综复杂的,很难用某一种

①　热奈特在区分叙事层时,使用了"初始叙事"(first narrative)和"元故事叙事"(metadiegetic narrative)的概念。他在此所说的"元故事叙事",指的是"叙事中的叙事",其实就是指第二叙事层,那么相对应的"初始叙事"即指第一叙事层。而"元故事"的前缀"meta-"可以和其他词构成许多概念,比如在利奥塔的后现代主义理论中提到的"元叙事"(meta-narration)指的是具有合法化功能的大叙事,比如关于人类解放、思辨理性等追求"绝对本质"或"一般规律"的叙述;而在逻辑学和语言学范例中所说的"元语言"(meta-language)的概念,则是指一种"在其中谈另一种语言的语言",以此逻辑类推,似乎"元故事"应该是在其中讲述第二叙事的第一叙事。因此为了避免概念的混淆,我们在此使用"第一叙事层"和"第二叙事层"的概念来代替"初始叙事"和"元故事叙事"。

②　热奈特.叙事话语　新叙事话语.王文融,译.北京:中国社会科学出版社,1990:244-245.

类型来概括。其中最显而易见的关系在于第二叙事层的叙事行为本身所具有的一种如热奈特所说的说服和阻塞功能,也即类似《一千零一夜》里的套嵌故事所起到的"推迟死期"的作用:第一叙事层的文学教授"我",也即叙述者,迟迟不肯说出故事的结尾,希望通过这个故事吸引阿里阿德涅的注意力,并延长两个人在一起的时间。但是这个在作品中,除了有很明显反映并被许多评论者认识到的关系之外,两个叙事层的主题和相似性的对照关系也不容忽视,甚至可以说是隐藏在纯叙事行为"阻塞功能"之下的更为重要的关系。在此,我们首先要分析的,就是两个叙事层之间的"靠拢触碰"的互动,即热奈特所说的"换层讲述"。

我们知道,在《岛屿》中,两个叙事层的关系就叙事行为本身来说,虽然类似《一千零一夜》那样,讲故事人迟迟不肯说出"拿破仑被如何虚构出来"这个故事的结尾,但是他并没有像山德鲁佐那样,一次性讲出故事的开头和中间,而是把故事穿插在"情书"中,两者同时进行,读者很难在字里行间的自由转换中划分一个"第二叙事层开始了"的明确界限。在热奈特看来:

> 在初始层,一个故事外叙述者理所当然并毫不含糊其辞地面向一个故事外受述者讲话。也许产生施洛米思·里蒙预料的"叙述含混"并不那样容易,原因大概是言语结构和写作惯例没有给它留下多少余地。叙事中插入另一个叙事时很难不标明这个行动,因而很难不以初始叙事[1]自称。[2]

确实,在《岛屿》中,虽然作者以高超的写作技巧每次都能不动声色、自然而然地使叙事从叙述者所在的"现实"转入其虚构的故事中,完成从第一叙事层到第二叙事层的转换,而并没有给读者造成生硬、突然之感,但是确实如热奈特所言,细心的读者只要稍加注意,总能发现转换的那一瞬间,比如:

---

[1] 也即"第一叙事层"。
[2] 热奈特. 叙事话语 新叙事话语. 王文融,译. 北京:中国社会科学出版社,1990:242.

我问你是否愿意到木屋里来。"我愿意啊,为什么不呢? 我家里冷清得让人受不了。尽管有时候你可能不信,但是你的陪伴真的很有用……你的陪伴和你的那些故事。"我用力地抓住了你递过来的这根纤细的绳子:"说到故事……我今天有个发现……"(IJC,264)

以及:

　　不久之前我们刚刚互道了晚安,你困了,我却全无睡意。你房间的门关着,从我半开着的房门,我看着壁炉里残余的炭火,感觉到它是如何吸引着我,牵动着我。作为对这种召唤的回应,火光中难道映不出更多的景象吗? 因为就是在那个遥远的昨天,也有一个人这样爱着另一个人,对方却并不爱他。他就是阿斯卡尼奥,为什么不可以是他呢? 一开始我们对他充满反感,我们让他扮演童话故事中坏人的角色。然而,[……](IJC,281)

　　在以上两段中,都有一句话(我们用下画线标出的句子)起到了关键的承上启下的作用,将叙事从第一层带入第二层。第一段中,"我"借着阿里阿德涅的话头,将谈话转入了接下来对故事的叙述上;而在第二段,习惯于借助壁炉的火光映现出自己故事场景的"我",在阿里阿德涅离开之后,孤独之中由自身想到了同病相怜的虚构故事的主人公阿斯卡尼奥,开始继续有关这个人物的叙事。在上述这些换层讲述的过程中,读者总是知道哪些叙事属于"真实世界",哪些属于"虚构世界",两个叙事层仍然保持井水不犯河水的状态。也就是说叙述者"我"所处的"现实"和他的"虚构"之间泾渭分明,保持着各自本体层所具有的特征。

　　而有些时候,这种转换则带有一些奇幻色彩:

　　然而当壁炉像一个幕布那样拉开时,我意识到我的语气非常激动,我紧靠着你膝盖的头也感受到你的微微颤抖,你看到了黎明时分乳白色的薄雾,看到在你脚下翻滚着的是大海,你自己的大海,你出生的那个大海，尽管你并没有自贝壳而生，却有着一样的美貌①。快看啊，阿里阿德涅！在黎明的灰暗中，一艘泛着天竺葵珍珠母光泽的小船正在航行［……］(IJC,139-140)

在这一段中，两个叙事层的界限出现隐隐的模糊，阿里阿德涅故乡的海域和戈尔戈纳岛所在的海重合，不可思议地展现在"现实"中两个主人公的脚下。尽管阿里阿德涅的希腊裔身份确实使得这种重合合乎逻辑，而所谓"展现在脚下的大海"的形象也可以归于叙述者的"文学性"比喻手法，但是，当"我"并非玩笑，也并非"文学性比喻"地邀请阿里阿德涅来一次戈尔戈纳岛之旅时，小说便出现了热奈特所说的对叙事界限的"违犯"：

你就这样听着我讲故事，脸上带着一种既觉得好玩又不太相信的微笑，就好像说："但愿这么美的一个故事是真的。"但是当我跟你说我们可以一起做个试验，不仅仅是看到整个故事，而是飞越整个故事上空，你却拒绝了……好吧，你并没有断然地回答说"不"，而是说你觉得还为时过早，说你还没有做好心理准备，最好是对此提议再好好斟酌一下［……］(IJC,121-122)

阿里阿德涅拒绝这个从"现实世界"到"虚构世界"的邀请，仅仅因为她"并没有做好准备"，仿佛丝毫没有考虑其中的"荒谬性"和"不可能性"。而两个人后来确实完成了这次看似不可能的奇异旅行（或说飞行）：

一切准备停当之后，事情就容易了；把那些文学评论抛掷脑后之后，我问你是选择静静地观看还是飞行。你问我我们是否可以跟那三姐妹②一样，我回答说，我们用的是跟她们类似的方式，却又不大

---

① 传说希腊神话中的爱与美之神阿芙罗狄蒂自大海中的贝壳而生。

② 指阿斯卡尼奥的三个像巫婆一样的姨妈，她们已经先于第一叙事层的人物，从自己的"虚构"世界跑出来，变成大鸟在叙述者和阿里阿德涅所在的小岛的夜空盘旋巡逻，继续履行她们的"道德监督职责"。

175

一样：我们不是在模仿鸟的飞行或者巫婆的飞行，我们有我们自己的风格，没什么惊人的地方，非常简单、实用：手拉着手，双脚一跳，就到空中了［……］当我跟你这么说着的时候，我们已经穿过了火苗，在洁净透明的空气中朝着处于远方的晨曦边缘最黑暗之处的岛屿飞行［……］(IJC，201-202)

"作者（或读者）进入叙事的虚构情节，或当虚构人物来干预作者或读者的故事外存在时，这样的闯入至少搞乱了层次的区别。"①热奈特认为，这种行为是"故意违犯我们称之为**换层讲述**的插入界限"。而在布莱恩·麦克黑尔看来，这种对各个叙事层界限的故意违犯实际造成了一种"短路"：

> 虚构世界层和作为虚构世界创造者的作者所在的本体层两者同时崩塌，结果类似于本体结构发生了短路。逻辑上来说，这样一个短路是不可能发生的；但事实上这样的事情经常发生，或者**显得像**是发生了。［……］这种手法是后现代主义写作的一种**套路**：作者和他的人物正面相遇。②

这类叙事层之间的"短路"，我们在作者的《启示录片段》《J. B. 萨迦/赋格》《唐璜》等作品中也经常看到。除了 GTB 本人提到过的乌纳穆诺、皮兰德娄，甚至是塞万提斯的作品，这种"短路"在其他后现代作家如苏克尼克、冯内古特等以及现代主义作家贝克特的作品中也都曾出现过。麦克黑尔认为，这种"短路"其实并不会真的发生，而只是"假装"发生，"作者和他的虚构世界内部的本体层界限是绝对的、不容穿越的"③。

在热奈特和麦克黑尔的叙述中，发生"层次混乱"的是作者所处的世界和其笔下的虚构世界之间"界限的消失"，比如皮兰德娄笔下的"六个寻找剧作者的角色"和乌纳穆诺笔下的奥古斯都·佩雷斯。这些人物意识

① 热奈特. 叙事话语　新叙事话语. 王文融，译. 北京：中国社会科学出版社，1990：242.

② McHale, B. *Postmodernist fiction*. London：Methuen & Co. Ltd, 1987：213.

③ McHale, B. *Postmodernist fiction*. London：Methuen & Co. Ltd, 1987：215.

到自己被虚构的身份，跳出自己虚构的世界而和他们的作者产生了交流：奥古斯都·佩雷斯作为虚构人物，向自己的作者乌纳穆诺本人提出抗议；而在皮兰德娄的作品中在舞台上排练的正是皮兰德娄本人的剧目（尽管这也是一个虚构情节，皮兰德娄到底有没有写过《各司其职》这个剧本，我们不得而知）。正因为在这样的作品中，叙述者自称作者本人，作品又没有明显的受述者，而直接指向现实生活中的读者（或者隐性读者），使得读者在阅读的过程中对这种看似不可能发生的"穿越"感到神奇。比如福尔斯的《法国中尉的女人》之所以成为评论者惯用的绝好例子，正是因为作品的叙述者被视为作者本人。而造成两者之间被画上等号的原因有很多，可以理解为是作者有意为之，或者是叙述者自然而然地在叙事中以作者自居，抑或是读者或者评论者按照福尔斯所戏仿的维多利亚时代的小说惯例那样来理解"叙述者"，认为他就是作者本人。此时叙述者对小说结局的更改似乎像是作者福尔斯本人所为，因而产生一种热奈特所谓转叙概念中的"上升越界叙事"，即"作者干预自己的虚构（作为表现其创作能力的修辞法）"①。

　　在科塔萨尔的一部篇幅极短的短篇小说《花园余影》（*Continuidad de los parques*）中，绿色天鹅绒沙发上的一位阅读者读到一场将要到来的谋杀：一个男人拿着匕首从后面靠近了坐在绿色天鹅绒高背椅上正在阅读的一个男人露出来的头颅。一部小说的读者和这部小说里的人物产生了交集：在我们这些真实读者所读的这部小说里，一个正在读一部小说的男主人公，竟然要被他所读的小说里的男主人公杀死。从小说叙事层的结构来看，《岛屿》中的"层次混乱"更接近《花园余影》而不是皮兰德娄和乌纳穆诺的作品。因为在《岛屿》和《花园余影》这两部小说中都有两个叙事层，且都是作者本人（GTB 和科塔萨尔）虚构出来的，只是其中一个由于叙述者言之凿凿的表现，看起来像是"真实"的，而另一个却只是"一部小说"或者"一个故事"，因此明显处于"被虚构出来"的地位。尽管在《岛屿》中，第一叙事层中的叙述者以第一人称"我"进行叙事，这个叙述者也

---

① 热奈特.转喻从修辞格到虚构.吴康茹,译.桂林:漓江出版社,2013:26.

从真实的作者 GTB 身上借用了很多特征（或者说真实的作者借给这个叙述者自己的某些特征），但他并没有自称 GTB，也没有像福尔斯在《法国中尉的女人》中那样，跳出"虚构层"而对现实生活中"亲爱的读者"说："你在前面读到的最后几页并非是真实发生过的事情……"①这个第一人称叙述者"我"的受述者"你"并不是真实世界中的我们这些读者，而是跟他同属一个叙事层的阿里阿德涅。这个所谓的"真实世界"与叙述者"我"所虚构的世界戈尔戈纳岛都是作者 GTB 本人的"虚构"，而同为"虚构"的第一叙事层只有和第二叙事层产生关联，才有可能被视作具有这种假设的"真实性"，从而在两者之间产生一种像《花园余影》中的那种"真实读者"与"虚构人物"共处一个空间的颇有"魔幻"性质的越界。

因此，我们上文所提到的《岛屿》中的两个叙事层发生的"短路"貌似是"真实世界"和"虚构世界"的越界，其实都发生在小说虚构的内部。热奈特认为，这种对叙事层界限的"违犯"造成的"混乱之大远远超出简单的技术上的'含糊不清'：它只能属于幽默（斯特恩、狄德罗），神怪（科塔萨尔、比瓦卡萨尔），或二者兼而有之（当然指博尔赫斯）"②。也正如他后来在《转喻从修辞格到虚构》中指出的那样，"大部分具有转叙性质的虚构都具有魔幻表现形式特征"③。在《岛屿》的这种既"幽默"又"神怪"的叙事游戏中，当"我"和阿里阿德涅从"芟除风信子的岛屿"进入另一个时空的"戈尔戈纳岛"游历了一番后，"我"进一步邀请阿里阿德涅进入虚构人物阿格尼斯的内心世界去一探究竟，她还是拒绝了，理由同样是意愿上没有做好准备，而不是其"不可能性"：

> "你愿意的话你进去吧，我在外面待着，不是在我们以为我们正待的这个寡妇弗尔卡奈利家外面，而是在我们自己的木屋里，那里才是我们真正待的地方，我们不应该从那里出来。"然后你就消失了，阿里阿德涅，像梦中的影像一般消失了。谁又知道你到底是不是

① 福尔斯. 法国中尉的女人. 陈安全，译. 海口：南海出版公司，2014：347.
② 热奈特. 叙事话语 新叙事话语. 王文融，译. 北京：中国社会科学出版社，1990：242.
③ 热奈特. 转喻从修辞格到虚构. 吴康茹，译. 桂林：漓江出版社，2013：24.

呢！[……]我就这么让你走了。而当你在小木屋中睁开眼睛，我那时已经进入了阿格尼斯的意识中。(IJC,211-212)

尽管之前已经发生了两个"世界"的人物穿越边界来到不属于自己的领地，但是"边界"依然存在，"穿越"的只是人物。然而在上述场景中，"真实世界"和"虚构世界"之间不再像先前一样有着明显的界限，而是重合在一起："我"和阿里阿德涅身处第二叙事层戈尔戈纳岛，躲在阿格尼斯居住的寡妇弗尔卡奈利(Fulcanelli)家的一个房间，从暗处观察阿格尼斯。但是当阿里阿德涅拒绝进入阿格尼斯的内心世界时，她所处的位置从弗尔卡奈利的房子瞬间幻化(或说还原)成"真实世界"中她和"我"居住的木屋。而小说的叙述在此时故意制造了一种含混：叙述者"我"并不确定阿里阿德涅是否就是梦中的影像。两人真的进行了这场时空飞行吗？还是这一切只是叙述者"我"的幻想？是否作为一个文学家，在假想中他把对自己如此重要的女性编织进了自己的虚构故事中？如果在戈尔戈纳岛出现的阿里阿德涅只是一个梦中的影像，那么有没有可能在"真实世界"的她也是一个幻象呢？而叙述者本人真的如他所描述的那样从"真实世界"亲自进入到自己虚构的世界中去了吗？接下来我们有必要对这个叙述者本人做细致的分析，切入点正是小说中几个在某些方面都和这个叙述者产生"靠拢触碰"互动的主要人物。

第二节 "同义反复"的叙述者

英国女作家拜雅特(A. S. Byatt,1936—)在1990年出版的震撼欧美文坛的《隐之书》(*Possession:A Romance*)中，虚构了一个"维多利亚时代的著名诗人"艾许，一并虚构出来的是他的诗歌和爱情，以及他的研究者。该书荣获英文小说最高奖项"布克奖"。这种虚构出一整套虚构的作家、虚构的作品以及其虚构的研究者的行为，我们在波拉尼奥等作家身上都曾见到过。GTB 在《岛屿》中所做的相似的事情被放置在一个更为复杂的"双重虚构"装置中：GTB 不仅在叙述者"我"虚构的"虚构世界"里虚构了"著名的英国诗人"罗纳德·西德尼爵士、他的情人阿格尼斯、诗人的诗集以及阿格尼斯的书信，还在另外一个配套虚构的"真实世界"中留下线索，使得围绕着诗人的诗歌和爱情的一些神秘的不为人知的秘密在图书馆和档案馆里有迹可循。这个虚拟的诗人不仅有"真实"的后代——叙述者"我"的同事、历史学教授阿兰·西德尼，还有一个大名鼎鼎的研究者阿尔贝托·卡埃罗①。

GTB 安排叙述者"我"在翻译阿尔贝托·卡埃罗对西德尼的评论时不是逐字逐句的，而是谨慎地删减并选择合适的词语，以便"使羊群守护者愉悦"（即基督）：

> 在整个诗歌史中，很难找到像罗纳德·西德尼爵士这样一个对身居现实世界表现出如此明显的不安和不适的诗人。给人留下的印象仿佛是世间事的存在会使他产生焦虑，让他感觉不快乐，感觉自己被强行塞进了一个不可理喻的世界，因此他想要马上用一个他虚构的东西来替代之，从隐喻到形而上，并且时常超出比喻和夸张的限度。很明显，一艘玻璃瓶中的帆船、一次不错的交媾只能是一艘玻璃瓶中的帆船、一次不错的交媾：每样东西，每个人，也就是你和我，里卡多和阿尔贝托，都不可避免地是自身的同义反复。然而任何一个事实，投射到西德尼的世界里，帆船或交媾，只要一点点诗意的可能性，就不再是它曾经是的东西，并开始一个不断上升变形的过程，直至利用语言这个伟大的窝藏犯的共谋而达到顶峰，如此一来，帆船就变成了一个被羁绊的年轻人的命运，交媾之中颤抖的正是整个宇宙。（IJC，293-294）

在这个虚构的佩索阿对虚构的诗人所做的虚构的评论中，无论是他

---

① GTB 在此借用了佩索阿的其中一个异名者。

本人所坚持的"同义反复"，还是作为对立面出现的诗人所坚持的"比喻"，起作用的都是语言的力量。显而易见的是，叙述者"我"并不反对这种力量所带来的这种"遮盖"和"变形"，即"一种诗意的可能性"。他在文中对阿里阿德涅说："亲爱的阿里阿德涅！没有比喻的现实明显是不充分的！"(IJC,310)而这无疑是 GTB 本人创作理念的反映。安吉尔·娄瑞罗也意识到 GTB 在《岛屿》中使用的炉火纯青的这种"语言"的神奇"变形能力"。①

但是，GTB 借着肯定西德尼爵士在诗歌中运用"比喻"来表达自己的创作理念时，他实际想要提出的则是佩索阿的"同义反复"的概念。在GTB 自己的"异名"系统中，不得不提的就是 J. B. 。在作者的成名作《J. B. 萨迦/赋格》中，主人公何塞·巴斯蒂达和他幻想出来的五个"分身"有着不一样的身份、性格和名字，但他们名字的缩写都是 J. B. ，而故事所在地卡斯特罗福尔特·德尔·巴拉亚的历代拯救者的名字缩写也是 J. B. 。这种和西德尼爵士完全相反的理念在于，即使不同的东西，其本质上也是一个东西，就好像无论是阿尔瓦罗·德·坎波斯、阿尔贝托·卡埃罗还是里卡尔多·雷伊斯，都是佩索阿本人。

在《岛屿》中有一个重要的人物，那就是叙述者"我"的一个神奇的朋友——自称"伟大的科普特"(el Gran Copto)的卡里奥斯特罗(Cagliostro)②。卡里奥斯特罗是叙述者"我"在纽约认识的四个"不朽者"之一，也是对"我"影响最大的一位。《岛屿》中两个叙事层之间的"短路"，尤其要仰仗这位神奇人物。而他的原名就是"Giuseppe Balsamo"，法语为"Joseph Balsamo"，西语则是"José Bálsamo"(何塞·巴尔塞摩)，又是

---

① Loureiro，A. G. *Mentira y seducción*：*La trilogía fantástica de Torrente Ballester*. Madrid：Editorial Castalia S. A. ，1990：273.

② 这个人物历史上确有其人，是活跃于法国大革命前夕的一个冒险家、神秘学家和江湖术士。歌德、大仲马以及俄国的阿·托尔斯泰等都写过关于这个神秘人物的作品，比如歌德的喜剧《伟大的科普特》(*Der Groß-Coptha*)，大仲马的《巴尔萨莫男爵》《王后的项链》，阿·托尔斯泰的《卡里奥特斯特罗伯爵》等。而在后现代主义作家翁贝托·艾柯的另一部和《玫瑰之名》风格相似的关于中世纪圣堂武士的小说《傅科摆》(*Foucault's Pendulum*)中也多次提到这个据说学过巫术、拥有召唤灵魂能力的传奇人物。

一个 J. B. 。GTB 的研究者们也都注意到了西语中 J. B.（赫塔贝）和 GTB（赫特贝）在发音上的相似性，GTB 对自己的这套"同义反复"的游戏乐此不疲。而在《岛屿》中，作者运用他一贯的戏仿手法，为叙述者"我"也安排了许多"同义反复"的人物——他的戴着面具的"异名者"们。

一、叙述者和真实的现实(作者 GTB)

在 1966 至 1972 年间，GTB 曾作为客座教授在美国纽约州立大学奥尔巴尼分校教授西班牙文学。这段时期的一些经历被《岛屿》所借用，这一点是显而易见的。其中最重要的便是其中的叙述者"我"的身份：同作者本人一样，"我"也是一个来自西班牙、正在美国某大学教书的已经过了青春年华的文学史教授，一个想要成为舞枪弄剑的"湖上骑士兰斯洛特"的"疲惫的"教授，却因为"一生中只会耍笔杆子"而只能成为"字典骑士兰斯洛特"(IJC, 250)。可以说，这个叙述者同《唐璜》《J. B. 萨迦/赋格》《启示录片段》的叙述者比较起来，是和作者身份重合度最高的一个。

如果说在之前的作品中，GTB 给予叙述者的是他自己的"文学上的身份"，那么在这部作品中，他不再坚持"不给他任何有关我个人真实经历的东西"(CVV, 58)，而是留下了蛛丝马迹。比如文中叙述者"我"的神奇朋友卡里奥斯特罗准备带他来一次时空之旅，去一探历史的究竟，"我"没有选择伟大的历史时刻，而是提议道：

> 如果您不介意的话，先生，我倒是愿意目睹一个非常微不足道的事件。它发生在一个加利西亚的村子里，在一条河边，大概半个多世纪之前吧：确切地说是 1910 年 6 月 13 日。那天诞生了一个婴儿，我比较想看一看[……](IJC, 59)

文中出现的"1910 年 6 月 13 日"这个确切得异乎寻常的日期，正是作者 GTB 本人的生日。尽管出现了如此显而易见的身份重合，但是这段叙述却非但没有增加"叙述者"就是"作者"本人的确定感，反而起到了完全相反的作用。这其中最大的矛盾在于,一个来自真实世界的如此确切的出生日期,却出现在最不可思议的"时空旅行"的篇幅之中。因此这个"线索"增加的是"虚构感",而不是"现实感",叙述者依然是"剧中人",是和阿里阿德涅、克莱尔,甚至第二叙事层的阿斯卡尼奥、阿格尼斯等人地位相同的"虚构人物"。

现代读者已经习惯了文学作品中以不同人称出现的"叙述者"以及聚焦点不同的各种"叙述视角",从无所不知的"全能叙述者"的"全知视角",故事外的第三人称叙述者客观的"戏剧式视角"直到各类作为主人公或见证人出现的故事内,或故事外的第一人称叙述者和视角。而《岛屿》发表的年代,正是各种叙事学理论层出不穷的时代:韦恩·布斯的《小说修辞学》发表于1961年,1983年发行了第二版;格雷马斯的《结构语义学》于1966年问世;罗兰·巴特1966年发表《叙事作品结构分析导论》;热奈特1972年发表《叙事话语》,1983年又撰写了《新叙事话语》;查特曼1978年发表了《故事与话语》;翁贝托·艾柯的《读者的作用》发表于1979年;杰拉德·普林斯的《叙述学》则发表于1982年。

我们不妨从叙事交流的模式出发来分析一下《岛屿》中这个身份模糊的叙述者。查特曼将叙事交流模式"作者—文本—读者"中的"文本"部分细化为"隐含作者→(叙述者)→(受述者)→隐含读者",从而使整个叙事交流表现为"真实作者→隐含作者→(叙述者)→(受述者)→隐含读者→真实读者"[①]。从这个叙事交流模式中我们不难看出,《岛屿》中的"我",正如GTB其他作品中类似的叙述者一样,只不过是作者的一个文学虚构手段,一个以第一人称出现的叙述者而已(而阿里阿德涅则很明显是受述者),他甚至都不是"隐含作者",更不能和"真实作者"等同。但不可否认的是,"叙述者"和"作者"之间这种如此显而易见的密切关系。如果我们跳出《岛屿》这部作品就会发现,GTB借用"叙述者"和"作者"之间的这种暧昧关系,用一种奇特的手法,把我们所处的现实世界变成除了作品内部界限经常被打破而造成热奈特所说的"越界"的第一和第二叙事层之外的

---

① 申丹,王丽亚.西方叙事学:经典与后经典.北京:北京大学出版社,2013:70.

第三个叙事层。当然,从三者之间的关系来看,这第三个叙事层应该位于第一和第二叙事层之上,我们不妨直接称其为"现实世界的叙事"。

古往今来的文学作品中,"叙述者"看起来像"作者"的小说比比皆是。而GTB采取了一种完全反其道而行之的方法:他使作者自己看起来像是《岛屿》中这个虚构的"叙述者"。在1977年出版的《作品全集》中,作者写下了一篇颇有自传意味的长达99页的前言,其中提到了自己在纽约参观时碰到的一个奇特人物:

> 对于我表现出来的对阿比西尼亚人①的绘画的兴趣,他以一种非常生动的、带着几乎机械化的精确度向我描述了另一次他是如何看到他们当中的一个正在绘画的过程;因为我跟他说我喜欢的是古代绘画,他回答我说他正是在大概7世纪时看到那些人正在作画的,当时这句话忽然给我一种感觉,仿佛自己被推进了一个不真实的世界,连帝国大厦的塔楼在那个时刻美丽、清晰的景象都不足以把我从中拉出来。而当那个家伙接下来说出来一句让我连反应时间都没有的使人大为惊诧的话时,这种感觉更强烈了。他说:"我叫阿哈斯韦卢斯②,您听说过这个名字吗?"[……]"是的,有点印象。"我们陷入了沉默,然后他微笑着看着我,问道:"您是哪儿的人?""西班牙人。""您心存偏见吗?""不,当然不。""那么害怕呢?""这个么,您看到了,是的。""那么,我就不请求您和我进行一次肯定会使您感兴趣的远足了,但是一次小小的散步还是可以的,就在前边这里。"他指了指咖啡馆:"允许我请您喝一杯吗?""好的。"他这也不是客套话,于是我们站起身来,他挽起了我的胳膊。(OC,88-89)

而在《岛屿》中,叙述者"我"的四个神奇的"不朽者"朋友中,除了上文

---

① 埃塞俄比亚人的旧称。

② 永世流浪的犹太人阿哈斯韦卢斯(Ahasuerus),因拒绝善待受刑前的耶稣而遭到后者的惩罚,被罚永世流浪,不能死去。法国作家欧仁苏(Jean d'Ormesson)写过一部小说——以阿哈斯韦卢斯为主角的《永世流浪的犹太人史》(*Histoire du juif errant*,1991)。GTB将其写作"Ashaverus"。

提到的"伟大的科普特"卡里奥斯特罗，还有一个就是这个犹太人阿哈斯韦卢斯：

> 在不久前的某时某处，我曾经叙述过我某天下午在纽约和犹太人阿哈斯韦卢斯认识的过程，为了避免引起惊讶或嘲笑，我不记得曾同任何人私下里或公开地讲过此事。我猜很少有人看过我讲述这件事情的那些文字，就是出自我的自传的那些，而不是令人愉悦的虚构的那些……我当时讲述了我和阿哈斯韦卢斯一个秋天的下午在纽约的一家咖啡馆里遇见，从那时起我们之间就产生了一种持续至今的奇特的友谊……阿哈斯韦卢斯不写故事（历史）[1]：他两千多年的生命本身就是故事（历史），以一种最离奇的方式，在最意想不到的地方，藏在任何人都想不到的蹀跹的名字后面。(IJC, 48-50)

上文两段话前后呼应，都提到了这位神秘的阿哈斯韦卢斯，前者出现在真实世界中，GTB 的《作品全集》的前言中，后者出现在《岛屿》叙述者的叙述中。在《作品全集》[2]的"前言"写作的年代，尽管读者知道阿哈斯韦卢斯这个人名所代表的意义，但还不能得出这样的结论，即其中提到的"一次肯定会使您感兴趣的远足"是一场未完成的神奇的时空之旅。直到阿哈斯韦卢斯再次以确切的"流浪的犹太人"身份作为叙述者"我"的朋友出现在《岛屿》中，这个时候我们才发现另外一个高于第一和第二叙事层的叙事层的存在，那就是我们的真实世界。写下《作品全集》前言的确实是作者 GTB 本人，但是他却把自己所处的真实现实"虚构化"，或说"叙事化"了。这种各个本体层界限的模糊和消弭造成了更大的"混乱"。如果说在皮兰德娄那里，人物所试图寻找的"作者"离我们的真实世界还有一层，那么在《岛屿》中，作为人物出现的阿哈斯韦卢斯则同真正的读者打交道。也许这个时候才是麦克黑尔所谓的"短路"的发生：真实的现实成为

---

① 西班牙语中"historia"既有"故事"，也有"历史"的意思，GTB 在此无疑是一语双关。

② 这部 GTB《作品全集》出版于 1977 年，收录的是作者 1977 年以前的主要作品，而《岛屿》则发表于 1980 年。

另一个"叙事层",同小说内部的叙事层发生"短路"。作者本人使自己成功化身为叙述者,两者同为"剧中人",成为平行的"异名者"。

二、叙述者和第二叙事层(阿格尼斯)

阿格尼斯是诗人罗纳德·西德尼爵士的情人。这是一个传奇的女人,拥有以镜子为媒介看见过去和未来的"神奇能力"。阿格尼斯身上最大的特点,就是她丰富的想象力和语言能力。这种特质使她和作者GTB本人以及小说的叙述者"我"之间形成了一种观照。在《岛屿》中,正如叙述者和作者之间似是而非的重合关系一样,阿格尼斯和作者GTB之间也有一些奇特的相似性。童年的阿格尼斯居住在一个日渐没落的豪宅之中:

> 在她的周围充斥着偷情、毒杀、阴谋、圣洁和堕落;年轻时卖弄风情的祖母们如今穿着孝服,神态庄严地念诵着祈祷文,酸腐的独身姨妈们互相争吵、威胁,放荡的兄弟们彻夜狂欢,下人们毫无顾忌地偷盗,而聚在门厅的乞丐们则在她的脑子里塞满了古老的故事,那些发生在那个湖边还无人居住、海上流浪着尤利西斯的遥远年代的故事。一个疯疯癫癫的老师教会她几种高雅的语言,给她灌输了欣赏绘画和音乐的好品味,教她背会了那些已经死去的诗人的诗篇,让她在夜晚裏在随手捞来的氅子中面对整个熟睡中的城市大声地念诗。他也给她讲爱情和英雄主义,讲自由和冒险,并用一种充满诗意的同时也不失确切的话语描绘了一个已经成年的阿格尼斯的未来。这个未来,她之后在同样的镜子中寻找,却并没有找到。(IJC,65-66)

《岛屿》发表两年之后,GTB出版了自己的童年自传《达芙妮与梦幻》,讲述了自己童年在祖母家老宅的生活经历。因为父亲参加海军而常年不在家,年幼的GTB一直在祖母家生活。西班牙北部加利西亚的农村本身就充满各种奇幻色彩,我们看到童年的GTB周围同样围绕着姨妈、祖母以及各种神奇的故事。他从小就不合群，喜欢在宅子里神秘的庭院、房间、廊柱和塔楼里独自幻想，欣赏大自然的光影和声音。在这个日渐没落的大家族里也充斥着种种古老的传说和各种正在发生的故事，这些在小贡萨洛看来充满神奇的故事或悲伤或快乐，或丑陋或美好，或虚幻或真实，它们交织在一起，彼此之间界限模糊不清。这种童年经历以及它对作者以后生活的影响和上文所说的阿格尼斯非常相似。在《岛屿》中，GTB不仅按照自己的某种特征塑造了自己的"异名者"——叙述者"我"，而且委托他在另一层虚构世界里塑造了同样喜欢幻想和虚构并相信语言的强大魔力的阿格尼斯："世间一切重要的东西都归纳在语言中，语言能够开启也能够关闭，能够束缚也能够给予自由！"(IJC，71)

阿格尼斯在戈尔戈纳岛居住的正是曾经来过小岛的西德尼爵士住过的房间。她通过房间的镜子得知了诗人和一个叫作伊内斯（Inés）的女孩之间的秘密爱情。诗人称她为阿格奈斯（Agnés）。这个女孩后来不知所终，据说是成为得了麻风病的神秘领袖卡尔瓦诺的性爱牺牲品。阿格尼斯因此假装自己就是西德尼的诗集《情色旋律》（*Melodías Eróticas*）的女主人公。她在写给别人的信件中虚构了自己和西德尼之间的爱情故事，并把他的诗歌穿插在其中，造成这些诗歌都是献给她的错觉。这些信件成为后来研究诗人生平的唯一材料。而诗人诗歌中出现的"阿格奈斯"（Agnés）和阿格尼斯本人名字（Agnesse）之间的差异被研究者们认为是诗歌从英语到意大利语的转换中习惯的改写而没有引起过多的怀疑。

阿格尼斯和她的直接创造者——叙述者"我"——不仅仅在风格上相似，比如都喜欢幻想和虚构，两个人所使用的媒介也很相似：阿格尼斯使用镜子，而叙述者使用火苗。

　　一切都破败了，唯有镜子没有，随处可见的巨大的镜子，来自威尼斯的最上等的收藏品，竖式的长方形的，圆形的，椭圆形的……不知因何而起，也不知因谁而起，阿格尼斯从一面镜子跑到另一面镜子，不知不觉间，就好像最自然不过的事情那样，她学会了发现隐藏在镜子深处的秘密；这面镜子里有一幅卧室景象，那面镜子里是一场音乐会,还有一面镜子里则是一场阴谋或者谋杀,就这样倾听着、观看着,她得以弄清了她的家族历史(故事),以及其他许多故事(历史)。这种奇特的能力一直伴随着她,使她可以像读一本书那样阅读一面镜子,或者像是上剧院那样重复观看里面的表演。(IJC,65-66)

对应这些镜子的是叙述者"我"的媒介——壁炉的火苗:

而我可以通过火苗探寻他(克莱尔)想要寻找的同样的东西,因为我不像他那样顶着个庄严的名头,所以也就跟科学不科学毫无瓜葛,我这么做也不会背叛我的理念;那么我必须得把从火苗中显现的这些景象变作话语,否则它们就毫无用处,因为我的工具就是语言。鉴于我要献给你的是语言构成之物,那么让它们自火苗中而来,还是自你沉睡的身体而来,与让它们自镜中而来又有什么分别呢?(IJC,82)

我们就这样坐在壁炉前,然后我就邀请你以一种没有偏见的心态,全神贯注观看面前的景象,倾听我说的话;我弄不清楚是语言将那些景象从火苗中召唤而出,还是火苗召唤出了我的话语:无论如何,正如你将看到的,在火苗和我的话语中有一种神秘的关系……(IJC,139)

无论是镜子还是火苗,其实都不重要,重要的是语言。就好像在上一章分析《启示录片段》时我们讲到的"钟声"与"石头"之间的关系那样,随着钟声敲响,整个石头之城在浓雾中渐渐浮现出来,仿佛"钟声"具有了创造力,"石头"成为它的造物,而事实上我们知道在虚构作品中,具有这种造物神力的正是"语言",是"想象力"。因此,将阿格尼斯和叙述者"我"联系起来的不是"镜子"和"火苗"的相似功能,而恰恰是语言的力量,是想象力的魔力。

在作品的尾声部分"情书后记以及插曲结局"(Epílogo de la carta y final de las interpolaciones)中,我们也可以看到叙述者"我"对阿格尼斯具有强烈的认同感:此时叙述者最终没能留住深爱的阿里阿德涅,她抛下"我",急切地赶往历史教授克莱尔家过感恩节。"我"也只好收拾行李,黯然准备离开岛上的小木屋。此时第二叙事层的故事还差一个结局,而情书却没有了继续写下去的理由。"我"在这最后的爱的表白中,对阿里阿德涅倾诉衷肠:

> 外面,下着雪,而在客厅,我们的椅子前,壁炉的火苗也许是最后一次跳跃着,我不知道如今是否该称它为我们的小剧场的幕布,尽管我现在是以一种不一样的心情这样称呼它,一种没心情的心情。(IJC,361)

此时的"我"明白无误地表明"火苗"就是"剧场",就是他用语言进行虚构的场所。此时,"我"像是突然从自己的伤感情绪中跳脱了出来,感慨道:

> 唉,<u>阿格尼斯</u>,真不应该在虚构一部小说的同时写情书!(IJC,393)

紧接着,"我"继续转向受述者"你",即阿里阿德涅:

> 现在已经没有时间向<u>你</u>讲述他(卡里奥斯特罗)为什么假扮成神父,装成是戈尔戈纳岛主教的家人了……(IJC,393)

两句话上下相连,初看会以为上一句里的阿格尼斯是作者的笔误或者印刷错误,即把阿里阿德涅误写成了阿格尼斯。在对比多个版本之后,以及从 GTB 习惯多次校对自己手稿的习惯来看,我们认为这两种可能性不大。在这句话出现的时刻,叙述者的身边人去楼空,故事还没有完结,听故事的人却已离开,但是作为虚构故事的作者,他却不得不给这个"插曲"一个"结局"(最后一章的标题即为"情书后记以及插曲结局")。如果此处的说话对象换作阿里阿德涅，"唉，阿里阿德涅，真不应该在虚构一部小说的同时写情书!"，其表达的情绪是一个郁郁寡欢的情人因为对方的离开而哀叹。但文中"我"对着阿格尼斯感叹，则可以理解为这个"奇幻插曲"的讲述者为"情书"已经写完，插曲却还差一个结局而苦恼。此时他不由自主地想起了同病相怜的阿格尼斯，因为两人所做的正是同样的事情："我"在信中虚构戈尔戈纳岛的故事，而阿格尼斯在信中编织和西德尼爵士的爱情故事。两人的内心同样涌动着"虚构现实"的欲望，并成为同样的"讲故事者"。

我们在前文曾经提到，叙述者"我"有一次进入了阿格尼斯的意识，他对自己的所见感慨道：

> 刚到那里，我就意识到围绕在我周围的是令人震惊的巨大财富，意识到我正身处一个巨大的仓库之中，里面所有的东西都不是静止不动、条理分明的，而是不断地涌动、翻腾着。(IJC,212)

而对于作为阿格尼斯(Agnesse)的对应人物出现的伊内斯，也就是西德尼的诗歌真正的讴歌对象阿格奈斯(Agnés)，叙述者兴趣不大，并表现出了对"伪造者"阿格尼斯对偏爱：

> 伊内斯的品格我一点也不感兴趣。[……]但是，对阿格尼斯，我却感到一种更大的吸引力，现在我确信她就是个冒名顶替者。(IJC,214-215)

我们知道，虽然在叙述者所处的"真实世界"里确实有阿格尼斯这个人物，但在他给阿里阿德涅讲述的这个故事中有关阿格尼斯的描述则大多出于自己的想象和虚构。从上文我们可以看出，叙述者无疑是怀着一种惺惺相惜的感情创造了自己的这个女性异名者。他赋予阿格尼斯的这种"善于虚构"的品质实际上是在质疑那种根据考据档案、资料来进行历史编纂的所谓"科学"的手法，并且为自己辩护：如果研究者们一本正经引用的阿格尼斯的书信中所讲述的和西德尼爵士的故事,可以作为诗人生平考据的参考,那么以同样方式写出来的关于"拿破仑是虚构的"这个故事同样可以被用来作为历史编纂的资料,其"真实性"也获得了某种合法性地位。

三、叙述者和第一叙事层(克莱尔)

上文我们分析了叙述者和他的上一个叙事层,也即我们所处的这个现实世界里的作者 GTB 本人的镜像关系,以及和他的下一个叙事层,也即第二叙事层里的人物阿格尼斯之间的"异名者"关系。他们之间"真实"和"虚构","男性"和"女性"之间的对立并没有影响其显而易见的"同义反复"。在本部分中我们将分析的这个"异名者"——历史学家克莱尔,他和叙述者同处一个叙事层,而且两人明显是"情敌"和"对手"的关系。两者之间会出现什么样的"靠拢触碰"呢?

克莱尔和叙述者,一个是历史学家,一个是文学史学家,两个人和阿里阿德涅形成了感情的三角关系:克莱尔对阿里阿德涅若即若离,只是想利用她发现阿格尼斯所隐藏的关于拿破仑的秘密,但是后者却深爱着他,即便他是个"性无能"。而叙述者"我"尽管深爱阿里阿德涅,但阿里阿德涅却总是和他保持一定距离,最后终于离开他而投入克莱尔的怀抱。

虽然作为对立面出现,但是我们不难看出两者之间的看似对立实则休戚相关的复杂关系。首先,尽管因为阿里阿德涅的关系,叙述者对作为情敌的克莱尔没有好感,但他并不否认克莱尔关于拿破仑的结论:

> 但是不管怎么说,我还是想以一种谨慎的态度让你明白,克莱尔凭直觉发现了一个当今的历史科学仍无法论证的真相:拿破仑的不存在。当今的社会还没有做好准备去淡然地接受或至少无法严肃地去对待这么一个真相,因为我确信许多批评克莱尔的人也知道他说的是真的,但同时他们也明白这个真相属于无法公布于众的那种真相之列。(IJC,121)

上文我们说过，叙述者想要以一种和历史学家克莱尔不同的文学的方式讲述一个"拿破仑并不存在"的故事。叙述者认为自己是"以非常精致的反科学的方式、非常精确的诗歌方式，通过对火苗的观察去发现事情的真相，这种方式有着神秘而又古老的名声，盛行于国王还是天生而就的、巫师是被看作智者的，而他们都是全能的年代"（IJC，121）。

而在和阿里阿德涅一起看完克莱尔的作品后，两人的感觉是："我们逐渐被一种精确的数学结构式的叙述以及精确的诗歌表达式的语言所吸引，为如此的才智和感性而迷醉，这种匪夷所思的结果是我们先前完全没有预料到的。"（IJC，41）

在克莱尔的这种"精确的数学结构式"以及"精确的诗歌表达式"和叙述者"我"的"精致的反科学的方式"以及"精确的诗歌方式"的工整对比中，我们可以看出，两者身为历史学家和身为文学家的差别，即前者的"数学结构"和后者的"反科学方式"。但同时我们也看出两者之间的一种GTB显然有意为之的相同之处，即"精确的诗歌方式"。这里出现悖论的是身为历史学家的克莱尔而不是叙述者"我"。因为如果说在文学创作中使用"诗歌方式"是理所当然的话，在历史书写中使用同样的方法则会被自认属于"科学队伍"的历史学界所诟病。同行们对克莱尔的评论是："一个有声望的历史学家和优秀的教授，却通过一种无可指摘的方式拥有了真正的小说家的身份，在对各种文献资料以及翔实的材料进行严谨的分析之后却得出了匪夷所思的甚至是可笑的结论。"（IJC，35）

当"小说家"这个名头被安在一个历史学家头上时，其中的揶揄含义显而易见。但此处也暗示了克莱尔和"我"的某种关联。他们的这种"靠拢触碰"并不仅仅是克莱尔作为历史学家对文学创作的单方面的越界。GTB本人1935年在圣地亚哥·德·坎波斯特拉大学获得的学士学位就是历史学（Ciencias Históricas），GTB也于1936年成为该校古代史的助教。1936年内战爆发时，GTB还获得该校的奖学金，到巴黎去为自己的历史学博士论文做调查研究。1947年他在马德里的海军学校（Escuela de Guerra Naval）教授的也正是世界史，直到1962年因为同其他上百位知识分子联名签署了一个文件，声援罢工中的阿斯图里亚斯的矿工，才被解除了该教职。而后来作为文学家和文学评论家的 GTB 曾写过《西班牙当代文学》和《西班牙当代戏剧》，这样算来，他也算是"史学家"，只不过是"文学史学家"。而《岛屿》中的克莱尔是"学院式的惯例的牺牲品"，与此同时，他的行为也受到他所接受的教育模式的过度约束。这也许是作者本人在作为"历史学家"时的切身感受。"精确的诗歌表达式的语言"可能一直是身为历史学家的 GTB 不能使用的，而身为文学家则能拥有这种强大的武器，那就是这种诗歌表达中蕴含着的"想象的自由"和"语言的力量"。

拿破仑一直都是 GTB 文学创作中的一个主题以及最常使用的人物，比如 1950 年的《长木花园的午后》(*Atardecer en longwood*)以及我们分析过的另一部作品《启示录片段》。在《启示录片段》中拿破仑出现的传奇性不亚于这部《岛屿》：他以《唐璜》中莱波雷约的方式在主角身上附体。作者本人也曾说过：

> 也正是这个时期[指 1940 年]我才意识到拿破仑的意义，意识到他正是我一直关注的那种东西[指权力]的象征，尽管对于我的其他方面[指文学之外]来说拿破仑并不是什么新鲜话题。他的名字和他的形象都刻在我最久远的回忆之中；他一直是我的历史学习和研究中一个偏爱的主题，或者至少在使我感兴趣的为数不多的东西之中。①

也许 GTB 把自己的亲身经历用在了克莱尔这个人物身上。在《岛屿》中，叙述者说道："克莱尔那天跟我说，当他还是小孩子的时候听到了拿破仑的名字，他觉得那个名字既熟悉，又听起来很假，就好像给虚无强加了一个虚无的名字。"(IJC, 42)GTB 本人在《作为游戏的〈吉诃德〉》中就曾经提到命名的"神奇性"，仿佛名字会带来某种质的改变，给完全虚构的东西以"真实感"。而叙述者"我"也正是由于作者本人的这种思想才安

---

① Torrente Ballester, G. Nota autobiográfica. *Anthropos*, 1986(66-67): 20.

排戈尔戈纳岛上聚集的各国的达官贵人们从一个名字开始虚构拿破仑。"您不明白首先需要有一个能够全面地概括他、解释他、表示他的名字吗？一个名字和一个形象，自然而然。"（IJC，331）整个小说中这一重要情节，也即一帮显要虚构拿破仑的过程，叙述者迟迟不肯交代，而是作为故意卖关子的"未解之谜"一直吸引着受述者阿里阿德涅。而正是在作品的末尾终于出场的"重头戏"中，我们得以窥见叙述者"我"和克莱尔之间思想上的一致性。

我们可以想象，如果 GTB 一辈子以教授历史为业，他那丰富的想象力和运用语言去虚构世界的欲望无疑有一天会令他做出与克莱尔类似的事情来。而克莱尔无疑就是那个受到"常规"的影响和束缚而又心有不甘的另一个时空的作者的分身。正如作者在自传《达芙妮与梦幻》的扉页中所引用的诗句那样：

> *Quanto fui, quanto não fui, tudo isso sou.*
>
> *Quanto quis, quanto não quis, tudo isso me forma.*
>
> *Quanto amei ou deixei de amar, é a mesma saudade en min.*
>
> （所有我是的，所有我不是的，都是我。
>
> 所有我要的，所有我不要的，都造就了我。
>
> 所有我爱的，所有我不再爱的，都是我心中同样的向往。）

在破折号后，GTB 写下了此段话的主人：A. de C.。这个人是何许人也？细心的读者也许会发现，他正是佩索阿的异名者之一阿尔瓦罗·德·坎波斯（Álvaro de Campos）。可以说，在《岛屿》中，GTB 让叙述者"我"给克莱尔这个自己在另一个时空因为以"小说家"的手法写出一部让自己深陷"职业丑闻"的历史学家"异名者"以支持，写出了"一部和克莱尔平行的、正好可以作为其补充的故事（历史）"，但是同时也没有忘记两者之间的情敌关系，让叙述者"我"用这个故事向阿里阿德涅证明，"幻想可以达到科学达不到的地方"，而文人之间的竞争方式无关外形以及所谓的男子气概，而"仅仅凭的是口才"。（IJC，313）在这里，叙述者和克莱尔的情敌关系无疑被比喻为一种"历史（科学）"和"文学"之间的竞争关系，而"文学"更胜一筹的筹码则恰恰在于"口才"，也就是"语言"。

那么，克莱尔所从事的"科学"的历史和叙述者所擅长的"非科学"的文学，孰真？孰假？谁拥有更权威的发言权？作为读者的我们要不要相信"拿破仑并不存在"这样的论断？也许接下来，我们有必要分析 GTB 以他一贯的戏仿、幽默和讽刺手法在《岛屿》中所提出的严肃问题：虚构和真实，文学和历史的关系。

第三节　忒修斯和狄奥尼索斯

希腊神话里关于阿里阿德涅和忒修斯的故事中，阿里阿德涅利用线团帮助忒修斯从克里特岛上的牛头人身怪米洛陶罗斯的迷宫中逃出来，却被他抛弃在海上，最后被酒神狄奥尼索斯所救，两人结为伉俪。《岛屿》中的历史教授克莱尔试图利用阿里阿德涅帮他揭开拿破仑被虚构的秘密，而尽管在职业生涯遭遇暗礁时阿里阿德涅对他不离不弃，他却对之若即若离。而叙述者"我"则用满腔柔情试图将阿里阿德涅从并不爱她的人身边带走。三人之间的这种三角关系和神话中的"忒修斯—阿里阿德涅—狄奥尼索斯"之间形成了很强烈的对照。而忒修斯在神话中的机智、英勇的正统形象和狄奥尼索斯所代表的迷醉、狂喜的酒神精神之间的对立，也很难不让人联想到尼采的"阿波罗式的梦之艺术家"和"狄奥尼索斯式的醉之艺术家"的二元对立关系。在《悲剧的诞生》中，尼采从哲学和美学的角度分析了这两位希腊神祇，认为"艺术的持续发展是与日神和酒神的二元性密切相关的"[①]，而阿波罗和狄奥尼索斯也成为理性和非理性、梦境和现实的痛苦、维持生命之力量和产生生命之力量的象征。

狄奥尼索斯和古希腊的音乐艺术以及戏剧的发展之间的关系密不可

---

① 尼采.悲剧的诞生.孙周兴,译.北京:商务印书馆,2013:27.

分,公元前 7 世纪的大酒神节上的"酒神赞歌",是伟大的希腊抒情合唱诗盛行的时代,而古希腊的悲剧和喜剧正是源于"大酒神节"。GTB 早期是一个不得志的剧作家,他对戏剧的喜好和研究一直贯穿他的整个创作生涯。虽然在整部作品中只出现了阿里阿德涅的名字,但是这背后隐藏的酒神精神是显而易见的。而 GTB 并没有完全借用尼采的这种"狄奥尼索斯—阿波罗"二分法,而只是借助了尼采的方式,在保留酒神精神的同时选择了"狄奥尼索斯—忒修斯"这一对立关系,因为他将进行的是另外一种譬喻:以忒修斯和狄奥尼索斯来象征所谓"正统""科学"的历史编纂法和以想象、虚构为基础的文学创作之间的对立。而使得这种二元对立及象征得以成立,使之问题化并得以在小说中被呈现和讨论的关键,无疑是阿里阿德涅这个沟通两者的人物的设置。接下来,我们将讨论"狄奥尼索斯—忒修斯"所象征的对象在小说中的体现以及阿里阿德涅这个角色对于解读作品的重要性。

一、权势的神话化和历史编纂法

神话和历史一向保持着一种不可分割的姻亲关系。GTB 的职业生涯(历史学家)和生活经历(内战前和内战后)使得他能够清楚地看到历史的可操纵性以及"领袖神话"的建立过程,比如普利莫·德·里维拉和佛朗哥。在 GTB 早期的作品比如《洛佩·德·阿吉雷》《赫利内尔多》(*Gerineldo*,1944)、《瓜达卢佩·利蒙的政变》以及后来的《风之玫瑰》中,其主人公都是一个渴望"权力"的反叛者,最后登上权力巅峰并被神话化。而在其他作品比如《伊菲革涅亚》《尤利西斯的回归》《睡美人上学去》中,同样的主题也都有所反映。

作者在谈到西班牙内战以及之后独裁统治时期的"权势"和"神话"的关系时这样说道:"尽管'权力'已经成为西班牙独裁那些年里最显而易见的现实,但是我需要整个西班牙战争以及随之而来的一切才得以明白这个现实不是偶然出现的,而是一直存在于整个历史进程之中〔……〕在同一时期我明白的还有"神话"作为另一种有效运作的现实,因其往往处于强势地位的特征而与"权力"在某种程度上相辅相成，并渗透到权力中，二者合二为一，形成不可分割的现实。"①

GTB 的研究者珍妮特·佩雷斯（Janet Pérez）因此认为，《岛屿》的主题是"对历史编纂学的一种'塞万提斯'式的戏仿，因为它没有选择一部确切的作品，而是把整个体裁作为戏仿对象，尤其是佛朗哥政权的历史编纂学"②。

历史学家斯坦利·G. 佩恩（Stanley G. Payner）在《西班牙内战》（*The Spanish civil war*，2012）一书中谈及内战后西班牙的这段历史时认为，所有的独裁以及革命政权都面临着合法化的问题，而西班牙内战时期及随之而来的佛朗哥政权的胜利，就意味着要对佛朗哥的独裁统治构建一个这样的合法性神话。他认为："关于佛朗哥的神话建构行为比漫长的西班牙历史上任何同类行为都要规模更大、更加强有力，因为这种神话建构行为有身处 20 世纪的整个国家系统的保障做后盾。"而佛朗西斯科·赛维亚诺（Francisco Sevillano）在 2009 年发表的著作《佛朗哥，承蒙天恩的"独裁者"》（*Franco. "Caudillo" por la gracia de Dios*）中，通过对佛朗哥时期的出版物和媒体上大量文章的解读，揭示了政府如何通过这些极端夸张并经过明显政治化修辞的文本对佛朗哥统治的合法化进行辩护和宣传，佛朗哥本人的个人生活经历如何被传奇化，其领袖魅力如何通过最初的"胜利者"姿态以及之后的"救世主"身份一步步建立起来。在斯坦利·G. 佩恩看来，作为个人，佛朗哥本人身上丝毫没有马克斯·韦伯（Max Weber）所定义的任何一种"领袖者魅力"（charismatic authority or charismatic leadership）："初次同他接触，佛朗哥总是会让他的那些无论是来自西班牙本国还是轴心国的外交系统的有权有势的崇拜者大失所望，因为，正如许多人所说，他并没有一个伟大领袖的气质。"面对这种令人尴尬和不快的情形，他的拥护者们只好另辟蹊径来打造一种莫名其妙

① Torrente Ballester, G. Nota autobiográfica. *Anthropos*, 1986(66-67)：19.

② Pérez, J. Sátiras del poder en la narrativa de Torrente. In Abuín, A., Becerra Suarez, C., Candelas, A. *La creación literaria de Gonzalo Torrente Ballester*. México D. F.：Coordinación Editorial, 1997：17.

的气质：

> 　　他的拥护者们抓住契机，以他是军事领袖并取得军事上的胜利（有时候甚至被宣传为"革命性的"）这样的事实为基础来建立他的领袖气质。而与之几乎同等重要的（而在后期甚至比前者更为重要）则是提出另一种塑造其领袖气质的方式，一种跟传统挂钩的，建立在一种认为佛朗哥重建了宗教以及民族文化，也就是纯正的西班牙传统这样的理念之上的构建方式，由此使他变成了"祖国西班牙的楷模"。佛朗哥不仅仅被塑造成民族使命和命运的化身，而且还是欧洲文明的拯救者。①

　　而《岛屿》中戈尔戈纳岛上的实际领导者阿斯卡尼奥和他的"影子领袖"卡尔瓦诺的形象同样没有丝毫魅力：一个是瘸子，一个是麻风病人，这一点也不禁让人联想到因身材矮胖而被反对者戏称为"大屁股豚鼠"（Paca la culona）的佛朗哥本人。而虚构和现实中的这几位独裁者的权威也都是通过相似的方式得以建立：领导人民取得战争胜利—编织个人传奇经历—被尊为救世主。戈尔戈纳岛的居民不仅要承受这种政治对历史的遮蔽，还要承受极端的宗教压抑：在阿斯卡尼奥的严格命令下，盛行于中世纪的鞭笞派——一种以鞭笞自己的方式进行赎罪的教派——在岛上复活，岛上的男人们每到夜晚便绕着街道进行严酷的鞭身游行，以压抑自己的身体欲望，阿斯卡尼奥本人则身体力行，是队伍里态度最为虔诚、鞭笞最为严厉的人。他的三个巫婆式的姨妈更是身兼"宗教裁判"的职能，负责监督人们的这种"罪孽"，居民们惶恐谨慎，即使在自己的家中也不敢有任何"肉体享乐"，因为三个"督察官"无所不在的双眼时刻都会从烟囱、窗户窥视着各家各户。而一旦被发现"有罪"的女性就会受到严厉的惩罚，甚至会被送到居住着麻风病人——统治者卡尔瓦诺——的地狱般黑

---

　　① Payner, S. G. Mito de Franco, época de Franco, book review of Franco. "Caudillo" por la gracia de dios. Revista de libros, 2010(165)：3-6.

暗的地下室,从此"人间蒸发",再不见天日。这种经过夸张和变形的恐怖阴森的情形带着 GTB 一贯的戏讽语气,很难不让人联想到佛朗哥在正朝着现代迈进的 20 世纪所推行的国家天主教主义。在 2010 年出版的《西班牙历史》的第九卷(佛朗哥时期)中,其编撰者——历史学家博尔哈·德·里克尔·派尔芒耶(Borja de Riquer Permanyer)就详细叙述了该时期西班牙天主教的复兴达到了怎样令人不可思议的程度。

所有这些,都无疑使人把戈尔戈纳岛和内战后的佛朗哥时代联系起来。研究者安帕罗·佩雷斯·古铁雷斯(Amparo Pérez Gutiérrez)也认为阿斯卡尼奥这个人物是 GTB 根据佛朗哥的形象塑造的,"他(GTB)看到独裁者的神话是如何通过宣传指示建立起来的,佛朗哥因此如何通过这种手段化身为因'上帝之恩惠'而降临于世的祖国领导人、和平之卫士、充满领袖气质的首领形象"[①]。

诚然,GTB 在创造阿斯卡尼奥和卡尔瓦诺时影射的也许是佛朗哥,但也可能是普利莫·德·里维拉,而更有可能是被称作佛朗哥的"心腹"(alter ego)的路易斯·卡雷罗·布兰科(Luis Carrero Blanco)。1973 年 12 月,这个本可以在佛朗哥之后成为西班牙总统的头号人物,刚被任命为接班人就被"埃塔组织"(ETA)暗杀了,该事件在整个欧洲引起了轰动。此人的祖籍正是加利西亚,并且在 GTB 的家乡费罗尔港口的军舰上当过上尉。更为巧合的是,在内战初期,卡雷罗·布兰科曾在 GTB 任教的马德里海军学院教授海军潜水战术课程。从作者的熟悉程度和关注程度来说,这位路易斯·卡雷罗·布兰科无疑更容易被推断为《岛屿》中独裁者的原型——这位身兼军人、作家、政治家的风云人物被任命为领袖接班人时的军衔正是海军上将,这一点对于《岛屿》中的人物塑造尤为重要:阿斯卡尼奥曾在深夜偷偷穿上海军上将服假装自己在海上战斗,他一手塑造的神话般的领袖卡尔瓦诺的标志也正是其穿着的海军将军服。而无论阿斯卡尼奥和卡尔瓦诺这两个相互依存的统治者的原型是谁,作者无

---

① Pérez G. A. Estructura y tiempo en La isla de los Jacintos Cortados. In Becerra Suarez, C. *La tabla redonda*:*Anuario de estudios torrentinos*. Vigo:Universidad de Vigo, 2005:11.

疑都意识到了古往今来在人类历史上普遍存在的"权势"对其自身"神话化"的现象，并在《岛屿》中对其进行了戏仿、夸张和变形。

正如我们上文所说的，GTB 曾经在许多作品中都对这种服务于独裁统治，试图把领袖"神话化"的历史编纂方法做过非常辛辣、戏谑的讽刺，其中许多都发表于 20 世纪四五十年代西班牙国内政治气氛尤为保守，对文学创作的控制尤为严厉、审查尤为严格的时刻。珍妮特·佩雷斯对此所做的解释是："因为当时的审查机制在禁止出版有关 20 世纪其他版本的历史时，关注点主要在那些有条理的、严肃的以及'科学'的版本，而在一开始并没有注意到可能存在的戏仿、讽刺、嘲弄——也就是游戏性质的'历史'，这无疑使托伦特的作品受益，也解释了为什么在那种时刻他能够出版一些着实大胆，甚至是危险的讽刺性作品。"珍妮特同时也认为，《岛屿》的主题是对"用服务于胜利政权的野心勃勃的、政治化的历史编纂学方法建立起来的神话"的解构。因此她认为，作为第一叙事层的这种显著的"爱情小说"的特征是对以上所说的作品真正主题的掩盖和伪装。① 这样一来，她就对这种现象感到迷惑不解：在《岛屿》发表时（1980 年），西班牙已经平稳过渡到了民主时期，这时候如果想要在小说中对当时独裁统治的"权威神话化"进行质疑和讽刺，那么只要小说的第二叙事层就可以了，似乎没有必要安排言情小说似的第一叙事层，因为小说的两个叙事层的结构只会使读者的注意力被吸引到给阿里阿德涅写的情书上来，关注这个伤感的失败爱情故事而忽视了小说对以"科学"自称的历史编纂学的神话解构目的。②

这种认为"情书"是对"小说主题"的遮掩和弱化的观点不可避免地要得出以下的结论：要么 GTB 的"神话解构"还不够犀利，要么他写《岛屿》纯粹是个游戏。正如我们在上文所看到的，GTB 绝不是因为有所顾虑而

① Pérez, G. J. Sátiras del poder en la narrativa de Torrente. In Abuín, A., Becerra Suarez, C. Candelas, A. *La creación literaria de Gonzalo Torrente Ballester*. México D. F.: Coordinación Editorial, 1997: 24-29.

② Pérez, J. Sátiras del poder en la narrativa de Torrente. In Abuín, A., Becerra Suarez, C., Candelas, A. *La creación literaria de Gonzalo Torrente Ballester*. México D. F.: Coordinación Editorial, 1997: 23.

故意遮掩;而将 GTB 此部作品解读成一场纯粹的文字游戏也未免片面。因此,珍妮特的观点的问题在于,她虽然看到了《岛屿》对权力神话的去神话过程,但认为这种解构尤其专指佛朗哥政府,而且构成作品的主题。这种看法无疑是对 GTB 思想的误读和简单化。首先,如上文我们所分析的那样,GTB 塑造阿斯卡尼奥和他的傀儡卡尔瓦诺时的蓝本不仅仅是佛朗哥,也有可能是普利莫·德·里维拉或者路易斯·卡雷罗·布兰科,更不用提文中作为关键词一再出现的拿破仑了。GTB 解构的对象更为宏大,不单单是佛朗哥或者其他的某个个人,而是整个人类历史,正如叙述者"我"所说:"历史由英雄们创造,而所谓英雄,从本质上说,只不过是名字和形象,也就是说,语言和肖像。"(IJC,331)

那么,确实如珍妮特提出的疑惑那样,如果单用作品中的第二叙事层就可以表达的主题,为什么 GTB 要把它作为嵌入故事编织在看似不相干的"爱情小说"中呢?接下来,我们有必要从小说的结构中找到真正的主题。

二、从历史小说到历史元小说

GTB 在《岛屿》的第二叙事层戏仿了浪漫主义的传奇小说以及现实主义的历史小说。在对戈尔戈纳岛的描述中,我们可以看到司各特、雨果、托尔斯泰、巴尔扎克等大家的影子,以及曾经写过许多"现实主义作品"的作者自己的影子。GTB 有意显出一种严格遵循所谓"未知区域"(darkareas)的历史小说写作原则,即作家只对官方历史只字未提的部分进行自由创作或虚构。整个"拿破仑是如何被虚构的"这个故事都是严格遵守这种原则的:"真实世界"的"我"查阅了梅特里奇的《回忆录》,印证了阿格尼斯在自己的信件中提到的和梅特里奇的会面并非虚言。而在同一封信中,她在提到拿破仑时亲口说出的"正如夏多布里昂先生所知道的"这句话似乎暗指夏多布里昂和虚构拿破仑事件的关联。因为阿格尼斯有着"虚构"和编造故事的嫌疑,"我"找出梅特里奇的《回忆录》,也旨在证明在关于"拿破仑是如何虚构出来的"这件事上阿格尼斯并没有撒谎。叙述者于是又仔细查阅了夏多布里昂的《墓畔回忆录》(*Mémoires d'outre-tombe*,上卷出版于 1848 年,下卷出版于 1850 年),他发现:

> 我翻阅了有关夏多布里昂在意大利期间的章节,没有发现任何有关诗人(罗纳德)的踪迹,夏多布里昂肯定对他的名字不陌生,因为在《旋律》和《拉丁女人》(指罗纳德的诗集)刚发表的最初几年,那段充满丑闻和荣耀的岁月,他刚好在英国。我手上的这个版本有一个人物关系名单:里面没有出现罗纳德爵士,拜伦的名字倒是有。幸好我想去查查地点名单,结果就发现里面提到了戈尔戈纳岛。真是弥足珍贵的几页,虽然只有几页,但已足够!他讲了他如何想到要去岛上待几天,当然不是一个人;他又是如何到了拉古萨(Ragusa),并和他的女伴在那里登上船,如何在那里遇到了梅特涅伯爵和他的女伴列文女士,就是有着天鹅脖子的那位,伯爵当时很失意。他们一同旅行,住在戈尔戈纳岛上的"翡冷翠旅馆"相邻的房间,海军上将纳尔逊也在那里,同样不是一个人。纳尔逊曾经在岛上待过,这我知道,因为所有的旅游手册(我读过两三本)都提到了这家"翡冷翠旅馆"并标注了汉密尔顿夫人和特拉法尔加战役的这位胜利者曾经住过的房间,但是却没有一本上面提到在同一时间,同一地点,为着同样的目的,夏多布里昂和梅特涅也曾在那里下榻。(IJC,225-226)

我们可以看出,叙述者"我"小心谨慎地在历史的空白之间进行合理的猜测和虚构,从而以一种合乎逻辑的方式构建了跟"官方历史"完全相反的"历史"。

而就人物内心描写的处理方式而言,叙述者更是严格遵守"历史小说"的原则。他站在司各特的一边,反对托尔斯泰式的对不应属于历史"未知区域"的真实历史人物内心世界的虚构。我们选取阿格尼斯刚刚上岛被阿斯卡尼奥接见这个比较重要的场景,或许有助于我们了解《岛屿》第二叙事层的这种貌似绝对客观的"现实主义"描写:

她(阿格尼斯)向他行了一个法式屈膝礼,从他脸上的微笑来看,貌似并没有让他不高兴;他让她坐下,问了她一些旅行的情况,跟她说了一些有关她工作方面的事情……(IJC,157)

…………

我想让你看的第三个情景是阿斯卡尼奥一个非常不同寻常的行为,他入迷似的抬头向天呆看了几乎有一分钟,然后忽然,好像是被狼蛛咬了一口一样,他跑去跪在那个巨大的十字架前面,在那里又呆了好一会儿,低垂着头,耷拉着眼睛,两手放在胸前。一束光从上面照下来将他跪着的影子投在地面,使他看起来更加卑微……(IJC,162)

在这段描述中,接见和被接见双方都经历了很激烈的情绪变化,阿格尼斯在阿斯卡尼奥的故意安排下,不得不在经过漫长的等待之后才怀着忐忑不安的心情去觐见他。而阿斯卡尼奥办公的宫殿被他下令移除了一切装饰,显得空旷、肃穆,阿格尼斯在阿斯卡尼奥远远的注视下独自走过长长的走廊,其间她不知道该看向哪里,显得非常无助。而一贯冷酷并持禁欲观念的阿斯卡尼奥则对阿格尼斯这个奇特的女子一见钟情。但是叙述者却对两人的内心世界只字未提,只是做了类似电影画面或舞台场景的描述。即便提到人物的内心感受,也刻意用“貌似”“……似的”“好像”之类表示猜测而非确定无疑的副词标明。事后,叙述者也很郑重地就自己无法像托尔斯泰等作家那样交代人物内心世界的“无能为力”而向作为受述者和读者的阿里阿德涅道歉,但是他却并没有因此而采取“自然主义”的极端方式,因为他承认放弃人物丰富的内心世界对于一个作者来说是个极大的损失,但同时他又认为以一种无所不知的叙述者姿态对人物的内心进行描写并不符合逻辑,因此,叙述者在此处采取了另一种貌似“合情合理”的方式对之进行了处理:比如神奇般地进入人物的内心世界或者梦境,并得以窥见人物的真实思想情感。

我们知道,关于到底要不要描述人物内心的争论核心在于这种手法是否是“现实主义”的,即是否认为人物的内心属于历史的“未知区域”,由

203

此决定小说家有何种程度的创作自由，以使作品符合"现实主义"的常规，即看起来"真实"。《岛屿》的叙述者"我"看似严格遵守这种原则，试图用一种合乎逻辑的方式看到人物的内心，但是他的手法却走到了完全相反的一面，即采取超自然的、神奇的手段，使这一原则的应用达到了完全违背"现实主义"的"荒谬"程度。就好像中国的古人创造具有飞天的神奇能力的人物时往往不给他（她、它）以工具，而单凭身体——一个筋斗，一片云，甚至单单摆个要飞的姿势——就可以腾空而起，而西方人则往往要给这些人物加以鸟儿的翅膀，好像这样才显得"飞行"比较合理。而实际上两种方式都是虚构之物，彼此之间并无半点差别。但叙述者却在故事中继续"严格"履行这种"未知区域"创作原则。他首先从关键人物阿格尼斯开始：

> 但是阿格尼斯的生命中有几个月的空白，其间她失去了踪迹。一些传记作家认为这并不是一段空白、庸常的时期，也不是为了躲避追捕而藏了起来，而是神秘莫测的一段时期，也不乏这种认为她失去了朋友们的庇护而当上了妓女的猜想；但事情不应该是这个样子，因为正是这些朋友，哈布斯堡王朝的主教们，给她在戈尔戈纳岛找到了一个藏身之处，在那里她可以逃避政敌以及认为她是巫婆的那些人的追捕。(IJC, 68-69)

"真实人物"阿格尼斯生活中未被"历史记载"的"未知区域"成了叙述者"我"自由创作的空间。我们看出，在这一段中，从"事情不应该是这个样子"开始，叙述者已经开始了自己的虚构。用同样的方法，他不仅虚构了阿格尼斯的童年，"但是，关于这个被独自扔在一个地面被雨水侵蚀了的巨大宫殿里的小女孩的生活，我知道得更多……"(IJC, 65-66)，还编造了她的特异功能，"我承认有关镜子的这一切，这种从一面镜子跑到另一面镜子，就好像从一扇窗跑到另一扇窗以寻找不同的风景的情节，都是我个人的发现"(IJC, 67)，并推测了她和诗人罗纳德·西德尼爵士见面的场景。

我们看到，叙述者"我"的这种煞有介事地填补历史空白，只对历史记载中被丢失或被隐瞒的区域进行合理的文学"猜测"和"虚构"的行为，貌似是创作了一部"历史小说"，实则是对其进行了戏仿和讽刺，由此制造出一种带有"奇幻"情节的具有典型后现代主义风格的"伪历史"（apocryphal history）。

后现代作家们对历史的"回归"过程中，他们对"正统"的官方历史编纂方法和现实主义小说的质疑导致了两种截然不同的结果，一种是我们在上文提到的带有某种"神奇"色彩的可以被称作"历史编纂元小说"的作品，另一种则是新新闻写作、非小说、见证小说等坚持其"非虚构"特征的小说。后者将指涉对象从过去被当作历史编写中心的英雄、领袖、宏大事件转换成中心外群体——小人物、女性、劳动者、同性恋、少数族裔等。在后现代主义批评那里，传统的"历史小说可以通过表现一个概括、集中的微观世界来展示历史的进程，因此作品的主要人物应该是一个典型"[1]。从这个意义上讲，"非虚构"小说，尤其是拉丁美洲的"见证小说"中，其主要人物也需要是某个边缘群体的典型，否则其创作便失去了意义，这就是为什么通常意义所说的回忆录、自传等并不包括在后现代书写中，因为其个性化使其失去了"典型意义"。因此，这种自称后现代的"非虚构"作品（当然，文学性的创作也是这些作品必不可少的因素），本质上并没有质疑"历史编纂"在表达过去时的合法性，甚至在作品中也借用之；它们也没有反对现实主义的文学创作手法，而是旨在以同样的方式将"中心化"变成"去中心化"，将现代主义那里的"宏大叙事"转换为细小叙事，试图揭露在"官方历史"中被忽略、隐瞒或者故意歪曲的"另一种历史"。这种对"潜历史"（infrahistoria）[2]的书写也是 GTB 作品中另外一条主线，比如《界外》《欢乐与忧伤》。

但是在后现代历史元小说这里，小说家们并没有遮掩自己作品的"伪

---

① 哈琴.后现代主义诗学：历史·理论·小说.李杨，李锋，译.南京：南京大学出版社，2009：153.

② 乌纳穆诺用这个词来指那些在历史大事件掩盖下的、没有被写入历史书的那些记录普通人的生活、习俗的"历史"。

历史"性。在传统的历史小说中往往会出现一些真实的历史人物,小说家们通常是想要借助这些人物形象来证明其虚构世界的真实性,并且是小心翼翼尽量不惹人注意地悄悄完成从真实到"虚构"的转换。但是后现代小说的元小说自我指涉性却使得这种真假界限的分割和转换显得大张旗鼓,作者似乎有意揭露自己的虚构把戏。而在《岛屿》中,情况更是如此。其"后现代历史小说"的特征主要体现在第二叙事层,叙述者将自己所在的第一叙事层当作"真实世界",并以此为对照严格按照所谓的"未知区域"原则进行创作。叙述者"我"在进行虚构的过程中,虽然谨遵所谓"历史小说"的写作原则,但是这种"谨慎"如果对照我们所处的真实世界,则会露出其戏仿的嘲弄面目:首先,夏多布里昂在《墓畔回忆录》中虽然确实提到了拜伦,但是并没有提到罗纳德爵士,历史上也没有叫作罗纳德·西德尼爵士的诗人及其情人阿格尼斯,这个人物只是真正的作者 GTB 根据拜伦、雪莱等诗人的形象虚构出来的。但是 GTB 却借助对《墓畔回忆录》的演绎,在第一叙事层预设了一个"真实的罗纳德·西德尼爵士",并让他在第二叙事层里作为"真实的历史人物"出现,并根据各种"真实的文献"虚构了他和阿格尼斯的情史。其次,《墓畔回忆录》中也没有提到戈尔戈纳岛,而现实中虽然有同名的岛屿,但是正如我们在上文中所分析过的那样,文中的"戈尔戈纳岛"并不是一个真实存在的地方,作者 GTB 只是借用了它的名字而已,但是在第一叙事层里这个小岛却煞有介事地出现在历史书中,并记录着其故事发生时期的领导人的名字:卡尔瓦诺,而非阿斯卡尼奥。

可以说,GTB 把关于"拿破仑是虚构"的这段伪历史编织在第二叙事层,而使整部小说呈现一种非常明显的 mise en abyme 的元小说特征。小说的第一叙事层主要借助对夏多布里昂、梅特涅等真实历史人物的演绎,使得其相对于我们所处的现实世界成为"伪历史",而第二叙事层则主要借助对虚构的"真实人物"(罗纳德·西德尼爵士、阿格尼斯)和"真实地点"(戈尔戈纳岛)的演绎,使其相对于第一叙事层的"真实世界"成为"伪历史"。但是这种 mise en abyme 关系的不同之处在于,前者是在不动声色中完成的,而后者则是大张旗鼓显露出来的:GTB 本人和我们生活在同一个真实的世界，他让叙述者"我"在第一叙事层中提到（而非虚构）真实人物夏多布里昂等，确实像传统的历史小说作者那样，是为了给虚构人物以"真实感"；而作为第二叙事层"作者"的叙述者"我"则主动承认自己对历史的"虚构"：他改变了戈尔戈纳岛"真实领导人"的名字，并且对阿里阿德涅坦白，在他们所处的"真实世界"的博物馆里陈列的罗纳德·西德尼爵士赠送给阿格尼斯的信物并不是西班牙帆船模型，而是双桅帆船。叙述者此时说道："在这个故事中，有人撒谎了，阿里阿德涅，难道不会是我吗？"(IJC，290)

在这里，他仿佛要彰显第二叙事层的"伪历史"性，并和传统的"历史小说"划清界限。他这么做的目的，似乎是想让读者在体会到第二叙事层和作为"真实世界"的第一叙事层的分歧时，不要忘记我们的"真实世界"和同样是书写出来的"历史"之间有可能存在的分歧，提醒读者不要轻易相信所谓的"历史真相"：如果说在《公众的怒火》中，库弗极大歪曲了广为人知的卢森堡夫妇的历史，"他并不是要蓄意构建一个和政治悲剧事件有出入的故事，不过，他也许确实想让我们意识到需要质疑公认的历史版本"[1]，那么在《岛屿》中，GTB在构建一个同"真实历史"完全相悖的过去时，他甚至都没有为自己版本的"虚构性"和"虚假性"辩护。可以说，这种"刻意的虚构性"正是GTB想要达到的效果，他无意"证明"拿破仑真的不存在，而是提示读者注意，"拿破仑，以及其他的历史人物，都有被虚构和神话化的可能性"。当然，这种揭示本身确实如珍妮特·佩雷斯所说，是对"历史编纂学"的质疑，但是却不能理解成单纯对佛朗哥时期"权势神话化"的解构，因为如果从这个角度理解，"言情小说"的外表确实是遮掩和弱化了这一主题。而我们知道，GTB恰恰是通过这种"剧中剧"的元小说设置，使得读者从一种读"秘史"的好奇心转而注意历史的建构本身，并进一步注意到历史编纂和文学创作之间的关系。

在这里我们有必要重申阿里阿德涅这个人物设置的重要作用，她起

---

[1] 哈琴.后现代主义诗学:历史·理论·小说.李杨,李锋,译.南京:南京大学出版社,2009:154.

到的正是一种重要的桥梁作用,使叙述者"我"和他的对手克莱尔之间产生一种"狄奥尼索斯—忒修斯"式的对立关系,并引出作品的主题。而阿里阿德涅作为受述者,同时也肩负着一个"虚构的读者"的职责,和同在一个叙事层的写出了一部"后现代历史元小说"的"作者"——叙述者"我"——之间产生一种真实生活中很难实现的作者和读者之间的直接的交流和对话。

三、阿里阿德涅

正如我们在上文中所分析的那样,只用整个戈尔戈纳岛的故事就可以以一种"后现代历史元小说"的方式完全表达作者想要表达的意思。但GTB用阿里阿德涅这个人物引出了小说的第一叙事层。也就是说,在用显而易见的"虚构历史""解构历史"的方法质疑"官方历史"的可信度的同时,要利用第一叙事层和第二叙事层之间的关系进一步阐明"历史编纂"和"文学"之间不可抹杀的姻亲关系,并恢复"文学"本身的地位,如麦克黑尔所说:"文学,即使是幻想小说或者伪历史,或时代错乱的小说,都可以同官方记录平等竞技,成为揭示历史真相的工具。"[1]在此,值得注意的是两个叙事层之间的先后关系,笔者认为并不是通常所认为的那样,即第一叙事层在先,第二叙事层在后。也就是说,和小说中所描述的完全相反,并不是第一叙事层的叙述者为了吸引阿里阿德涅而虚构了第二叙事层,而是作者GTB为了使作为主体的第二叙事层的"伪历史"得以彰显,有必要利用阿里阿德涅引出第一叙事层,使之成为体现第二叙事层"虚构性"的"真实对照"。

GTB创作阿里阿德涅这个人物的原型是和他同时期在美国纽约大学教书的希腊裔美籍西班牙语女教授德罗索拉·利特拉(Drosoula Lytra)。[2]而阿里阿德涅和历史教授阿兰·西德尼之间的爱情故事据说

---

[1]　McHale, B. *Postmodernist fiction*. London: Methuen & Co. Ltd, 1987: 96.

[2]　德罗索拉·利特拉写过《对伊格纳西奥·阿尔德考阿的文学批评》(*Aproximación crítica a Ignacio Aldecoa*, 1984),由GTB作序。

来自作者在美国当客座教授期间耳闻目睹的真实事件。这是一个混合了文学、神话和现实生活元素的人物。

阿里阿德涅在《岛屿》中的受述者身份是显而易见的。在文本中，叙述者以第二人称称呼她，并为了吸引她而写下第二叙事层的故事，这种"诱惑"行为可以看作"作者"对"读者"的引诱的一种比喻，因此两者之间也形成了"作者"和"读者"的关系。叙述者也这样评价阿里阿德涅的倾听（阅读）行为：

> 你像一个小孩听故事那样听着我讲。[……]因为我恰恰想知道你对我讲的这个在戈尔戈纳岛上发生的故事信任度有几分；你是否出于某种原因而认为它至少有那么点东西是真的，还是仅仅像个孩子参与游戏那样将明知道是假的东西当成是真的。当然还有其他的解释，那就是：你在故事中得到了一点快乐，来帮助你承受木屋中这漫长的下午和夜晚，漫长的午后，孤独的午夜……(IJC,313)

可以说，"将明知道是假的东西当成是真的"这种类似于参加游戏的方式，正是作者 GTB 重要的美学理念"足够真实性"（la realidad suficiente)的实现：作者和读者达成约定——让我们来假装这一切都是真的。GTB 认为，如果在小说的起源——英雄史诗——那里，内容是取材自真实发生的历史事件，其作者要求读者："拿出热情来相信我所吟唱的吧！"小说家却要虚构子虚乌有的"事实"，这不是小说这种体裁的"堕落"，而是改变，小说家相应地也要对读者说："假装相信我所讲述的吧！"而读者的回应则应该是："如果你用一种看起来像是真的一样的方式来讲述，那我就权且相信吧。"这就是 GTB 的"足够真实性"概念（EC,121-122)。在 GTB 看来，这种"足够真实性"无论是对于福楼拜的现实主义还是对于博尔赫斯的幻想小说，都同样通用，也就是说，并不是只有取材于现实的材料才能达到"足够的真实性"，幻想性的情节同样也可以。此中关乎的是"艺术手法的问题"。所有至今在小说中使用过的创作手法无不是为了"能够赋予事件以真实性"。其中的关键不是细节描写的多少和是否足够细致,而是这些细节的组织方式,也就是其"结构"是否具有足够的说服力。GTB正是利用各种创作手法使得我们这些真实的读者沉浸在小说第一叙事层的"足够真实性"中,并且顺理成章地接受了虚构的人物和地点的真实性。而叙述者"我"要做的,则是努力给自己的读者阿里阿德涅制造这种"足够真实性",试图将她拉到自己这场"假装是真的"游戏当中,两者之间这种显著的"作者—读者"的关系由此得到体现。而在《作为游戏的〈吉诃德〉》中我们也已经看到堂吉诃德所做的同样的事情。

在《岛屿》中,不同于《启示录片段》中的女主角列努什卡的"评论者"大于"读者"的身份,在阿里阿德涅身上则是"读者"的因素要远远大于"评论者"的因素。这个读者在故事刚刚展开时抱着一种不信任的态度,叙述者把她对自己故事的怀疑描述成"大概类似于那种社会现实主义作品的拥护者开始读一本传奇冒险小说时所采取的谨慎小心的态度"(IJC,122)。

在这里,阿里阿德涅的"读者"身份被表达得非常明确。她虽然一步步被故事情节所吸引,但作为"理性读者",她依然对"我"的这种"幻想小说"持抵触情绪,"我"不禁感慨道:

> 我承认我想要迷惑你,引诱你,让你专心听我说,但是你却抗拒着[……]我也怀疑你心里有种背叛的罪孽感:你在那个时候,从克莱尔的世界来到了我的世界,从他的理性推理来到了我的凭空想象,而现在,一切结束了,某种后悔、某种报复的愿望超过了你简单地哪怕说一句"多美的故事啊!"的自然而然的反应。(IJC,154)

这样一个读者无疑让"我"觉得难过、无可奈何。很显然,她并不是作者眼中的理想读者。但是作为"作者",为了吸引"读者",或说在创作中不得不考虑到这样的"读者"的反应,无疑也影响了其创作。阿里阿德涅作为读者的反应对叙述者"我"的创作的影响被一些评论者注意到,比如安吉尔·娄瑞罗就认为,"爱情不仅仅使得叙事行为产生,也决定了故事的发展方式,能增强或减弱叙述者的创造能力,甚至有时候能够决定这个嵌入故事的主题和语调"①。阿里阿德涅对叙述者"我"的叙事行为的影响很明显地印证了巴赫金的"对话"理论：

> 回报的理解，是参与形成话语的一种重要力量；而且这是积极的理解，话语从中感到反对或者感到支持，两种态度都能丰富话语。[……]说话者力求使自己的话语连同制约这话语的自己的视野，能针对理解者的他人视野，并同这理解者视野的一些因素发生对话关系。说话者向听者的他人视野中深入，在他人的疆界里、在听者统觉的背景上来建立自己的话语。②

但是我们不应该无视 GTB 在他的作品中无法掩盖的那种总是从字里行间透露出来的嘲讽和戏仿态度。尽管叙述者的创作热情很受阿里阿德涅的影响，在"情书"中，他也不厌其烦地表达自己用故事成功吸引了阿里阿德涅的注意力时的欢呼雀跃，以及阿里阿德涅为了克莱尔而四处奔忙无心理他及他的故事时的沮丧心情，但一旦涉及他的"作品"的创作时，叙述者则表现出了一种非常坚定的态度。比如当阿里阿德涅这个"非理想读者"对叙述者故事中的某些情节提出疑问和反对意见时，叙述者说道：

> 从我的观点来看，[阿里阿德涅提出的]这个问题不值得重视，但我不应该忘记我同之打交道的，是一个优秀的专攻历史专业的"文化人"，有一种很合理的爱挑剔的严格精神，除了在度假的时候，那种感性、神奇的假期期间。不管怎么说，如果我想就此给出一个合理的解释，我就得用我自己的方法，也可能是用我的虚构，而不是你的。（IJC，123）

---

① Loureiro, A. G. *Mentira y seducción*：*La trilogía fantástica de Torrente Ballester*. Madrid：Editorial Castalia S. A.，1990：247.
② 巴赫金. 小说理论. 白春仁，晓河，译. 石家庄：河北教育出版社,1998：60-62.

尽管在小说中,GTB 刻意在两个叙事层采用两种不一样的笔调——第一叙事层的抒情、感伤语气和第二叙事层的嘲弄、黑色幽默形成很强烈的对比,但在上述段落的字里行间里却显示出少有的讽刺语气。

　　阿里阿德涅对于叙述者顾左右而言他的行为感到不耐烦,她想尽早知道故事的“核心内容”——何人、何时、在何种情况下虚构出了拿破仑:

> 　　“所有你给我讲的有关戈尔戈纳岛的这些人的故事,我已经跟你说过,确实吸引了我,我也觉得很有趣,但是我请求你先暂时把他们放一边,直接讲我觉得重要的那些事,如果它们确实存在的话;那就是谁在什么时候如何虚构了拿破仑。”“我一节一节讲下去会讲到的。”“是的,我知道,但是我很着急。你有好几次曾经跟我说过,过去就像一本书。因此我请求你翻过它们,当翻到我感兴趣的那一章时你再停下来让我读。我想这是可以实现的。”“是的,确实可以实现。我会尽量的,当然。”(IJC,277)

　　这一段描写的是阿里阿德涅作为普通读者对于小说情节的正常反应。阿里阿德涅出于对克莱尔的爱,想要知道拿破仑在何时何地被何人“创造”出来,而读者出于好奇或者兴趣,也急于想知道同样的事情;叙述者出于想要得到阿里阿德涅的爱而“叙事”,而作者出于想要得到读者的青睐而写小说。但作为“作者”的“我”却并没有完全顺应“读者”阿里阿德涅的请求,他只是回答“我会尽量的”,而没有承诺“我会这么做的”。事实也证明“我”完全没有考虑阿里阿德涅的感受,而是我行我素地直到时机成熟时才说出“秘密”,并且并没有止步于这个“秘密”的揭露,在阿里阿德涅已经弃他而去,情书无以为继的情况下,“我”依然按照自己的节奏写出了整个故事的结局。

　　尽管有着普通读者所无法企及的“历史学家”的身份,阿里阿德涅在文本中所显示出来的“历史专业知识”并没有超越普通读者,她的“历史系学生”的背景只是作者拿来赋予其理性、遵循规则、不相信神奇事件、不看重想象力的“理性读者”的品质。在她做出不符合作者心中的理想读者的行为时，能够给予其正当理由，使她得到原谅，使其成为一个"读者代表"的同时也弱化对这个"读者"的批评，并继续扮演"求之而不得"的情人形象。

作为"历史学家"的阿里阿德涅，要求叙述者"我"给主要人物以更详细的描述，就像在历史编纂中经常对重要的历史人物所做的那样。"我"一针见血地指出：

> 你们这些历史学家，总是把历史人物展示得过于显著了。因此你提出的问题，不是一个历史学家的，而是一部小说读者的，那种喜爱司汤达小说的读者。司汤达毫无疑问，在这种情况下肯定会用上六百页充满激情的篇章，来挖掘尼古拉斯、阿斯卡尼奥、老狐狸，当然还有弗拉维亚罗萨的灵魂。啊！他会给我们描绘一个多么迷人的女性啊！谁会对此表示怀疑呢！但是两种情况并不相同：司汤达是在虚构，而我只是讲述我在壁炉火苗中看到的东西。[……]司汤达最终开辟了一种新的小说创作方式，但很不幸的是，这种方法已经不流行了。如果现在依然流行，我们就能饶有兴趣地进到弗拉维亚罗萨的灵魂最深处那些弯弯绕绕的秘密走廊和房间里去，在那里我们肯定会发现令人振奋和使人惬意的材料！但是总而言之，放弃了司汤达的方法，我开始写一部小说，就不那么令人愉悦了。（IJC，126）

在这段话中，成为作者嘲讽的靶子的，不仅是读者阿里阿德涅，还有历史编纂中对历史人物进行的带有"叙述"性质，也即"虚构"性质的描述的不合理性，也有现实主义小说所自诩的"真实"的悖论。

而对于阿里阿德涅试图成为故事的"合作叙述者"或"虚构者"的企图，叙述者如此反应：

> 我不敢笑出声来，但是我理解你在虚构显而易见而且毫无必要的情节时的努力，尽管正如接下来所展示的那样，你也许有给出更加合理和重要的假设的能力。因此我打算帮你一把[……]当时你正说着，中间有一段不由自主的询问似的停顿，我抓住这个机会向你表

明，就算你的虚构能力很强，但是没有我，你不会知道整个故事的发展。（IJC，154-155）

这段不无戏谑的话仿佛一部小说的作者以"专业人士"自居，而对"天真"的读者进行"警示"：我才是"造物主"，是我，而不是读者你，决定人物的命运。从中，我们也隐约看到 GTB 对当时被过分夸大的读者在文本交流中的作用的轻微嘲讽。

在小说的虚构世界中，作为第二叙事层"作者"的叙述者"我"和作为第二叙事层"读者"的阿里阿德涅之间是很明显的"作者和读者"的关系，而且叙述者多次提到自己是为了吸引、诱惑阿里阿德涅才虚构了第二叙事层。但是尽管我们的真实世界和《岛屿》的虚构世界在叙事上形成了 mise en abyme，真实的作者 GTB 和我们这些真实读者的关系对应了叙述者"我"和阿里阿德涅之间的关系，我们却一定不能忘记阿里阿德涅被虚构、任作者摆布的地位。就作者本人和阿里阿德涅之间的关系来看，并不是阿里阿德涅影响了作者的创作过程，而恰恰是作者借助阿里阿德涅得以介入到读者对文本的接受和重构的过程中来，将其引导到自己所期望的方向去。因此真实的情形并不是作者本人为了讨好阿里阿德涅而写了第二叙事层。阿里阿德涅作为作者所虚构的人物，她只是一种叙事需要，且不是为了第二叙事层而存在，而恰恰是为了引出第一叙事层。

阿里阿德涅，同叙述者本人一样，都是 GTB 的叙事策略的重要组成部分。在 GTB 看来，一部作品所谓的美学意义即在于作者的创造性。在选择、组织和建构材料时的自由度是作者们可以发挥创造性的空间，一些作家之所以能够从其他作家中脱颖而出，也正是由于这种自由度的范围内对材料恰如其分的掌控和组织。

而在《岛屿》中，这个"作者的创造性"无疑就是作品的这种元小说结构，将一部"伪历史"置于更高一级的叙事层之下，从而将焦点从单纯的对"历史编纂"的质疑转向对"历史编纂"和"文学虚构"两者之间关系的思考。而正是阿里阿德涅这个"桥梁"使作者的这种元小说策略得以成功履行其职能，使他能够在一部作品的内部展示叙事行为本身，揭露其"虚构现实"的手法和"把戏"，并作为"历史编纂"和"文学创作"之间的纽带引出小说真正的主题，即表明文学在作为认识现实的来源时其相对于历史的优越性。

第四节　历史和文学的靠拢触碰

琳达·哈琴在《后现代主义诗学》中认为："历史和小说一直是吸纳性很强的体裁。在不同时期，两者把游记和现在我们称之为社会学的各种体裁形式包括进了它们灵活富有弹性的范畴之内。两个体裁关注的问题会出现重合，甚至两者之间互相影响，这都不足为奇。"①而就起源来说，历史也是脱胎于神话和早期史诗的叙事结构的。弗莱认为："当历史学家的计划达到一定程度的综合时，在形式上它就变成了神话，因而在结构上也就接近诗歌了。"②这种循环关系可说是历史和文学之间无法撇清的关系的明证。

可以说在19世纪晚期产生"科学"的历史方法之前，小说和史学相互渗透，相得益彰。比如，"司各特就认为自己既是一个小说家又是一个历史学家。而卡莱尔在书写《法国革命》(1837)的历史时，他的创作更像是出自一个小说家而不是一个现代历史学家之手"③。GTB无意像司各特那样身兼历史学家和小说家，尽管他本人确实可以同时拥有这两种身份。在他的文学作品中，他的出发点是后现代主义者的怀疑论，即对"历史编纂方法"的质疑，以及为文学的虚构和想象的辩护，正如在《岛屿》中他借助叙述者所表述的那样：

① 哈琴.后现代主义诗学：历史·理论·小说.李杨,李锋,译.南京：南京大学出版社,2009：143.
② 怀特.后现代历史叙事学.陈永国,张万娟,译.北京：中国社会科学出版社,2003：173.
③ 洛奇.小说的艺术.王峻岩,等译.北京：作家出版社,1998：226.

人类事件的共存使得那些位于秘密中心、那些懂得将历史看作一个整体的人拥有一种相似的阅读模式：从神秘之初读到现在，这是历史学家所做的事；从现在读到未来，这是预言家所做的事······（IJC，56）

也许正如亚里士多德所说，"历史学家只能讲述已经发生的事情、过去的具体细节；而诗人则讲述可能、大概会发生的事情，因而更能表现普世性主题"[1]。GTB所说的"预言家"（profeta），正如亚里士多德的能够"讲述可能、大概会发生的事情"的诗人，他们和历史学家们拥有的相似的阅读模式，其实就是对历史事件的"文本化"叙事模式。哈琴认为，"历史和小说都是话语、人为构建之物、表意体系，两者都是从这一身份获得其对真相的主要拥有权"[2]。持相同看法的人包括克罗奇，他认为没有叙事就没有历史，而所有诗歌中都有历史要素，所有历史叙述中也都有诗歌要素；黑格尔则认为历史写作的原则恰恰与戏剧的写作原则相同，尤其是悲剧的写作原则。[3]

《岛屿》的叙述者认为，"现实是难以承受的，也像'无尽'和'抽象'概念那样难以理解。而所有那些可以承受如此现实的人都可以把历史作为一个整体来看"（IJC，57-58）。而这恰恰是后现代作家们共同的看法，因此，在哈琴看来，想要实现对现实的再现，那么之前关于"虚构是对想象的再现，而历史是对现实的再现"的区分就必须让位于这样一种认识："我们只能通过将事实与想象对照或将事实比喻为想象才能了解事实。"[4]

《岛屿》的叙述者在向阿里阿德涅解释自己构建戈尔戈纳岛历史的方法时，他说：

① Aristotle. *Poetics*. Hutton, J. (trans.). London & New York: Norton, 1982. 转引自：哈琴. 后现代主义诗学：历史·理论·小说. 李杨，李锋，译. 南京：南京大学出版社，2009：143.
② 哈琴. 后现代主义诗学：历史·理论·小说. 李杨，李锋，译. 南京：南京大学出版社，2009：127.
③ 怀特. 后现代历史叙事学. 陈永国，张万娟，译. 北京：中国社会科学出版社，2003：68.
④ 哈琴. 后现代主义诗学：历史·理论·小说. 李杨，李锋，译. 南京：南京大学出版社，2009：188.

我明白,即使是把我们的注意力局限在戈尔戈纳岛这么一个小小的舞台空间,我们也不可能将所有发生的事情展现出来,甚至很难就事件的利害关系和重要性给它们划出一个等级来。一些以我们现在看来无关紧要的琐碎小事,却会因为其他一些由它而起或者说以某种方式自它而来的其他事情而得以凸显。所以我们以凡事精确、细致入微的描述坚持对每时每刻发生的事情都予以记录(我想说的是对故事的记录):最细小的,显微镜式的,无名小人物的平凡琐事。宏大事件也都是由这些琐碎小事堆积而成的。我们通过戏剧化的叙事了解历史,但是历史没有主人公和整一性。将所有在现实以及和它毗邻的疆域中所发生的事情都列举出来,才是书写历史的合法方式。这是一种永无尽头的方式,不是吗? 一种不可能实现的方式。因此任何不是以此方式编撰的事物,都是建构之物,人工虚构之物。(IJC,234)

可以说,这段话是 GTB 表达自己关于“历史”和“虚构”关系的看法之关键。也许换种排列方式我们就更容易看出作者的逻辑:“将所有在现实以及和它毗邻的疆域中所发生的事情都列举出来,才是书写历史的合法方式”,但这却是一种“不可能实现的方式”。然而,我们在现实生活中确实“通过戏剧化的叙事来了解历史”,因此,用戏剧的方式表现出来的历史是一种“人工虚构之物”。我们似乎可以在这种“戏剧化”或说“叙事化”的历史方法和文学虚构方法之间画上等号。这和尼采的主张何其相似:“历史修撰中阐释是必要的,这是由历史学家所努力达到的那种‘客观性’所决定的。这种客观性并不是科学家或法院法官的那种客观性,而是艺术家的,更确切说是戏剧家的那种客观性。”①

而这也正是后现代历史学家海登·怀特的看法。他认为,书写历史的方法和创作文学作品的方法并无什么不同:“历史学家必须超越对时间

① Nietzsche. *The use and abuse of history*. New York: Indianapolis, 1957:37-38. 转引自:怀特.后现代历史叙事学.陈永国,张万娟,译.北京:中国社会科学出版社,2003:67.

的序列组织,以便确定它们作为一个解构的连贯性,赋予个别事件和个别事件所属的种类以不同的功能价值。然而,一般认为,这项任务就是在记录的时间的漩涡中或在编年史排列的时间的历时序列中寻找'故事的任务'。"①他认为,历史学家把这些年代顺序彼此接近的"事件"编排成罗曼司、喜剧、悲剧、史诗等模式,使之看起来带有可辨的开头、中间和结尾,以便显得像是一个过程的各个阶段。

这种看法是很多后现代理论家、文学家、历史学家的共鸣,包括哈琴。她认为:"就事实而言,历史,作为在时间中出现的现实世界,对于历史学家、诗人以及小说家来说,理解它的方式都是相同的,即赋予最初看起来难以理解的和神秘的事物以可辨认的形式,因为是大家熟悉的,所以才是可辨认的形式。到底世界是真实的或只是想象的,这无关紧要;理解它的方式是相同的。因此,我们通过将形式连贯性强加于现实世界来理解现实世界,而这种形式连贯性通常与虚构作家的作品联系在一起。这种看法也绝不贬低我们赋予史学的知识地位。[……]在我看来,我们将历史的'虚构化'视为'解释',同样,我们将伟大的虚构视为对我们和作者一起居于其中的世界的解释。"②

而多克托罗则认为,"历史是一种小说,我们生活于其中并且希望继续生活下去,而小说则是一种思辨性历史……构思小说可使用的信息来源数量众多,种类各异,超出了历史学家的预想"③。

在这部《岛屿》中,除了承认"小说化属于美学和历史的合法范畴"(IJC,75),GTB走得更远,把历史编纂和文学创作的关系拉得更近。叙述者"我"借助一个杜撰的历史学家的评论,表达了对克莱尔在书写关于拿破仑不存在的历史时所使用的叙事方法的肯定。(IJC,39)这位历史学家认为,克莱尔的方法论的出发点无懈可击:他分析了几百部有关拿破仑的历史作品,发现它们所使用的参考文献相似,主要来源于三个国家:法

① 怀特. 后现代历史叙事学. 陈永国,张万娟,译. 北京:中国社会科学出版社,2003:114.
② 哈琴. 后现代主义诗学:历史·理论·小说.李杨,李锋,译. 南京:南京大学出版社,2009:190-191.
③ 怀特. 后现代历史叙事学. 陈永国,张万娟,译. 北京:中国社会科学出版社,2003:151.

国(夏多布里昂)、奥地利(梅特涅)、英国(海军上将纳尔逊及其情妇汉密尔顿夫人)。而这些参考文献不约而同地"在使用相同的语言工具时，<u>对虚构事物的叙述和描写采取的是和描述一个真实事件完全不同的方法</u>"(IJC,41)。这种方法简单概括来说就是：每个人的表达(修辞)方式都是有惯性的，表达真实情形时采取一种固定方式，虚构时则下意识地选择另一种表达方式。如果对一组不同的人的表达方式进行分析，如果他们描写众所周知的真实事件时采取的是惯常语调，但当他们改变表达方式的描述对象不约而同指向同一事情时(比如当事件跟拿破仑相关时)，这件事情就拥有了跟"真实事件"对立的性质——谎言或者虚构。

而在我们"真实"的世界，真实的"历史"中，在研究拿破仑时，除了"名字"这个重要的"词语"，也都离不开其他由语言构成的文本材料。克莱尔的研究方法确实无懈可击，他正是从历史编纂中所用到的文本材料入手，得出了"拿破仑是虚构的"这一结论。正如列维-斯特劳斯所说，"历史除了没有自己独特的方法，实际上也没有自己特有的题材"[①]。而哈琴认为："人们对过去进行了'考古发掘'，但是它储存的可用材料一直被视为被文本化的东西。因此历史编纂中对收集、录制、叙述证据时所使用的策略也一直争议不断。"[②]

克莱尔在用"历史学方法"论证拿破仑不存在时，所用的材料也是信件、回忆录、档案等文本。从其材料上来说，是一种虽然有争议却得到某种程度认可的历史研究方式，绝不会引发作品中历史学界的那种轩然大波，以至于毁了其职业生涯。但让他的历史学界同行无法忍受的是，他的方法向"文学"靠得太近：他研究的出发点不是这些文本本身的"内容"，而是其"<u>修辞手法</u>"。其依据是人们在描述真实事件和虚构之物时会使用不同的书写(或叙述)方式。而这种"文学修辞"的分类因其模棱两可且无法划分明确的界限而触碰到自认"科学"而非"虚构"的历史学者们的底线。这种方法从"拿破仑"的名字可见一斑。

① 怀特.后现代历史叙事学.陈永国,张万娟,译.北京:中国社会科学出版社,2003:103.
② 哈琴.后现代主义诗学:历史·理论·小说.李杨,李锋,译.南京:南京大学出版社,2009:129.

GTB本人对"拿破仑"这个名字起了疑心，并把这种思想赋予了从某种意义来说是自己分身的克莱尔。拿破仑的名字"Napoleone Buonaparte"，意为"荒野雄狮"。这个名字和他本人之间的联系和18世纪英法现实主义文学中的命名法如出一辙——比如《汤姆·琼斯》中的善良的乡绅沃尔华绥（Allworthy，意为"可尊敬的"），《蓝登传》中带有流浪汉特征的主人公蓝登（Random，意为"随意、任性的"）的名字等。这种使命名和实体保持一致的行为虽然目的是使其看起来"符合现实"，但也昭显了其"虚构性"。正如帕特里西亚·沃所说，"在小说虚构中，对一个物体的描述使它得以存在。而在我们日常生活中，是物体决定了对它的描述"①。也就是说，只有在"虚构"中，才会发生这种名字先于存在并决定存在的现象。后现代元小说作家们在"命名"时经常采取一种戏仿的手段故意使人物和名字之间产生裂缝，将读者的注意力转向命名的指涉问题本身，正如GTB在该小说中所做的那样——"阿里阿德涅""戈尔戈纳岛"等，从而揭示"在文学虚构中整个世界都由一种语言构成"②这一事实。但是在《岛屿》中，GTB并没有安排人物或者叙述者明确地说出"拿破仑"和"荒野雄狮"之间的关系，而是刻意地把这个"命名行为"表现得随机、任意——随便借用了在场的某位意大利仆人的名字，显示出一种"作家"对待"虚构人物"的那种武断和专横，提醒我们"在所有的虚构小说中，名字在指涉的同时也可以进行描述，而这个名字所指涉之物是经过一个'命名'的过程创造出来的"③。这种通过命名行为让名字所指涉的对象"从无到有"是"虚构世界"的"文学"手法，正如"拿破仑"和"荒野雄狮"之间的联系，是一种显而易见的"和描述一件事情的真相时完全不同的方法"。

　　叙述者"我"认为克莱尔的这种"在历史研究中首次使用的多重方法，总有一天会被人接受使用，也总有一天会过时从而被其他手法超越"

　　① Waugh, P. *Metafiction: The theory and practice of self-conscious fiction*. London: Methuen & Co. Ltd, 1984: 93.

　　② Waugh, P. *Metafiction: The theory and practice of self-conscious fiction*. London: Methuen & Co. Ltd, 1984: 93.

　　③ Waugh, P. *Metafiction: The theory and practice of self-conscious fiction*. London: Methuen & Co. Ltd, 1984: 94.

(IJC,41)。在这一点上,GTB 无疑和海登·怀特观点一致。怀特认为:"历史学家建构他的材料[……]与一般叙事话语的规则相适应。这些规则在性质上是修辞的。把历史话语隶属于一种修辞分析,以便揭示对现实的谦虚的散文再现之下隐藏的诗意的基础结构。这样一种分析将给我们提供一种分离方法,根据各种形态的比喻语言把历史话语分成不同类型。历史话语的主要类型可以看作是散文话语的类型,后者是根据他们在不同程度上喜欢使用的比喻语言模式用修辞理论加以分析的。"①

怀特的这种从"修辞属性"来分析和揭示历史话语中的艺术成分的观念,和《岛屿》中克莱尔的出发点非常相似。而面对各方对叙事性历史的攻击,即认为叙事性骨子里是对题材的"戏剧化"或"小说化",怀特认为"历史作为一门学科现今处境不佳,因为,它已看不见它在文学想象中的起源。为了看似科学和客观,它已经压抑并剥夺了其自身力量与更新的最大源泉。通过再一次将史学与其文学基础更为紧密地关联起来,我们不但能防止意识形态的扭曲,也将创造一种历史'理论',没有这种理论,历史就不能成为一门学科。"②

在《岛屿》中,GTB 借助叙述者"我"说了一段话:

> 西班牙人到亚马孙地区探险,是因为他们想要追踪一个"黄金王子",而在他们越过荒漠追寻这不朽的青春之泉③时,他们发现了密西西比。(IJC,268)

他想表达的也许正是:"虚构,是人们找到真相的必经之路。"

---

① 怀特. 后现代历史叙事学. 陈永国,张万娟,译. 北京:中国社会科学出版社,2003:102-110.

② 怀特. 后现代历史叙事学. 陈永国,张万娟,译.北京:中国社会科学出版社,2003:192.

③ 传说西班牙征服者胡安·彭塞·德·雷奥(Juan Ponce de León)得知了波多黎各土著关于青春之泉的传说,据说喝了泉水或者在里面洗澡就能永葆青春。他于 1553 年开始寻找青春之泉的远征,虽然最后并没有找到,却发现了现在的佛罗里达州。

结　语

永恒回归的 GTB:GTB 萨迦/赋格

　　GTB 的成名作是 1972 年出版的《J. B. 萨迦/赋格》。"萨迦"意为"话语",北欧家族和英雄传说的故事集被命名为"萨迦",它包括神话和历史传奇,主要表现了氏族社会的生活、宗教信仰、精神风貌等,歌颂贵族英雄人物,有些内容还有传记、族谱和地方志的特点。而赋格曲是复调乐曲的一种形式,原词为"遁走""追逐"和"飞翔"之意,赋格曲建立在模仿的对位基础上,是复调音乐中最为复杂而严谨的曲体形式。① 赋格曲作曲家运用各种复调手法,使同一主题表现出不同节奏、不同调性的变化,同时又形成高度统一的音乐形象。赋格曲大师约瑟夫·巴赫名字的缩写正是 J. B. ——Johann Bach,而作者名字的缩写"GTB",其读音"赫特贝"和"J. B."的读音"赫塔贝"也非常相似。本书研究的三部作品息息相关,它们创作风格类似,其中也反复出现一些相似的主题,并表现出显著的后现代主义风格。

　　《唐璜》《启示录片段》和《岛屿》这三部作品可以说是 GTB 极具代表性的作品,它们无论是在主题、风格,还是叙事手法上,都有许多相似的因素:一个貌似作者本人的不可靠叙述者"我",一个知识分子女性受述者(索妮娅、列努什卡、阿里阿德涅),一个貌似叙述者分身的对手(莱波雷约、至高无上者、克莱尔),多个叙事层及其界限的消弭,对神话和历史的解构和建构(唐璜、使徒雅各、拿破仑),虚构世界的最后消失、变形或毁灭,戏仿和讽刺,mise en abyme 等。这些带有强烈 GTB 个人色彩的因素

---

　　① 赋格曲的基本特点是运用模仿对位法,使一个简单而富有特性的主题在乐曲的各声部轮流出现一次(呈示部);然后进入以主题中部分动机发展而成的插段,此后主题及插段又在各个不同的新调上一再出现(展开部);直至最后主题再度回到原调(再现部),并常以尾声结束。

在不同作品中不断重复着、变化着,构成了一个名副其实的"GTB 萨迦/赋格"。

在创作《唐璜》的时期,GTB 徘徊于坚持现实主义传统还是抛弃它之间。而最终的结果是,《唐璜》从最开始的一个现实主义的,也许和原打算收录进"为学究而写的幽默故事集"里的《伊菲革涅亚》《睡美人上学去》那样不乏作者的嘲讽和戏仿语气的"故事",最终变成了一场具有明显元小说风格的塞万提斯式的文学游戏。元小说产生的动因恰恰来自对现实主义文学的反叛,这一点是许多元小说理论家都意识到的。现实主义小说试图以一种风格来代替小说这个文类,它的权威亟待被"持不同意见者"打破。一些作家在创作时对这种文学创作中的旧的游戏规则感到厌烦,产生了一种作为虚构者的"自我意识",对何为"虚构"何为"真实"重新进行了思考。而身兼评论家的 GTB,无疑对小说的创作手法更为敏感。他在《唐璜》中把自己在写作过程中的这种疑问编织到小说的结构层中,率先成为当时还没有为大众所接受的元小说的践行者,也是自然而然的事。但是这种创新无疑意味着冒险。爆发于 1939 年的第二次世界大战毁灭了现代作家试图建立战后文艺新秩序的梦想,现实主义文学开始在欧洲出现短暂的复苏。而内战后西班牙国内的艺术创作处于极度保守的状况,社会现实主义文学的主导地位更是有过之而无不及。但是 GTB 没有因为"现实三部曲"《欢乐与忧伤》的大获成功而继续这条万无一失的道路,而是发表了《唐璜》这部可称得上是自己文学创作生涯重大转折点的"幻想小说"。

由于小说出版后没有得到应有的重视和关注,受挫的 GTB 在现实主义徘徊了一段时间,创作了另一部现实主义作品《界外》。之后的《J. B. 萨迦/赋格》是自《唐璜》的犹豫不决而最终走出一步之后的成功之作。但是其中的关于小说这种体裁本身的思考并不是显性的(即刻意暴露写作的技巧和过程的元小说形式),而是以一种哈琴所说的隐性的手法表现出来。之后作者从中得到鼓舞,创作了这部从一开始就宣称是一部"关于小说的小说"的《启示录片段》,其形式也是非常大胆的,抛弃了确定的人物、故事情节等,GTB 把自己的语言能力和想象力发挥到极致,为我们编织了一个隐藏于复杂的"元小说迷宫"中的"神话故事"。

在《启示录片段》的前言中作者就再三强调,这是一部揭露小说创作过程的小说。而小说最后展现出来的未完成的杂乱状态,将一个作家的写作日记和其最终没有成型的叙事并置的写法无疑指向了"元小说"。元小说主要的特征就是"自我意识",不管这个自我意识是作者(叙述者)还是人物,总之元小说作者们乐于暴露小说的装置,提醒读者所读非真。而对于结构主义者用"科学方法"揭示小说"内部构造"的做法,GTB 认为:"当小说成为科学研究的对象那一刻起,从其外部对它的一致性做法无疑推动了对它的摧毁,因为正如所有的艺术作品那样,小说由一种程式化的系统构成,而当科学将它的这些程式暴露于众的同时,也就是它失去其艺术价值的时刻。一旦其诀窍被识破,那么作家就再也不敢使用了。"①

如果说结构主义者们郑重地以"科学的态度"探讨小说的程式化系统以寻求"意义",那么后现代元小说的作者则是带着戏讽的态度揭露这个系统。前者使这些程式被暴露从而使其失去作为艺术品的"美感",那么后者则使读者关注真实和虚构的关系,从而更能体会"虚构"之美及乐趣。因此,作家们如果坚持要"真的"揭示自己创作的"伎俩",则无疑意味着让自己"缴械投降",失去吸引读者的有效武器。GTB 敏锐地意识到了这一点:"那些将自己'作坊'的秘密公布于众的人不在少数,但是如果我们盲目相信这种所谓的'揭秘'那就错了。在这些行为中最有诚意的案例中,其暴露出来的创作方法和真实的方法之间也绝不一样。"(EC,119)

在《启示录片段》中,GTB 借用了某种他认为看似"新潮"实则"传统"的写作手法讲述了某个故事,可以说,他在写作时形式在前,一早就有"要以何种方式讲故事"的打算,但是其目的是讲述"故事"而非进行廉价的文体实验。正如《堂吉诃德》是对"骑士小说"的戏仿和终结一样,这部《启示录片段》也通过戏谑、讽刺、幽默的游戏风格对"元小说"这种注定也会成为"滥觞"的手法进行了戏仿和终结。

① Loureiro, A. G. *Mentira y seducción*: *La trilogía fantástica de Torrente Ballester*. Madrid: Editorial Castalia S. A., 1990: 261.

因此,在上一部《启示录片段》中大胆地使用并戏仿了元小说手法之后,GTB 貌似在《岛屿》中回归了"好好地讲一个故事"的传统。但是这部作品中依然有对"小说"这种体裁本身的探讨。按照哈琴对元小说进行的分类来看①,如果说《启示录片段》是一次显性的尝试,那么《岛屿》无疑是隐性的,是对抒情叙事的回归,其写作前提已经不是对新手法的忐忑,对自己"叛逆"行为的辩护,而是泰然处之,将"元小说"手法隐藏于字里行间,以一种隐性的方式思索小说的本质。整部小说读起来非常流畅、优美,又不乏幽默、讽刺,在天马行空的想象的同时提出了"真实"和"虚构","文学"和"历史"的关系这样的终极问题。

　　在《唐璜》的前言中作者说这部小说只是在其他更加正式的写作过程中的"休闲、消遣之作"(DJ,13),而在《岛屿》的前言中,GTB 再次说出了相似的话,表明这部小说的写作只是"纯粹的休闲、娱乐之作"(IJC,12)。我们在文中已经分析过作者在前言中的这种自我解嘲的语气。事实上,与作者表面的意思完全相反,这两部作品可以说是标志着作者创作生涯的重要分界点。作者有意无意在前言中说出的相似的话也从一个侧面表明两者之间的赋格呼应关系。两者之间的相似性是显而易见的:同样是发生在两个不同时期、不同地点的故事(20 世纪初的巴黎和 17 世纪初的西班牙,20 世纪 60 年代的美国和 19 世纪初的地中海小岛);两部作品中的两个故事分别都是一个现实主义、一个充满奇幻,分别是一个和作者本人经历重合(巴黎经历和美国经历)的叙述者"我"爱上一个被其"对手"抛弃的女子(被"唐璜"抛弃的索妮娅和被克莱尔抛弃的阿里阿德涅);同样是对某个被神话化了的人物的"解构"和"重新建构"(唐璜和拿破仑)。尽管 GTB 本人特意强调了两者的不同之处:(1)《唐璜》的故事是一个完整的按照时间顺序发展的故事,而戈尔戈纳岛的故事则是片段的,并且没有按照时间顺序排列;(2)两个世界之间的关系不同,《唐璜》比《岛屿》更加现实主义……(GC,218),但不可否认的是两者之间这种结构和主题的相

---

　　① Hutcheon, L. *Narcissistic narrative: The metafictional paradox*. New York: Routledge, 1991: 26-35.

似性。确实，正如委拉斯克斯总是重复 U 形构图法，GTB 作品的"萨迦/赋格"中也总是出现相同的元素，以彰显它们的姻亲关系。正如希利斯·米勒在《小说与重复》中所细致分析过的那样，这种自我重复是常用的文学手段，实在没必要为此而辩护。

而正如德勒兹所说："差异存在于两个重复中，[……]重复是产生差异的差异器。"①我们在《唐璜》和《岛屿》中就可以看到这种从原点出发，经过发展又貌似回到原点的基于相似性的差异。其中看似相同实则已经产生根本差别的，正是两部小说的"故事"层中对唐璜和拿破仑神话的"解构"和"建构"。

唐璜是个被神话化了的"文学人物"，尽管他的起源有迹可循，可能是17 世纪某一个真实的花花公子，但是后人可以根据自己的看法对唐璜这个人物进行演绎，对其进行拔高和低俗化都是允许的，毕竟真实的唐璜到底如何已无据可考。GTB 坚持要回到蒂尔索·德·莫利纳最初的《唐璜》版本是有道理的，毕竟那个时候是唐璜的传说形成的初始阶段，蒂尔索·德·莫利纳的唐璜可能更接近唐璜的真面目，因此 GTB 在自己的《唐璜》中坚持保留唐璜的姓氏特诺里奥，其目的就是深究唐璜这个人物到底是什么样的。我们也在文中详细分析了作者对其他版本的唐璜的不同意见。这个时期的 GTB，尽管从创作方式上摆脱了现实主义的禁锢，但是，关于"唐璜神话"这个内容，其重心是通过对其他版本的质疑和解构而"建构"自己的版本。这其中显示出来的，正如我们在上文中分析过的那样，依然是一种对某种"真相"的坚持。

而拿破仑则不同，和唐璜离我们这个时代之遥远程度相比，拿破仑的时代刚刚过去。想要站在历史的角度来驳斥 GTB 的关于"拿破仑是一个虚构人物"的观点很容易。那么为什么明知拿破仑是个真实的历史人物却非要说他是虚构的不可呢？GTB 在这里对"拿破仑"形象的演绎，是对其作为一个"政治神话"诞生过程的虚构。拿破仑到底存在不存在没有关

---

① Deleuze, G. *Difference and repetition*. Partton, P. (trans.). New York: Columbia University Press, 1994: 76.

系，"我承认所争论的东西——拿破仑到底是不是一个单词中的宠儿，因为政治需要而被放在摇篮之中哺育——对我来说是件分文不值的小事"（IJC，41-42）。GTB 的真正关注点不再是拿破仑这个人物，而是"拿破仑，以及其他的历史人物，甚至是历史本身，都有被虚构的可能"。这才是《岛屿》和《唐璜》看似相似而实则不同的关键所在。"现实是什么并不重要，重要的是神话。[……]拿破仑不存在，但是对拿破仑的需要存在……一个神话总是一段历史[故事]。"（GC，48-50）因此，比起编撰方法存疑的"历史"，"文学"更有可能揭露历史事实的真相。这里显示出来的已经是一种典型的后现代主义历史观和文学观。

　　后现代历史哲学家海登·怀特无疑也和 GTB 不谋而合。他注意到了"历史的文本性"和"文本的历史性"，在文化理解和叙事的语境中，把历史编纂和文学批评完美地结合起来。在《岛屿》中，作者用"历史的"和"文学的"两种形式证明，拿破仑可能是不存在的。作者不试图彰显得到资料的"真实性"，其目的也不是给历史提供另一种版本，而主要是提醒人们质疑历史编纂方法的合法性。GTB 在作品中并没有刻意强调真实的历史"应该是这一种"，而是提醒人们，"可能是这一种"，提醒读者质疑的重要性。《岛屿》的主人公则告诉读者神话、历史是如何构建的，哪些人编撰了历史，所谓的"事件"是如何变成了"事实"。

　　哈琴认为，后现代主义小说借助了叙事再现历史，却又将其问题化。历史编纂元小说的作者们利用其能够在社会中发现的一切行之有效的文本：从历史到文学，从神话到童话，从连环画到报纸，一切的一切无不为历史编纂元小说提供了互文本。他们质疑这些话语，又要利用它们。历史编纂元小说的叙事中所特有的反讽、戏仿和幽默使得"历史"经常变成大张旗鼓的"伪历史"，也即把历史和幻想结合，违背现实主义的原则而出现"奇幻"情节。这在许多后现代主义作家的创作中是一个共性。比如托马斯·品钦的《V》（1963）、《万有引力之虹》（1973），罗伯特·库弗的《公众的怒火》（1977），约翰·巴斯的《迷失游乐场》（1968）、《书信集》（1979），拉什迪的《午夜的孩子》（1981），富恩特斯的《我们的土地》（1975）、《老美国佬》（1985），多克托罗的《但以理书》（1971）、《拉格泰姆》（1975），翁贝托·

艾柯的《玫瑰之名》《傅科摆》。正如布莱恩·麦克黑尔所说,"后现代主义的伪历史通常情况下同时也是幻想故事"①。

在本书中,笔者通过分析,认为 GTB 正是通过不停的思考和调整,创作出了几部和上述作品无论从主题到手法都非常相似的具有鲜明后现代主义特征的作品。我们可以清晰地看到,GTB 从最初的《唐璜》纠结于"唐璜神话"的真相,到《启示录片段》中戏仿了整个圣地亚哥·德·孔波斯特拉的神话,再到《岛屿》中能够以一种更加轻松和自由的方式讲述一个虚构的有关"拿破仑神话的建构"的故事的过程中,最后完全抛弃对"真相"的追寻,而能够像利奥塔那样以自己的方式质疑所谓"宏大叙事"的合法性,无论这个叙事是思辨的还是解放的。他不再纠结于某种"真相"而采取一种"真相可能如此"的后现代主义的"既/又"模式而非之前"非此即彼"的模式。而这种改变的关键正是作者一贯持有的怀疑主义态度。而怀疑主义,正是一种避免宣称有最终真理的哲学角度。

我们看到,这种被琳达·哈琴称为"历史编纂元小说"的后现代小说井喷式地出现在 20 世纪六七十年代,在美国、加拿大、拉丁美洲和欧洲都有所体现,而尤以美国居多。当然,这种认为"历史知识临时不定"的看法并不是后现代主义所独有的。质疑历史"事实"的本体论和认识论的地位或者不相信叙述的中立性和客观性表象也不是后现代主义所特有的。但是,我们不能忽视后现代艺术创作里这些问题化行为的密集程度。而 GTB 正是在同时期到美国大学的文学系教书,对本身除了教学也从事文学创作和文学批评的 GTB 来说,很难不卷入这场潮流。也许不能轻易地断定他是受到了此潮流的影响,因为我们知道这种对"历史"以及"历史编纂方法"的质疑一直贯穿作者的创作生涯。从《唐璜》(1963)开始,GTB 的作品就已经表现出对历史编纂方法的质疑,而在《启示录片段》和《岛屿》中表现得更为突出和频繁。从创作年代上来说,GTB 的这几部作品丝毫不晚于我们上文提到的欧美文坛同时期出现的大部分此种类型的小说。从作者在这方面的创作的密集度、深度和先驱性(我们不能忘记

---

① McHale, B. *Postmodernist fiction*. London: Methuen & Co. Ltd, 1987: 95.

GTB 曾经的历史学家的身份）来说，他无疑比同时期西班牙国内的作家要领先一步。因此，我们完全有理由认为 GTB 是当时为数不多的可以和同时期欧美国家其他伟大的后现代作家比肩的西班牙作家。

当然，后现代主义的这种认为"没有所谓的真理，只有解释"的思想也受到一些学者的批评，比如当代哲学家丹尼尔·丹尼特（Daniel Dennett）就认为这种怀疑主义是对真理的不信任以及对显而易见的事实的不尊重。而麻省理工学院语言学的荣誉退休教授、《生成语法》的作者诺姆·乔姆斯基博士（Avram Noam Chomsky，1928—　　），就对后现代主义对科学的批判持有强烈异议。他认为后现代主义对任何领域有待解决和弄明白的问题都给不出清晰、明了的答案，其无论对于分析型知识和经验型知识都毫无增补，因此是毫无意义的。而自 20 世纪六七十年代"后现代主义"这个概念开始兴起直到现在，有些学者也指出了一个"后后现代主义"（post-postmodernism）以及"后现代主义之死"（death of postmodernism）的时代的到来。2011 年 9 月 24 日到 2012 年 1 月 15 日在伦敦维多利亚和阿尔伯特博物馆的名为"后现代主义——风格及颠覆 1970—1990"的展览也被认为是一个时代的终结，标志着后现代主义作为一种历史潮流和运动已经可以被盖棺定论并归档了。但是后现代主义的这种颠覆逻各斯中心主义的"无中心"风格和怀疑精神无疑也给予当时"现代主义之后"僵化的文化和艺术创作以活力和多种解读的视角，以及虽不能说更深刻但无疑更广阔的创作维度。

而 GTB 在 20 世纪六七十年代创作了几部具有明显后现代主义风格的作品之后，在从 1984 年直到逝世的 15 年间，他几乎每年创作一部小说，其中有历史小说、侦探小说、间谍小说、爱情小说、独裁小说、幻想小说、书信体、自传等等。这些作品虽然从主题和风格上依然延续了作者后现代主义创作时期的特点，但是重心从"形式"过渡到了"故事"本身，似乎又回到了所谓"现实主义"的传统。这说明在经历了"文学危机"并对文学的创作手法进行认真思考和创新之后，已经年过古稀的 GTB 又一次比同时期的西班牙作家们更早地意识到许多后现代主义文学创作的方法也已经失去其产生之初的"陌生化"也即"文学性"，成为引起审美疲劳的"程式化"手法,因此有必要在这再次发生"沉船事故"之时抛弃那种看似稳固、安全的形式,再次积极寻找有效的解决方法。但是这些作品依然带着作者特有的戏讽和睿智,在一本正经和玩世不恭之间自如切换,在看似"超前"时有着对传统的坚持,在看似"回归传统"时又露出狡黠的游戏态度。

作者本人说自己"是一个相对来说比较守旧的作家"(PD,12)。从某种意义上来说,GTB作品中对神话和历史的思考,尤其是对于故土加利西亚的神话和历史的执着,使他被贴上了"古老""新古典主义"的标签。在这位充满矛盾、坚持自己独特的创作道路的作家身上,现实主义和幻想并存,文人气质和游戏精神并存,新古典主义和后现代主义思想并存。作者本人认为,"对这半个多世纪以来人家给我提出来的种种美学提议我总是没有太大热情,一直以来我都坚持要寻找到一条自己的路,我现在就是这个状态,在路上,在坚持"(PD,12)。正是他坚持对文学本身进行不断地思考,这种"自我意识"又使他有了"先锋""超前"的特色。而正是一种基于"影响的焦虑"而采取的"戏仿"手段以及从字里行间透露出来的"游戏"和嘲讽的态度,使得GTB能够以自己对语言和想象力的高超驾驭能力使得这种"传统"和"激进"完美地结合在一起,形成了自己独特的文学创作风格。

参考文献

Abuín, A. , Becerra Suarez, C. , Candelas, A. *La creación literaria de Gonzalo Torrente Ballester*. México D. F. : Coordinación Editorial, 1997.

Basanta, A. Historia, mito y literatura en las novelas de Torrente Ballester. In *Colección del Gongreso internacional a Obra Literaria de Torrente Ballester*. Ferrol: Universidade da Coruña, Servicio de Publicaciones, 2001: 75-97.

Basanta, A. El Quijote, La saga/fuga de J. B. y la novela española actual. In Becerra Suarez, C. *La tabla redonda : Anuario de estudios torrentinos*. Vigo: Universidad de Vigo, 2003:81-100

Becerra Suarez, C. *Gonzala Torrente Ballester*. Madrid: Ministerio de Cultura, 1982.

Becerra Suarez, C. Bibliografía de y sobre Gonzalo Torrente Ballester. *Anthropos*, 1986(66-67): 31-44.

Becerra Suarez, C. *Guardo la voz , cedo la palabra—Conversaciones con Gonzalo Torrente Ballester*. Barcelona: Anthropos, 1990.

Becerra Suarez, C. *La Tabla redonda : Anuario de estudios torrentinos*. Vigo: Universidad de Vigo, 2003—2010.

Becerra Suarez, C. *Los géneros populares en la narrativa de Gonzalo Torrente Ballester : La novela policíaca*. Vigo: Editorial Academia del Hispanismo, 2007.

Becerra Suarez, C. , Pérez Bowie, J. A. *Mujeres escritas , el universo*

femenino en la obra de Gonzalo Torrente Ballester. Madrid：
Editorial CSIC；Los libros de la Catarata，2011.

Benítez, M. *Sátira, ironía y parodia en las novelas de Gonzalo Torrente Ballester: De "Javier Mariño" hasta "La saga/fuga de J. B."*. Michigan：University Microfilms Internacional，1987.

Booth, W. C. *The rhetoric of fiction*. Harmondsworth：Penguin Books，1983.

Christensen, I. *The Meaning of metafiction: A critical study of selected novels by Sterne, Nabokov, Barth and Beckett*. Oslo：Universitetsforlaget，1981.

Criado Miguel, I. *De cómo se hace una novela o Fragmentos de apocalipsis de Gonzalo Torrente Ballester, Homenaje a Gonzalo Torrente Ballester*. Salamanca：Biblioteca de la Caja de Ahorros y M. de P. de Salamanca，1981.

Dällenbach, L. *Le Récit spéculaire*. Paris：Seuil，1977.

Deleuze, G. *Difference and repetition*. Partton, P. (trans.). New York：Columbia University Press，1994.

Domingo, J. *La novela española del siglo XX: vol. 2 (De la postguerra a nuestros días)*. Barcelona：Nueva colección Labor，1973.

Dotras, A. M. *La novela española de metaficción*. Madrid：Ediciones Jucar，1994.

Freixanes, V. F. A cidade literaria: Notas para unha conferencia. 30 anos da edición de la saga/fuga de J. B. In Becerra Suarez, C. *La Tabla redonda: Anuario de estudios torrentinos*. Vigo：Universidad de Vigo，2003：23-34.

García Viñó, M. *La nueva novela española*. Madrid：Punto Omega，1968.

García Viñó, M. *Novela española actual*. Madrid：Prensa Española，1975.

Gil Casado, P. *Novela social española*. Barcelona: Seix Barral, Biblioteca breve, 1975.

Gil González, A. J. *Teoría y crítica de la metaficción en la novela española contemporánea: A propósito de Álvaro Cunqueiro y Gonzalo Torrente Ballester*. Salamanca: Ediciones Universidad de Salamanca, 2001.

Gil González, A. J. *Relatos de poética: Para una poética del relato de Gonzalo Torrente Ballester*. Santiago: Universidad de Santiago de Compostela, 2003.

Giménez González, A. *Torrente Ballester en su mundo literario*. Salamanca: Ediciones Universidad de Salamanca, 1984.

Gonzalo Estévez Valiñas, G. La trilogía fantástica, una denominación problemática. In Becerra Suarez, C. Becerra Suarez, C. *La tabla redonda: Anuario de estudios torrentinos*. Vigo: Universidad de Vigo, 2004: 97-106.

Guyard, E. Reflexiones sobre la recipción de *Fragmentos de apocalipsis* en Francia. In Becerra Suarz, C. *La tabla redonda: Anuario de estudios torrentinos*. Vigo: Universidad de Vigo, 2004: 89-96.

Hilda Blackwell, F. *The game of literature: Demythification and parody in novels of Gonzalo Torrente Ballester*. Valencia: Albatros, 1985.

Hutcheon, L. *Narcissistic narrative: The metafictional paradox*. New York: Routledge, 1991.

Iglesias Laguna, A. *Treinta años de novela española (1938—1968)*. Madrid: Prensa Española, 1969.

LaCapra, D. *History and criticism*. Ithaca: Cornell University Press, 1985.

Loureiro, A. G. *Mentira y seducción: La trilogía fantástica de Torrente Ballester*. Madrid: Editorial Castalia S. A. , 1990.

Machado, A. *Campos de Castilla*. Madrid: Ediciones Cátedra, 1984.

Martínes Cachero, J. M. *La novela española entre 1936—1980*. Madrid: Editorial Castalia S. A. , 1986.

McHale, B. *Postmodernist fiction*. London: Methuen & Co. Ltd, 1987.

Merino, J. M. Juego y verdad en *La saga/fuga de J. B.* In Becerra Suarez, C. *La tabla redonda: Anuario de estudios torrentinos*. Vigo: Universidad de Vigo, 2003: 47-54.

Payner, S. G. Mito de Franco, época de Franco, book review of *Franco. "Caudillo" por la gracia de dios. Revista de libros*, 2010 (165): 3-6.

Pedraza Jiménez, F. B. *Manual de literatura española XIII*. Navarra: Cénlit Ediciones. S. L. , 2000.

Pérez, G. J. The parodic mode as a self-reflective technique in Torrente's *Fragmentos de apocalipsis*. In Martin G . C. (ed.). *Selected Proceeding. 32nd. Mountain Interstate Foreign Language Conference*. Winston-Salem: Wake Forest University, 1984: 237-245.

Pérez, G. J. Cervantine parody and the apocalyptic tradition in Torrente Ballester's *Fragmentos de apocalipsis. Hispanic review*, 1988, 56 (2): 157-179.

Pérez, G. J. *La novela como burla-juego, siete experimentos novelescos de Gonzalo Torrente Ballester*. Valencia: Albatros, 1989.

Pessoa, F. *Sobre literatura y arte*. Madrid: Alianza tres, 1985.

Pirandello, L. *Arte y Cienca, en Obras escogidas*: vol. II. Madrid: Aguilar, 1965.

Ponte Far, J. A. *Galicia en la obra narrativa de Torrente Ballester*. Vigo: Tambre, 1994.

Ponte Far, J. A. *Pontevedra en la vida y la obra de Gonzalo Torrente Ballester*. Vigo: Caixanova, 2000.

Reigosa, C. G. *Conversas de Gonzalo Torrente Ballester con Carlos G.*

Reigosa. Santiago: Coleccion Testemunos, 1983.

Ridruejo, D: Una lectura de *La saga/fuga de J. B. Historia y crítica de la literatura española*: vol. 8, tomo 1. Barcelona: Editorial Crítica, S. A. , 1981: 482-489.

Roca Mussons, M. Sobre algunas cervantinas de Gonzalo Torrente Ballester en *Fragmentos de apocalipsis*. In Becerra Suarez, C. *La tabla redonda: Anuario de estudios torrentinos*. Vigo: Universidad de Vigo, 2004: 27-46.

Rodríguez González, O. La boda de Chon Recalde, novela de las mujeres de Villarreal de la Mar. In Becerra Suarez, C. *La tabla redonda: Anuario de estudios torrentinos*. Vigo: Universidad de Vigo, 2007: 81-100.

Ron, M. The restricted abyss: Nine problems in the theory of mise en abyme. *Poetics today*, 1987, 8(2): 417-438.

Ruiz Baños, S. *Itinerarios de la ficción en Gonzalo Torrente Ballester*. Murcia: Universidad de Murcia, 1992.

Said, E. *The world, the text, and the critic*. Cambridge: Harvard University Press, 1983.

Saramago, J. Gonzalo Torrente Ballester y La saga/fuga de J. B. , una obra aún sin descubrir. In Becerra Suarez, C. *La tabla redonda: Anuario de estudios torrentinos*. Vigo: Universidad de Vigo, 2003: 5-14.

Scholes, R. Parody without ridicule: Observations on modern literary parody. *Canadian review of comparative literature*, 1978, (5)2: 201-211.

Soldevila Durante, I. *La novela desde 1936*. Madrid: Alambra, 1980.

Sotelo Vázquez, A. Acerca de Camilo José Cela y Gonzalo Torrente Ballester. In Becerra Suarez, C. *La tabla redonda: Anuarios de estudios torrentinos*. Vigo: Universidad de Vigo, 2010: 189-205.

Torrente Ballester, G. *Panorama de la literatura española contemporánea*. Madrid: Ediciones Guadarrama, 1961.

Torrente Ballester, G. *El Quijote como juego*. Madrid: Ediciones Guadarrama, S. A., 1975.

Torrente Ballester, G. *Obra completa*. Barcelona: Ediciones Destino S. A., 1977.

Torrente Ballester, G. *Ensayos críticos*. Barcelona: Ediciones Destino, S. L., 1982.

Torrente Ballester, G. *Los cuadernos de un Vate Vago*. Barcelona: Plaza & Janes S. A., 1982.

Torrente Ballester, G. *Dafne y ensueños*. Barcelona: Ediciones Destino, S. A.,1983.

Torrente Ballester, G. *La Princesa Durmiente va a la escuela*. Barcelona: Plaza & Janes S. A., 1983.

Torrente Ballester, G. *Don Juan*. Barcelona: Ediciones Destino, S. A., 1985.

Torrente Ballester, G. *La rosa de los vientos*. Barcelona: Ediciones Destino, S. A., 1985.

Torrente Ballester, G. Nota autobiográfica. *Anthropos*, 1986(66-67): 19-21.

Torrente Ballester, G. *Compostela y su ángel*. Barcelona: Ediciones Destino, 1990.

Torrente Ballester, G. *Proceso de la creación narrativa*. Santander: Servicio de Publicaciones, Universidad de Cantabria, 1992.

Torrente Ballester, G. *Fragmentos de apocalipsis*. Barcelona: Ediciones Destino, 1997.

Torrente Ballester, G. *La saga/fuga de J. B.* Madrid: Alianza Editorial, 1998.

Torrente Ballester, G. *La Isla de los jacintos cortados*. Madrid: Punto de Lectura，S. L.，2007.

Urza，C. *Historia，mito y metáfora en "La saga/fuga de J. B." de Torrente Ballester*. Michigan：UMI，Dissertation Information Service，1992.

Valverde Hernández，M. A.，Gómez Alonso，R. *El Madrid de Felipe IV：Análisis literario y fílmico de Crónica del rey pasmado*. Madrid：Comunidad de Madrid，1997.

Waugh，P. *Metafiction：The theory and practice of self-conscious fiction*. London：Methuen & Co. Ltd，1984.

Wojciech Charchalis，W. *El realismo mágico en la perspectiva europea：El caso de Gonzalo Torrente Ballester*. New York：P. Lang，2005.

巴赫金. 巴赫金全集：第六卷. 李兆林，夏宪忠，等译. 石家庄：河北教育出版社，1998.

巴赫金. 小说理论. 白春仁，晓河，译. 石家庄：河北教育出版社，1998.

博尔赫斯. 博尔赫斯全集：小说卷. 王永年，林之木，等译. 杭州：浙江文艺出版社，1999.

佛克马，易布思. 二十世纪文学理论. 林书武，陈圣生，施燕，等译. 北京：生活·读书·新知三联书店，1988.

福尔斯. 法国中尉的女人. 陈安全，译. 海口：南海出版公司，2014.

格雷马斯. 结构语义学. 蒋梓骅，译. 天津：百花文艺出版社，2001.

哈琴. 后现代主义诗学：历史·理论·小说. 李杨，李锋，译. 南京：南京大学出版社，2009.

怀特. 后现代历史叙事学. 陈永国，张万娟，译. 北京：中国社会科学出版社，2003.

卢云. "假托作者"西德·阿麦特和"反面人物"参孙·卡拉斯科——论《堂吉诃德》"原始手稿"的真正"作者". 解放军外国语学院学报，2019，42(1)：152-158.

陆扬. 后现代文化景观. 北京：新星出版社，2014.

洛奇. 小说的艺术. 王峻岩，等译. 北京：作家出版社，1998.

梅里美. 梅里美短篇小说选.李玉民,译.桂林:漓江出版社,2012.

尼采. 快乐的科学.黄明嘉,译.桂林:漓江出版社,2000.

尼采. 悲剧的诞生.孙周兴,译.北京:商务印书馆,2013.

普林斯. 叙述学词典.乔国强,李孝弟,译.上海:上海译文出版社,2011.

热奈特. 叙事话语　新叙事话语.王文融,译.北京:中国社会科学出版社,1990.

热奈特. 转喻从修辞格到虚构.吴康茹,译.桂林:漓江出版社,2013.

塞万提斯. 堂吉诃德.董燕生,译.武汉:长江文艺出版社,2013.

申丹,王丽亚. 西方叙事学:经典与后经典.北京:北京大学出版社,2013.

什克洛夫斯基,等. 俄国形式主义文论选.方珊,等译.北京:生活·读书·新知三联书店,1989.

赵毅衡.符号学文学论文集.天津:百花文艺出版社,2004.

附　录

附录 1:贡萨洛·托伦特·巴列斯特尔作品年表

Narrativa:

Javier Mariño (1943)

El golpe de estado de Guadalupe Limón (1946)

Ifigenia (1949)

La trilogía *Los gozos y las sombras* (1957—1962)，constituida por:

—*El señor llega* (1957)

—*Donde da la vuelta el aire* (1960)

—*La Pascua triste* (1962)

Don Juan (1963)

Off-side (1969)

La saga/fuga de J. B. (1972)

Fragmentos de apocalipsis (1977)

La Isla de los Jacintos Cortados (1980)

Dafne y ensueños (1982)

La Princesa Durmiente va a la escuela (1983)

Quizá nos lleve el viento al infinito (1984)

La rosa de los vientos (1985)

Yo no soy yo，evidentemente (1987)

Filomeno，a mi pesar（Premio Planeta 1988）

Crónica del rey pasmado（1989）

Las islas extraordinarias（1991）

La muerte del decano（1992）

La novela de Pepe Ansúrez（1994）

La boda de Chon Recalde（1995）

Los años indecisos（1997）

Doménica（1999）

Teatro：

El viaje del joven Tobías（1938）

El casamiento engañoso（1939）

Lope de Aguirre（1941）

República Barataria（1942）

El retorno de Ulises（1946）

Atardecer de Longwood（1950）

Ensayo：

Panorama de la literatura española contemporánea（1956）

Teatro español contemporáneo（1957）

Siete ensayos y una farsa（1972）

El Quijote como juego（1975）

Cuadernos de un vate vago（1982）

Diarios de trabajo 1942—1947（1982）

Mi fuero interno（2011）

Periodismo：

Cuadernos de La Romana（1975）

Nuevos Cuadernos de La Romana（1977）

Cotufas en el golfo (1986)

Torre del aire (1993)

Memoria de un inconformista (1997)

附录2：有关贡萨洛·托伦特·巴列斯特尔研究的专著和博士论文

Abuín, A., Becerra Suarez, C., Candelas A. *La creación literaria de Gonzalo Torrente allester*. Vigo: Tambre, 1997.

Ángel Valverde Hernández, M., Gómez Alonso, R. *El Madrid de Felipe IV: Análisis literario y fílmico de Crónica del rey pasmado*. Madrid: Comunidad de Madrid, 1997.

Becerra Suarez, C. *Gonzalo Torrente allester*. Madrid: Ministerio de Cultura, 1982.

Becerra Suarez, C. *Guardo la voz, cedo la palabra—Conversaciones con Gonzalo Torrente Ballester*. Barcelona: Anthropos, 1990.

Becerra Suarez, C. *La historia en la ficción: La narrativa de Gonzalo Torrente Ballester*. Madrid: Ediciones del Orto, 2005.

Benítez, M. *Sátira, ironía y parodia en las novelas de Gonzalo Torrente Ballester: De "Javier Mariño" hasta "La saga/fuga de J. B."*. Michigan: UMI, 1987.

Carlos Lértora, J. *Tipología de la narración: A propósito de Torrente Ballester*. Madrid: Pliegos, 1990.

Casares, C. *Gonzalo Torrente Ballester: O escritor, o amigo*. Santiago de Compostela: Xunta de Galicia, 2002.

Castaño, F. *Retrato de Gonzalo Torrente Ballester*. Barcelona: Círculo de Lectores, 1988.

Charchalis, W. *El realismo mágico en la perspectiva europea: El caso de Gonzalo Torrente Ballester*. New York: P. Lang, 2005.

Cuesta, I. M. de la. *Gonzalo Torrente Ballester: La formación de un novelista*. Michigan: Universidad de Michigan, 1993.

Esteve Maciá, S. T. *La fantasía como juego en "La saga/fuga de J. B." de Gonzalo Torrente Ballester*. Alicante: Universidad de Alicante, 1994.

Fernández Roca, J. A., Ponte Far, J. A. *Con Torrente en Ferrol: Un poco después*. A Coruña: Universidade da Coruña, 2001.

García-Sabell, D., Miller, S. *Don Juan. Ensayos críticos*. Barcelona: Círculo de Lectores, 1983.

Gil González, A. J. *Relatos de poética: Para una poética del relato de Gonzalo Torrente Ballester*. Santiago de Compostela: Universidade de Santiago de Compostela, 2003.

Gil González, A. J. *Teoría y crítica de la metaficción en la novela española contemporánea: A propósito de Álvaro Cunqueiro y Gonzalo Torrente Ballester*. Salamanca: Ediciones Universidad Salamanca, 2001.

Giménez González, A. *La narrativa de Gonzalo Torrente Ballester*. Barcelona: Universidad de Barcelona, 1979.

Giménez González, A. *Torrente Ballester en su mundo literario*. Salamanca: Universidad de Salamanca, 1984.

Giménez González, A. *Torrente Ballester*. Barcelona: Barcanova, 1981.

Giráldez, A. *Ideas y literatura en "Los gozos y las sombras" de Gonzalo Torrente Ballester*. Michigan: UMI, 1993.

Gómez-Pérez, A. *Las trampas de la memoria: Pensamiento apocalíptico en la literatura española moderna, Galdós, Baroja, Chacel y Torrente Ballester*. Newark (Delaware): Juan de la Cuesta Hispanic Monographs, 2005.

Hilda Blackwell, F. *The game of literature: Demythification and parody in novels of Gonzalo Torrente Ballester*. Valencia: Albatros, 1985.

López, M. *El mito en cinco escritores de posguerra: Rafael Sánchez Ferlosio, Juan Benet, Gonzalo Torrente Ballester, Álvaro Cunqueiro, Antonio Prieto*. Madrid: Verbum, 1992.

López Roldán, E. *Aproximación a la obra de Gonzalo Torrente Ballester*. Murcia: Universidad de Murcia, 2001.

Loureiro, A. G. Loureiro, *Magia y seducción: La saga/fuga de J. B. y La isla de los jacintos cortados de Gonzalo Torrente Ballester*. Michigan: Universidad de Michigan, Dissertation Information Service, 1991.

Loureiro, A. G. *Mentira y seducción: La trilogía fantástica de Torrente Ballester*. Madrid: Editorial Castalia S. A., 1990.

Luis Castro de Paz, J., Pérez Perucha J. *Gonzalo Torrente Ballester y el cine español*. Orense: V Festival Internacional de Cine Independiente de Ourense, 2000.

Melloni, A. *Attraverso il racconto: Los gozos y las sombras di Torrente Ballester dal romanzo allo scherzo*. Bolonia: Pàtron, 1991.

Montejo Gurruchaga, L., Castro García, M. I. de. *Novelistas españoles contemporáneos*. Madrid: Universidad Nacional de Educación a Distancia, 2000.

Ocampo, E., Ponte Far, J. A. *Gonzalo Torrente Ballester y su obra: (guía didáctica)*. Ferrol: Concejalía de Cultura Ayuntamiento de Ferrol, 1994.

Pastos Cesteros, S. *La narrativa de Gonzalo Torrente Ballester: Una lectura de Javier Mariño*. Alicante: Universidad de Alicante, 1993.

Pérez Bowie, J. A. *Poética teatral de Gonzalo Torrente Ballester*. Vilagarcía de Arousa: Mirabel Editorial, 2006.

Pérez, G. J. *La novela como burla-juego, siete experimentos novelescos de Gonzalo Torrente Ballester*. Valencia: Albatros, 1989.

Pérez, J. *Gonzalo Torrente Ballester*. Boston: Twayne Publishers, 1984.

Pérez, J., Miller S. (eds.). *Critical studies on Gonzalo Torrente Ballester*. Boulder (Colorado): Society of Spanish and Spanish-American Studies, 1989.

Ponte Far, J. A. *Galicia en la obra narrativa de Torrente Ballester*. Vigo: Tambre, 1994.

Ponte Far, Ponte Far, J. A. *Pontevedra en la vida y la obra de Gonzalo Torrente Ballester*. Vigo: Caixanova, 2000.

Reigosa, C. G. *Conversas con Gonzalo Torrente Ballester*. Vigo: SEPT, 2006.

Ruiz Baños, S. *Itinerarios de la ficción en Gonzalo Torrente Ballester*. Murcia: Universidad de Murcia, 1992.

Ruiz Baños, S. *La novela intelectual de Gonzalo Torrente Ballester*. Murcia: Universidad de Murcia, 1992.

Suardiaz Espejo, L. *Gonzalo Torrente Ballester, evidentemente*. Madrid: J. Noticias, 1996.

Teresa Blanco, M. *Una aproximación distinta al estudio del humor: "La saga/fuga de J. B.", de Gonzalo Torrente Ballester y "Pale fire" de Vladimir Nabokov*. Michigan: UMI, 1994.

Torrente Malvido, G. *Torrente Ballester, mi padre*. Madrid: Temas de Hoy, 1990.

Torrente Sánchez-Guisande, J. M. *Influencia de la censura franquista en la obra narrativa de Gonzalo Torrente Ballester: Un estudio aproximativo [memoria de diplomatura]*. Salamanca: Facultad de Traducción y Documentación, Universidad de Salamanca, 1992.

Urza, C. *Historia, mito y metáfora en "La saga/fuga de J. B." de*

244

Torrente Ballester. Michigan: UMI, Dissertation Information Service, 1992.

Vázquez Aneiros, A. *Torrente Ballester y el cine：Un paseo entre luces y sombras*. Ferrol: Embora, 2002.

索　引

246

图书在版编目(CIP)数据

托伦特·巴列斯特尔的后现代主义写作研究/卢云
著. 一杭州：浙江大学出版社，2020.8
ISBN 978-7-308-20291-6

Ⅰ．①托… Ⅱ．①卢… Ⅲ．①托伦特·巴列斯特尔—
幻想小说—小说研究 Ⅳ．①I551.074

中国版本图书馆 CIP 数据核字(2020)第 104266 号

托伦特·巴列斯特尔的后现代主义写作研究

卢　云　著

责任编辑	吴水燕　黄静芬
责任校对	闻晓虹
封面设计	项梦怡
出版发行	浙江大学出版社
	（杭州市天目山路 148 号　邮政编码 310007）
	（网址：http://www.zjupress.com）
排　版	浙江时代出版服务有限公司
印　刷	广东虎彩云印刷有限公司绍兴分公司
开　本	700mm×960mm　1/16
印　张	16.25
字　数	255 千
版 印 次	2020 年 8 月第 1 版　2020 年 8 月第 1 次印刷
书　号	ISBN 978-7-308-20291-6
定　价	59.00 元